我的父亲王不死

阿微木依萝 著

四川文艺出版社

图书在版编目（CIP）数据

我的父亲王不死 / 阿微木依萝著. —— 成都：四川
文艺出版社, 2020.10
ISBN 978-7-5411-5770-7

Ⅰ.①我… Ⅱ.①阿… Ⅲ.①中篇小说—小说集—中
国—当代 Ⅳ.①I247.5

中国版本图书馆CIP数据核字（2020）第179348号

WODE FUQIN WANGBUSI

我的父亲王不死

阿微木依萝　著

出 品 人	张庆宁
责任编辑	程 川 周 轶
封面设计	张 军
内文设计	史小燕
责任校对	段 敏
责任印制	崔 娜

出版发行　四川文艺出版社（成都市槐树街2号）
网　　址　www.scwys.com
电　　话　028-86259287（发行部）　028-86259303（编辑部）
传　　真　028-86259306

邮购地址　成都市槐树街2号四川文艺出版社邮购部　610031
排　　版　四川胜翔数码印务设计有限公司
印　　刷　四川机投印务有限公司
成品尺寸　140mm×208mm　　开　本　32开
印　　张　11　　　　　　　字　数　230千
版　　次　2020年10月第一版　印　次　2020年10月第一次印刷
书　　号　ISBN 978-7-5411-5770-7
定　　价　52.00元

目录

我的

父亲

王不死

　　我的父亲王不死给我取了个名字叫王小命。我一落地母亲就死了，他说，我是捡了一条小命。

　　现在我父亲已经六十多岁了，也许七十多岁（起码看起来是这个样子），他是个孤儿，他不知道自己的父亲和母亲，直到十几岁他才给自己随便取了个名字"王不死"。

　　有人经常对我说，王不死竟然还活着吗？王不死死了没有呢？

　　我就对他们说，没有，还没有死呢。

　　这些人我一个也不认识。也可能认识。我父亲说，我生来就没什么本事，记人的本事也没有。

　　曾经有一段时间，我父亲希望我能记住一些人，那些经常提供屋檐给我们居住的人。

　　这些人你一定要记住，死也要记住。他说。

　　我就问他，难道我们死了也要记住吗？我父亲很严肃地点头，他说，死了也要记住，活着是他们屋檐下的人，死了是他们屋檐下的鬼。

可是最近一段时间，那些人就不愿意提供屋檐给我们居住了。

父亲王不死的手臂还被火把烧伤了皮，逃跑的时候闻到来自他手上的味道……真晦气！……居然和从前闻到的焚尸气味一样。

他们是点燃了火把驱赶我们的，就像打马蜂那样把我们两个赶出来。

他妈的！

我脾气坏得很。我父亲说，自从我们离开那些屋檐之后我的脾气就坏得很。"他妈的！"他也学我的口气。

我经常带着父亲王不死上山找活路。这年头只要肯出力，总能活下去。

父亲王不死年龄大，我得照顾一下他那两条老腿，那该死的、细得要命的腿，我真恨不得到哪儿找两条新腿给他装上。

我们暂时在山洞里落了脚，几十年不肯走出那些屋檐，现在不得已了。还好我俩都肯卖力，除了是个山洞，打扫得倒是干干净净、清清爽爽，再也不用像以前那样天不亮起床，让出屋檐给别人过路。现在我俩可以仰躺着睡到大中午——假如谷雀子没有飞进山洞拉屎，我们没有被鸟屎砸醒的话，可以睡到大中午。

父亲想学那些人一样，搞点有意义的事。他说，我都快要死了，你当儿子的应该支持我的任何打算。

我说好。

我想看看他要干点什么有意义的事。虽然我一概否认那些人的活法，那些人做的事情都是没意义的。但是我还不能这么跟父亲说，起码他那句"我都快要死了"的话梗得我不好有意见。

父亲下山之后就不再与我联系了，很长很长一段时间，我连他一点音信都没收到，以往他会派一个小童给我捎来口信，告诉我他过得好不好。现在他的消息不来了，倒是那小童经常到山上来陪我。后来他干脆住在山上，反正父亲也不用他传送口信，他就这么住着，像我的儿子一样跟我做伴。我这种年岁当他的爹也合适。我俩时常去山中采兰草，据说开紫色花的蝴蝶兰特别珍贵，只要找到一株卖掉就能换许多钱。可是我们要钱干什么？所以我俩只是找兰草，遇到珍贵兰草也不采回来。

小童住得还算习惯。很多时候他张口就喊我"爹"。现在我也习惯他这么喊我了。可能相处时间长，我发觉他的面貌与我有几分相似。我在他身上总会看见自己更年轻时候的影子，他的左脸上也有一个酒窝，仿佛是从我这里继承去的。为了不亏待他那一声"爹"，我为小童取了个名字：王无名。这世上有多少人能留下自己的名字呢？还不如无名。我就是这么想的。

王无名有一天突然不见了，但是这一天我父亲突然从山下回来了。他那苍老的样子真是让我想不通，感觉他不是去山下过那些他渴望的平常日子，而是去了一趟地狱。反正回来的是个很糟很糟的糟老头子。我站在他面前打量半天，他露出两个该死的大门牙，眼睛瞪着我，从门牙缝隙里钻出五个字：你看个球啊！

他比我还火大。

　　我在山洞外面待了半天，看着光秃秃的树。这棵树可不简单，上个春天我还吃光了它的叶子。那时候小童还陪着我，他几乎没什么饭量，而我也并不时常感到饥饿，所以这棵树上味道还算不错的叶子让我们过了好一段逍遥日子。我们不去找兰草，成天睡在山洞里。我父亲就不同了，他一生的汗水都流在了给自己找吃的上面，为了他那张嘴，我们所有的付出都只够吃，我们没有房子，没有土地（确切地说，我们没有耐心等待庄稼成熟），我们四处流浪。自从我没有母亲而他也没有妻子之后，我们就不想待在原来的住地，走得很远很远，走到眼前山下的村子里，就像两条野狗一样，总算有人愿意将他们的屋檐借给我们遮风避雨，我们自己的故乡到底在哪儿恐怕只有鬼知道了。要不是他的饭量太大，胃口太好，也不会被那些人驱赶。我现在细细想来，可能父亲得了什么病，不然为何饥饿总是疯狗似的咬着他，半夜饿得没有办法，我听见他伸手扯屋檐草吃。那可是别人的屋檐草。那些人当然不高兴了。"扯房上草，也得看屋下人。"他们这么说的时候是真的生气了，何况作为人，怎么能连草芥都不放过，一个人如果肚子里装的都是草的话，那就不是人了。所以他们打着火把赶我们走，还好那些人留了最后一丝善心，在我们的背上系了一口旧铜锅，两个碗，两双筷子。父亲当然很委屈呀，时间过了好久他还很伤心，他说，世上总有一些人付出全部的本事也填不饱肚子。他很悲惨，是有苦衷的。可是那些人听不到这些话了，他们已经把我们赶出来了。刚来山洞的第二天，父亲就把树叶撸下来煮熟，一个人就着汤全部干掉了。最初我还不相信这棵树可以吃，人就是人，怎么能学牛羊那样吃草呢？后来我就相信了，树叶的确可以吃，并且味道也不差。可能我到了山洞之后胃口有了改变，从前和那些人住在一起时，我爱吃的东西就只有一样：土豆。父亲从前还担心我早晚会因为吃不起土豆而饿死。"有很多人是这样死掉的，他们挑食，挑这挑那。"他很严肃又很悲伤。

现在我望着这棵树也很悲伤，父亲从山下回来了，它肯定撑不了几日。

父亲回来以后变得很懒，有一阵子天天在山洞里睡大觉，仿佛他在山下从未睡过安稳觉。有几日我明显觉得他没有呼吸，我盯着他的胸口很久了，没见他动一下。后来我见他动了一下，竟然发出了树枝折断的响声。

父亲应该活动活动筋骨了，再这样下去我怕他睡成一块石头。说起石头，我很想念王无名。

有一天我问父亲，有没有可能让王无名上山来陪我们。可是父亲坚定地摇头，他说不认识王无名。父亲大概老糊涂了。他的门牙又那么松动，我实在不好意思跟他发火，担心声音大一点就会震掉他身上仅有的坚硬的东西。他现在看着真是骨头都要散架了。

到了雨季，我带着父亲在山上找野生菌，专门找那种别人挖了一下留出来的坑，我们就在这些坑中跳来跳去，在这些坑中使劲刨，表层一无所有的土坑被我们挖出新的还没有出土的菌子，父亲总是一把将它们抠出来放进嘴里。在以前那些人的经验中这可是不外传的秘密。我们也是偷看到的。傻瓜才会跑到密密匝匝的草林中盲目地寻找菌子。这种方法让我们好歹有了口粮。主要是供我父亲的口粮。我已经完全不知道饿了，如果不是父亲偶尔想起来递给我一块吃的，我都记不起自己还需要吃东西。

雨季的山路非常陡滑，我的父亲王不死太老了，他根本撵不上我的步子。我们两个在山中走着，他简直就是拖后腿的，我要一边走一边等他。

走慢一点啊你这个穷狗！他还冲我发脾气呢。

我上一趟下一趟地跑，他也上一趟下一趟地跟着我跑。他现在是两只脚外加一根拐棍，气喘吁吁，累到恨不得去死。

我能怎么办？我说，我能怎么办！我在心里这么抱怨。

如果我不把王不死带在身边，我害怕他会孤零零地死在山洞里。我有时候几天几夜在山上跑着，根本分不太清什么时候天黑什么时候天亮，黄昏总让我以为是早晨，早晨也被我误以为是黄昏，我等着天亮的时候天黑了，等着天黑的时候天却亮了。就是这样的情况使我经常误了回家的时辰，不得不将他领在身旁。我害怕王不死一个人死在山洞里。真的。我觉得他随时可能死掉。

但他现在还一直没死呢。跑上跑下的途中，我总要回头确认他是否跟着。他一直跟着。

雨季过去之后，我们香甜的野生菌过气了，什么都找不到了。

找狗屁！连菌子屎都没有！他骂骂咧咧，脾气暴躁，仰躺在我们两个补了后劲挖出来的很大很大的菌子坑中。

你干脆踢几脚泥把我埋掉，我不想走了。他说。

我就踢几脚泥给他盖住，就像盖被子那样，薄薄地盖一层。他趁机睡上一小觉。

等他歇够了，我们才回到很久没有回去的山洞。

这他妈是几月了？他说。

草都长满了！他抬起拐棍指着四周说。

我一句话也不想说。到处是野草，要不是我们还认识路，还看得见被野草封剩下的一个小圆孔，根本不知道这就是从前我们的住处。

我的父亲王不死看着这样的"房子"真是心灰意冷。他把棍子丢在地上，蹲下来开始干哭。

就是怪你！他说。

也怪我！他说。

他不知道该怪谁。吃了饱饱一肚子菌子，因为一通伤心大哭又饿了。哭不动了，他让我赶紧想办法找点吃的，这些野草就别管了，它爱长就长吧，反正又没长在我们身上，随它的便吧。

我赶紧出去找吃的。等我回来的时候王不死已经饿睡着了，也可能是昏过去。好在他这个人睡着了也不忘记吃，就像一个空麻袋，你往他嘴边放个东西他就一口吞下去。如果我不是他的儿子就好了，我就可以给他吃几个石头。兴许石头耐饿。

冬天到了。

冬天太难熬了，主要是我的父亲王不死难熬。整夜整夜的，他饿得直哼哼。

我能怎么办？我说，我能到哪儿给你找吃的？

忍着吧，就一个冬天。我对他说。

王不死非常犟，犟得要命，也非常胆小怕死。他说很多人都没有熬过冬天。

瞧他那怕死的熊样！

我只好带王不死下山，暂时到山谷河边的集镇上讨吃的。

这是个从来没有涉足过的地方。我以为父亲之前来的就是这儿，谁知他说没有来过，问他去的是哪儿，他也说不清。

我给王不死准备了一个背篓，路上捡的，我让他坐在里面，整夜整夜的，我就拖着这只沉沉的背篓从街头走到街尾。我的肩膀没几天就脱皮了。人们不知道是瞎了还是怎么的，没有一个人在我们身边停一下脚步，甚至对我们的议论都没有。

这儿人太多了，父亲说，他们看不见我们。

人多就看不见吗？

不知道第几天，我大着胆子喊话：有吃的给吃的，没吃的想办法给吃的，一切拜托大家了。

仍然没有人搭理。

父亲说，人太多了，他们听不见我们。

人多就听不见吗？

我就专门在夜里喊。我扯着嗓子喊，低着嗓子喊，沙哑着嗓子喊。整夜整夜的，只有河沟里的水声回应我。父亲越来越虚弱了，还好他从前吃得多，没有很快死掉。

人太多了，他们不欠我们，他们听不见我们，他们看不见我们。

他虚弱地靠在我的肩膀上说。

我和王不死经常睡在桥洞下。这儿有许多人们不要的旧报纸，头一天看完新闻直接从桥上就丢下来了。我早就看中了这个地方。

王不死瘦得皮包骨头，我担心哪天他会被风刮走。

回去吧。他经常半睡半醒地说。我也拿不准是不是梦话。

我俩照样去街上找吃的。只不过王不死不愿意待在背篓里了，他觉得那样蹲着像一堆破烂。他走前面，我走后面。这回我把他放在前面走，我也不给他依靠，让他连拐棍都不要拿，就这么晃晃荡荡走在我前面。

人们真的看到他了，停下来给他吃的。

看来只有将我这个破烂样子摆到前面，人们才看得见啊。父亲王不死又高兴又悲伤。

是的，我对他说，会哭的孩子有糖吃。

往后我就一直远远地跟着他，看他从那些人手里接过吃的，一口吞掉。我们来来去去在街面上走着，前前后后落到地面的雪都被我们踩化了。冬天快要过去，地上仍然没有积雪，积雪仿佛都在我们身体里，尤其是王不死，他好像把整个冬日的雪都吃掉了。依照我对他的了解，如果他不是一直靠着老天爷撒给他的雪花，人们送他的那点食物哪里过得了冬。

冬天过完我们又回到山上。这次我俩先去了一趟从前居住的村子，那些老屋檐还在，听说一些人老了，报废了，死了。少部分的老人还活着，勉强能将我们认出来。

没多长时日呀！父亲王不死感叹说，怎么感觉像过了十年。

我们很快又被赶出来了。那少部分的老人说，不想见到我们，不要在他们的面前晃来晃去，尤其我们穿着一黑一白，感觉像是黑白无常。

父亲王不死说，人生本来就无常。

他们还是把我们撵出来了。我们只能回到深山。原来的山洞垮掉了，那棵能吃的树也倒了。我们重新找了一个山洞。

春天来了，满山的树木都在抢着变绿。

父亲王不死还没有死。他像他的名字那样长寿。有一天他跟我说，王小命，你还是下山一趟吧，趁你还能爬到女人身上，你娶妻生子去吧。我担心他在说气话，好几日我都找不到吃的给他。怕什么呢，我还能吃土。父亲王不死的话说得非常严肃。而且找不到食物的这几日，我回来总是看到他满嘴泥土。有些人的胃随时可以转变，为了他的肚子能将就世上任何东西，说不定他真的在练习吃土呢。我就听了他的话。

去就去。我说。

我立刻穿上鞋子，跑到门口跟他挥手道别。

山下早就站着一个白白胖胖的女人，我的女人，她在等我。我脑海里尽是这样的幻想。

我从山洞出发，途中遇到一只野狗，一只野兔，一个不知道谁家的野孩子。在这个地方很少遇到孩子的。我只是轻微瞟了他一眼，心里很骄傲，很快我也会有这么一个漂亮的孩子，比他更漂亮——

我加快脚步和我的女人相会。

我的女人真的站在山下路口等我。她黑胖黑胖的。一开始我并不知道她是我的女人。她先和我说话，眼里笑出泪，望着我就像望着她很久以前的老情人，十分动情地喊着我的名字：王小命啊王小命，你总算来了！

我一把将她抱在怀里。风太冷了，她的身体更冷，等一个人会把自己等冷吗？我不知道。她的身体凉凉的，就像我和王不死刨菌子时躺在坑中那么凉。我很奇怪老天爷为何给我安排这么一个冰冷的情人。还好下山时王不死跟我说，无论遇到什么样的女人，肯嫁给我就是我的运气也是我的福气。我只好将这个女人带在身边。

去哪里？她跟我走上一段后，气喘吁吁地问。

我不知道。我说。

她的脸色黑红黑红的，十分泄气的样子。

不知道？不知道你为何要领着我？她更加难过，从地上捡起一块石头打我。

我父亲让我下山来。我跟她解释。

你父亲让你下山来，然后呢？她追问。

她的话就像小剪刀，想把我剪坏。她就是这么想的。我立刻就猜到她的动机。不过眼下我得回答她的问题，于是我对她说，父亲让我趁着身体允许早点娶妻生子。她听完哈哈大笑。我这才看见她有两颗虎牙。也许她是老虎变来的，难怪黑壮黑壮的。

你父亲让你一直带着我在路上瞎逛吗？我们要走到什么时候？

　　鬼知道。我自言自语。我才不想回答呢。现在，我连看她一眼的心情都没有。我手上拿着一根绳子，恨不得将她勒死。我们路过一条河，我自己飞快地过去了，真希望这个女人过不来。可她紧随我后。

　　你甩不掉我的。她说。

　　老天注定的。她笑说。

　　那又怎样，过了河我照样自己走自己的。说起来我也很难过，下山时以为会爱上我的女人，下山后才知道爱一个人多不容易。好在我也懒得轰她走，以前我和父亲王不死没有影子，现在就当她是我的影子了。对了，我想起来了，那些人之所以将我和王不死赶走，也是因为我们没有自己的影子。我们不知道影子到哪里去了，那些人只说，没有影子的人不能留在村庄里。

　　可我不能立刻带着我的影子回到山中，她说了，她永远也不可能跟我去那个鬼地方。她居然用"鬼地方"来形容我和父亲的住处。说起父亲，我有点想念他了。我对我的女人说，我想王不死了，不知道他还活着没有。我的女人听完不吭声，可是第二天，她走到我面前指着我的鼻子说，你是个傻的。然后她走了，头都没有回一下。

　　呸！竟然说我是傻的，你以为你第一个说吗？呸！

　　我又有机会找第二个和我有缘的女人，我真正的女人。

　　我走了很久的路，以出发的大山为地标，大概到了最南边。这是个灯火通明的城市，白天黑夜都有明晃晃的灯光照着。太阳像火球一样烤着地面，有人成天穿着白色的衣服，有人成天穿着绿色的衣服，只有我每天穿着黑色的衣服。这儿的人不喜欢穿黑色衣服，我只能晚上出来。夜里虽有灯光，但是总有灯光照不着的暗处。我就依靠这样的死角生存。我的女人迟迟不出现，我在城市的各个死角中，流转好几回都没有遇到我的女人。她死了。这么想的时候我感到一阵绝望。父亲曾特意提醒，如果不找一个女人结婚生子，我和他这辈子就算是干了赔本生意。

我哪里去找那个女人？那个女人肯定已经死了，说不定难产在她娘的肚子里。我越想越悲观，越想越觉得对不起王不死，他传给我的这一生注定要赔本。

夏天来了，也许是秋天，我躺在街道上睡觉。睡不着。风从我的胳肢窝吹上来，把我的臭味都吹进了我的鼻子。

那黑壮黑壮的女人又出现在我面前。

你甩不掉我的。她说。

老天注定的。她笑说。

我只好认命了。这回我是真的认命了。这个自己消失的女人又自己回来了。我摇摇晃晃从椅子上爬起来，有点儿不甘心地望着她。

做梦归做梦，现实归现实，你和王不死那种日子肯定是不行的，那是烂草一样的日子。我们要过不一样的生活。她对我说。

我点头。

我带着她往回走，一直走到我与王不死居住的那座深山脚下，她狠狠拽着我的后腿，不情愿地停下脚步。这里还能苟活，再往上就是死路一条，你看那荒山野岭。她哭着说。不管我怎么跟她解释，那不是荒山野岭，那里住着我亲爹，她就是坚持不多走一步。

我只好留在山下，有什么办法呢！父亲让我娶妻生子，我只能娶妻生子。每到黄昏，抬头看看山顶深处，算是与那不死的亲爹打个招呼。

我的女人没有名字，我给她取了个名字：白女。这样我就找到一点平衡了。望着她黑黑的肤色"白女白女"地喊时，心里没那么失落。

我二人开荒种地，从太阳出来忙到月亮出来，她身上我一次也没爬上去，没有那份力气和时间，也没有那份心情。她说，没关系，我们以后有时间，日子长着呢，生孩子就像种葫芦一样急不得。

我的女人喜欢葫芦。她栽了许多葫芦苗，一转眼我们家里堆满了葫芦：大的、小的，好的、坏的，美的、丑的。她忙得饭也顾不上，一开始还能吃上一顿两顿，现在每天都是空腹，夜里听到她肚子饿得咕咕叫，她不承认，说那是一种来自她们家族的遗传病。

有人就是这么活着的。这不是饿。就算一开始叫饿，后来也不叫饿，叫病。这是一种病。有人终身伴随这样的毛病。

就像我爹终身都在找吃的？这样想来我俩确实般配。老天注定的。

白女决定卖掉一些葫芦。她扛着一串葫芦去街上，万分不舍，好像即将卖掉的是她的孩子。

人们一下子将她围起来了。就像她说的，这些葫芦是人间最好的。

你卖的什么？

葫芦。

你的葫芦里装的什么？

清水。

她和他们一问一答。

我不知道她的葫芦里竟然装有清水。葫芦从来没有打开过。

你怎么知道是清水呢？人们大笑着追问。

因为我每天给它们浇清水。只能是清水。她回复。

我们一个葫芦也没有卖掉。这是第一天。

我们卖掉一个葫芦了。这是第二天。

所有的葫芦都卖完了。这是很多天后。

白女非常高兴，她的肚子再也没有咕咕叫。但是葫芦不能每天都结果，它的季节过去后我们只看到一截一截枯死的藤子。

你得养你的女人。白女对我说。

我点头。

我去找一个活路。我对她说。

白女送我到路口便回去了。与她分别时我竟然没有一丝伤感，倒是深山里的父亲让我十分挂念。我刚想偷偷去看他，白女就拉住我的手说，别指望偷偷去看他，你上山的每条路口我都给你堵死了。

我只好听她的话，扛着麻袋里的行装去矿洞。这是上回卖葫芦的时候人们告诉我们的。那些葫芦之所以卖得好，也是因为听说它们肚子里装的是清水。

这是一个黑乎乎的矿洞，里面的煤渣踩上去咔咔响。送我进洞的老板笑着说，不要怕，只是下去干活，每天都能看到太阳升起。

他这话反而让我听着害怕，难道我会看不到太阳升起？

在深洞里我有一大帮伙伴，我很惊讶，在其中竟然遇到从前借给我们屋檐居住的人。我本来记不住他们，但王不死要我记住，那我就记住了。他们比从前更老了，因为长期处于地下深洞的缘故，头发从之前的白变色成了煤灰色。胡子也是煤灰色。整个人都是煤灰色。我伸出鼻子闻一下，除了煤灰味道没有人的味道。

王小命，欢迎你加入我们。他们一眼就把我认出来了，很高兴地对我说。

我倒是有点害怕了。毕竟他们用火把烧伤我的父亲。我和王不死连滚带爬离开村子的印象又从脑海里翻出来。

不要怕。现在你是我们的工友，我们不会赶你。

我和他们很快就和解了，因为旧相识，因为情谊加深，早就忘记从前的不愉快。他们问起父亲的口气还是没有变：王不死还没死吗？

我和他们继续往深洞里走，我以为刚才就已经到底了，原来只是他们走到中途来迎接我。他们说，早就知道会有故人来，在我之前迎接的每一个旧相识，他们都从最底层走到中途的。

越往里走越看不清，后来彻底看不见东西了，黑洞洞的狭道只听见他们的脚步声，踩在煤渣上咔嚓咔嚓响。好几次我的脑袋撞在突然矮下来的洞壁上，在这些矮小的弯道里我只能爬过去。

终于到底了。一丁点儿惨白的光，不知道是从何处流来的，可能是从我自己的眼睛里吧，是那种瞎掉的光芒，它几乎照不见任何东西。我伸手摸了一下四周。

不要怕，现在是夜晚，明天太阳升起，这里就会好过一些。你很快就能习惯的。他们说。

你们不到地面去吗？我问。

不。他们说。

进出的路一点也不好走，谁还费那力气？出去了还要进来。他们说。

我很卖力地跟他们一起挖洞，很快就挖出一片稍微宽敞的地方。第一天干完活，我一个人走很远的路爬到地面，看见天空中几颗凋零的星子。第二天干完活我照样爬到地面，看见老板一脸的不痛快。第三天、第四天、第五天，我都看到老板一脸不痛快。看来连他也觉得我这样的方法很折腾，何况我出来的时候总是冷不丁吓他一跳，浑身黑乎乎的，像个地狱里爬出来的死鬼。老板就是这么跟我说的，说我像个死鬼，把他吓到做噩梦。

后来我就学聪明了，在离地面两三米的地方就停住，躺在通道里感受一下外面的星空、草木、风，以及谁从上面走过的脚步声。这些临近地面的感觉给我很大安慰。

喝点水吧，你不渴吗？老骡子跟我这么说时，我才看见他们所有人身上都挂着一个葫芦。借着那惨白的光线，他们喉咙一鼓一鼓的。我顺手摸了一下，发觉自己的腰间也挂着一个葫芦。我不记得走的时候除了衣服还拿了葫芦。难道是我的女人给我挂上的吗？我记不得了。

他们拿着葫芦喝啊喝啊，葫芦正是我女人白女亲手播种、亲手采摘、亲手卖到他们手中的。我认得这些葫芦。这会儿我倒有点想念她了，原本以为这一生都不会想念她。

我也学他们拿起葫芦凑近嘴边，有那么一瞬间我差点相信了他们的话，不过我很快就将葫芦放下了。我知道白女之前说的那些话都是为了将葫芦卖掉，葫芦从来没有打开过，她怎么会知道里面装着清水呢？

葫芦里只有瓢，没有清水。葫芦轻飘飘的。

我比这儿的人都清醒。我准备将葫芦作为枕头，下班时到临近地面的地方垫着它睡觉。

葫芦里都是清水，你怎么不喝？他们一脸认真的样子还真让人不好拒绝。

可是葫芦里只有瓢，没有清水。他们一定是太想喝清水了。这儿的水是黑色的，小小的、浅浅的，挨着地面，如果要喝这儿的水，整个人必须五体投地。

我已经很久没有喝水了。在他们没有拿起葫芦喝水时，我连水的样子都忘记了。

老骡子死的那天大概是晚上，也可能是白天，我有点算不清时日，凭着一丁点儿光线我也看不清他到底怎么了。我们两个是在岔道上遇见的。我遇见他。

背我出去，王小命，你一定要背我出去。光线彻底暗淡时我只听见他恳求我的声音。

我伸手拉他一把，企图将他从地面拽起来。

你先站起来。我跟他说。

我站不起来。他说。

背我出去，王小命，你一定要背我出去。他说。

我猫着腰站在他面前，这个地段洞身很矮，没有我高。我站在他面前腰都快断了。

你快起来吧。我对他说。我恨不得跪下来求他。

可是老骡子躺在地上不动。我费老大劲才看清他只有半个身体，另外半个身体卡在洞子后面——就是他身后的通道。他把这截洞子堵死了，难怪什么都看不见。

你这就不对了。我自言自语。再这么下去这儿的空气都换不进来。你赶紧起来，我带你出去看看月亮。我对他这么说时，无比想念天上的月亮。我在这儿耗的时间可不少了。

背我出去，王小命……

我用脚尖踢了踢他的半个身体。他晃了一下。

背我……

他突然缩小，不对，他突然空了，就像一个原本装了许多东西的麻袋突然空了。当他几乎贴近地面的时候，我才看见他的后半个身体与前半个身体差点脱离。

你是被上面塌下来的东西砸扁的吧？我这么问他的时候突然感到惭愧，怎么能这么问他呢。

背……

我好像听见地上这张空荡荡的人皮还在说话。

为了报答他曾经借屋檐给我和王不死住，哪怕是他的皮囊，我也背出去。可惜使了很大力气我也没有将他后半个身体从夹缝中拖出来。泥土还很松动，随时能再塌下来，也许已经塌下来了，我觉得头顶乱石横飞。

我背着老骡子前半个身体弯着腰虎汹汹地奔跑，能听见从我耳边溜过去的风。一路上我对他说，你不要害怕不要担心不要挂念，我会找到另外半个身体给你接上。等通道重新修好后，我承诺背他出去看月亮。

一路上，老骡子的身体一直在往下漏东西，也许他把骨头也漏光了吧。我顾不上查看，扛着他越来越轻的身体暂时回到深洞里躲避。

当我回到深洞的时候，脸上泪水崩了出来，我的眼睛也像泥土那样塌陷了，闭着，什么都不想看。

老骡子死了。我很难过地对他们讲。

正在忙碌的人全都走过来围住我。

怎么死的？他们问。脸上居然挂着不相信的笑。

我只好将自己扛着老骡子半个身体在通道里逃命的事情全部说出来。

他们没有半点伤心，连吃惊的神色都没有。

老骡子竟然从人群中走了出来，脸上凶狠的表情把我吓坏了。

傻狗，你在说什么鬼话！他质问我。他腰间的葫芦一晃一晃的。

没有没有。我边说边往后退两步。

谁他妈说得清楚啊，这个死了的人又回到他的工友中，而我扛着的半个身体不翼而飞。我只好将本来拉住他半个身体的左手从肩膀上放下来。

怎么样，自己也不信了吧？你的手里连根毛都没有。他们差不多像是在用鼻子说话，那不屑的语气。

我的手里确实连根毛都没有。

干活吧，傻子！老骡子说。

我只好从地上爬起来，不甘心地和他们一起干活。

我总觉得老骡子的脾气比以前坏了，可那些人根本不当回事，说他一直就是这么说话，哪有什么坏不坏。

老骡子死后的第二天晚上，我估摸着那条通道已经修好了，准备再到地面看看。我又看见一个人卡在那里，这回我连他断掉的另外半个身体都看见了。他在我眼前很快就把自己体内的东西漏光，当然，毫无例外，在他还能说话之前，也用老骡子那样的语气恳求我将他背出去。我伸手提了一下，将他两段身体的皮子提起来仔细瞧了瞧，确实没有看错，这个人就是跟老骡子一起干活的，他们两个经常在一起说话。

我不知道要不要将这两段皮囊拿回去。我决定还是拿回去吧。王不死说过，要记住这些给我们屋檐住的人，何况我是个好人，我出生的那天喜鹊高兴得在门口叫了好几声，还拉下一泡屎，这说明我是与众不同的。我这样的人怎么能见死不救呢？

我就拿着两段皮囊跑到那些人跟前，我对他们说，这回我可是拿了证据回来的，还热着，体温都没有散尽。

那些人凑近一看，哈哈大笑，那其中就有我刚刚解救回来的人。

我手上什么都没有。

第三天晚上，我又去那儿看，又看见一个人。第四天，第五天，接下来很多天都有人卡在那儿，除我之外的所有人都在那个地方死一遍，等我回到深洞的时候却看见他们正在干活。就是这样，我看见他们在通往地面的半途中死了，回到深洞里却看见他们仍然活着，不停地喝着葫芦里的清水，不停地使用自己最大的力气往下挖。

我真恨不得马上见到王不死，告诉他这儿的人有多奇怪。我也想马上见到白女，告诉她这儿的日子简直没法过了，这些人开出来的通道永远通向黑暗。

有一天我脾气上来了，挡在他们跟前对他们说，不要再挖了，这条洞子已经很深了。他们一把将我丢开，他们说，再挡道，把我挖了。

没有办法了，这些不听忠言的人。

我已经很久没有到临近地面的地方睡觉了，那儿的风，草木，星空……

这些人总是堵在半道上，只有堵在那儿他们才露出可怜相。一到深洞就不行了，脾气暴躁，没日没夜地干活。就拿老骡子说，他已经累得像狗一样贴墙了，手还在抓啊抓，抓到小石头就懒懒散散地丢到我这边。我每天都要打扫睡觉的地铺，上面全是老骡子丢过来的石头。

后来我才知道他们这么拼命是为了重新开一条通往地面的路。

那条路堵死了。他们说。

哪条？

就是那条路!

我要从那条路去地面听风是不可能了。那儿已彻底废弃。我也不想再去。每天扛着他们缺胳膊少腿的身体在那条通道里逃命,太累。

你不来帮忙?他们几乎用威胁的口气。

如果王不死在就好了,他一定有办法带我离开这儿。这些人越来越不好相处。起先还讲一点旧相识的情面,一口一个"工友",现在通通喊我王小命,王小命这样王小命那样,王小命你他妈的怎么不去死,王小命你坐在那儿算命吗?

真他妈活不下去了。

如果王不死在就好了。

老骡子每天晚上嗡嗡哭,前面两晚声音细小,可能是故意压着声音,后来声调就大了。好佩服那些人的睡眠,只要往地上一躺就跟死过去一样。老骡子每天晚上吵醒的只有我一个人。我哪敢有什么意见,只将被子——现在应该叫棉花——拉起来盖在自己脸上。声音仍然从棉花里钻进耳朵。不知道这样的日子过了多久,我的棉被都变成棉花了,我的腿脚越来越不听话,发抖了。

好在我还有葫芦。

现在我也相信葫芦里有清水。确实有清水。每天入睡之前,那些人咕嘟咕嘟喝一气,就像喝什么续命药水,第二天早上起来再喝一气,中午再喝一气。他们已经不吃东西了,只喝清水。

我也开始喝清水了。白女曾经对买葫芦的人说,她葫芦里的清水是喝不完的。现在我相信她的话了。葫芦里的清水源源不断。

自从我喝了清水，身体里的骨头仿佛又重新发芽，将老骨头顶掉，长出新骨头。我的腿脚彻底好了，不抖了。只是夜里多梦。

我总梦见王不死在地面上大喊大叫。他的牙齿掉得一颗不剩，用那空荡荡的嘴巴婴儿似的跟老板要人：把王小命还给我！

他们两个你追我撵，在我没有醒来之前，我的两只梦中的眼睛从未停歇过，也追着他们来来去去。

我真恨不得马上到上面去看看王不死，我觉得他确实寻到这儿来了。我们分开了好长时间，如果他活着，就一定会感觉到我的不幸。

真是大不幸。在这鬼地方。

我已经加入老骡子他们的队伍，比任何人都卖力。

一定要出去。我自言自语。

他们已经累得听不清什么。除了喝清水的时候某个瞬间眼里对我投来感激之情。毕竟这清水是白女给的。白女一定有不同凡人之处，能将清水源源不断注满葫芦，一定付出了不同凡人的代价。

她是个好女人。我对他们说。他们立刻缓慢地冲我点头，即便眼前这种情况点头对他们来说十分艰难，每个人都没有力气将脖子多扭动一下，多扭动一下就会浪费一丝力气，每天，他们只保持一个姿势，眼珠也懒得多转。

我前所未有地想念白女，想念我们曾经共同开出来的荒地，那时候我们一起站在新开的地面上，披着大好的月光，远处天边镶满了星子，晚风吹起她黑油油的长头发，晚上的白女肤色比白天好看，那时候的一瞬间，我将她揽在怀中，就仿佛我自始至终都那么爱她，对她那么好，就仿佛世间所有人（除了王不死），我就只爱白女。那时候的夏天晚风很清凉。白女不知道跟我说了什么，反正她后来深深看着我的眼神到现在还没有从我的心里冷却。

我是爱她的。我这么想的时候手上有了力气，希望力气不要白费，希望这条路一直通向我和白女开出来的新地上，我就使劲地挖，使劲将挖出来的石头扔到后边。我想象着白女就在地面上等着我，那儿肯定还种了许多葫芦，她站在葫芦地里眼睛一直望着我当时离开的方向，她认为我还会从离开的方向再重新走回来，她不知道我已经被困在地下，我只能从这儿挖通道像老鼠一样爬出去。

日子一天一天过去。

老骡子他们一天比一天瘦弱和苍老。他们好几个人已经不会说话了。由于长期不说话，舌头已经不灵了。

我对他们说，处于黑暗中的人，一定要保持发声的能力，不然我们会变得跟那些石头和泥土没有区别。

他们只是摇了摇手。

我伸出舌头在嘴唇外面左右晃，告诉他们舌头也是需要锻炼的。当我们无法说话的时候，不妨时常将舌头伸到外面晃动，这样并不会让我们的舌头更长，只是让它保持灵活。

他们学了一下，总算说了两个字，但说的是：智障。

这两个字一出口我就知道他们对我很不耐烦了。我确实一直说一直说，说得他们恨不得用石头打我。

我想用王不死的口气跟他们说，人是会长大的，不要瞧不起我，被困于深洞之中四下一片黑暗，我在黑暗中默默积攒了力量，我是不服输的，迟早要出去的。

可我不能这么说。王不死在他们眼里早就是个该死的人了，一个该死的人不去死，瞎操心什么呢？在他们眼中，这样的人说出来的话哪有人的气味，只有腐草的气味。

并且，我为什么要跟他们争论这些。

说起来我已经好几天没有见过他们的面目了。洞子越挖越深越挖越黑，我们之间谁也看不清谁。除了喝清水的时候感觉到其他人存在。

眼前要紧的是加快速度，赶紧开出一条逃生通道。

我在洞子最边缘，像小老鼠那样磨了磨牙齿，攥紧铁锹，狠狠地挖到一块石头。每当我觉得心里堵得慌的时候，就会挖到石头。

也许他们后来觉得我说的话没有错，都开始锻炼舌头，所有人的嘴巴又能发声了。只是我没想到他们好不容易重拾发声的本领却是用来哭。没日没夜地哭。哭完还不承认自己哭过。我怀疑他们的耳朵已经聋了，听不见彼此的哭声。只有我听见了，于是只有我昼夜都在他们的哭声里泡着。

大不幸啊！

我真想念王不死。想念白女。想念地面上通透的一切。地面上的夜晚都是明亮的。

不知道王不死会不会嘲笑我。

不知道白女还有没有种葫芦。

这儿的风好冷。我的棉花已经散了，变成泥土了。夜里困得不行时只能抱着石头取暖。石头更冷。

老骒子有时哭着从我边上跑过去，最近几日他肯定患了梦游症。

我也跟在他后面。反正我也睡不着。

你可以睁开眼睛。我对他说。

他不作声，听不见我的话。

后来我才弄明白，凡是我睁着眼睛说的话他都听不到，而我闭着眼睛说的都听到了。于是我闭着眼睛说。

要眼睛干什么！他说。

看东西。我小心翼翼地回复。

看个屁！你看见了什么？要是睁着眼睛有用，我们也不会睁着眼睛落到这个地步。

我摇头。

他说，在这样的暗道里只有闭着眼睛才看得见。

我俩像老战友似的在通道里跑。闭着眼睛。他去哪儿我就跟去哪儿。

他总是跑到那条垮塌的道路上。

他把身体故意塞进那个破洞——就是把他卡死在那儿的地方。如果没有人打扰的话可以睡到眼睛睁开。

后来我也天天跟着老骒子去破洞那儿睡觉，毕竟那里曾经通往地面。

现在不去了。

现在我意识到老骡子是故意带我去那儿混日子，也可以说，在那条路上他能想起点过去的事情。他说他的记忆里一片黑暗。

我只希望这条每天开挖的新路准确通往白女的葫芦地。

有一天，我们的通道有了一丝光线。这微弱的光线照在我们头顶就像神灵抚摸着我们的头发。每张惨白的脸上终于看见笑容。

太好了！

马上就要出去了！

老天庇护！

我们停下手里的活，为了这微弱的光庆贺一个晚上。假装石头就是蜡烛。假装石头就是美酒。假装石头就是音乐。假装石头是一切好东西。我们抱着石头乱跑乱跳，我们都记不起曾经在地面上的舞蹈，我们一通乱舞，在那微弱的光线下庆贺了一夜。

第二天光线又比第一天亮一些。之后的几天，光线更好了。

很快了，就要出去了！我们高兴坏了。

老骡子说，我们人出不去，魂也要出去。

加把劲啊老狗们！老骡子说。

我们像小青年一样狠狠地打口哨，在那细弱沙哑根本算不上口哨的口哨声中，我们哈哈大笑。

有人掏出他们的老鸡鸡尿高，在我们面前的通道上，看谁将尿甩到最高处。

这就是个玩笑，知道吧？老骡子跟我说，这他妈的就是个玩笑。他很伤心难过的样子。收起他的东西，抖了抖空荡荡的裤子。

你来尿。老骡子将我扯到最前面。

我回头看见他们都没有把尿甩到顶上。他们只是尿了一裤子。

我也尿了一裤子。

算了。他们说。垂头丧气。

我不记得在深洞里困了多久，只是感觉自己并不老。世上还有人比王不死更老吗？我们尿不高并不是因为年龄，而是我们在黑暗中过得太久，黑暗令人恐惧，哪怕是尿也会缩成一团。

终于，最后一片泥土像鸡蛋壳一样被我们剥开了。眼前的大窟窿恰好对着顶上一片夜空，月光明晃晃的，一股久违的夜风吹进我的鼻孔，还带着露水的草香。这是个晴朗的春天的夜晚，这是幸运的夜晚，这是我王小命又重新捡回一条小命的夜晚。

我让他们全都先出去，我最后一个出去。

洞子里除了我不再有别人。我想整理一下衣服，为了见到地面上的一切，我在洞子里过得疲惫不堪，现在我要重新好好整理衣服，可我这才发觉身上一丝不挂。在黑暗中烂掉的衣服就在刚才一泡尿之后，从我身上掉下去了。我低头看见它们泡在尿水里。

我爬到地面。

那些人一个也看不见了。他们都消失在这片地方，没有人与我道别。

满地的葫芦。这儿果然是白女的葫芦地。虽然我久居深洞，还是一眼看出来这是我们从前一起开出来的新地。

看来，她的葫芦越来越好种了，一开始还分季节，现在连季节也影响不了它们。眼前这些结满了葫芦的藤子在木架上缠得很旺盛，一大片地上全是这样的景象。要是有一个葫芦比我还大就好了，我就可以把它破成两半钻进去只露个头。

那有什么不可以的!

我听到一个女人在说话。这是我第一次听到地面上人的声音。

我赶紧捂着身体躲到葫芦架后面。

一个白发苍苍的老妇出现在我前方。她不打算走近。

你低头就看见了。她说。

什么？我不确定她在和我说话。

葫芦。她说。

我说的是葫芦。她强调。

我低头就看见了一个很大的葫芦。原来我正好躲在它旁边。

早就给你准备好了。她可能笑着说的，声音缓和。

我急忙破开葫芦，葫芦里没有清水，连瓤都没有。当我穿上葫芦，露出头和双脚，葫芦就像衣服一样贴身，让我行走自如。

真谢谢你。我对她说。

你见到白女了吗？我问她。

她不让我继续往前走。

不认识白女。她回答。夜风掀开她的白发，我看见那满是皱纹的脸，觉得这张脸很熟悉，好像在哪儿见过。

这是白女的葫芦地。我故意这么说。

你的眼力很好啊。老妇人这么说了一句转身走了。

我想，我总不能跟着她走啊，我又不是她孙子。

但我跟着她走了好一段路。她的脚步太快了。我越走越生气，怎么能让一个白发老妇丢在后面。我就狠狠地冲到她前面去了。我回头看她时，还是觉得那面孔跟白女一模一样。可不管怎么问，她都说不认识白女。

不认识白女又站在白女的葫芦地，那就只能是白女的妈了。白女的妈不是已经死了吗？可能她死后又回来看看白女吧。也许她也在找白女。想着我们两个是亲戚，她又指给我葫芦，即便走到前面我也停下来在她一眼可见的大路上给她行了个礼。

这样我就可以去别的地方了。我要去找王不死。

我对她说，我要去找王不死。

王不死已经死了。她是这么回答我的。

怎么可能。我不信。

王不死一定就在矿洞的地面上。曾经好几个晚上我听到的脚步声就是王不死的。我敢保证。

老妇摇了摇头，朝着一条细路上走了。她去的前方是莽莽苍苍的树林。

我腰间的葫芦晃来晃去。不知道为何，葫芦里的清水没有了。就在我到达地面想喝一口水的时候发现里面空空的。

我不能丢掉这个空葫芦。在深洞的时候，我们所有人都是依靠着葫芦里的清水才能活下来。

王不死果然在矿洞口等着，眼巴巴地望着矿洞。

你在这儿等着也没用。王小命死啦。下面的人全都死啦，我每天住的地方都能闻到从地下飘来的臭气，以我的经验怎么会错呢？他们都死了。你在这儿等着也没用。洞口又不会发芽，又不会给你长个王小命出来，快拿着我赔偿给你的钱去过好日子吧。那些人都拿着钱去过好日子了。老板正弯腰和王不死说话。

别在这儿放屁了，滚你的蛋。王不死说。

我来了。我对他们说。

王不死和老板立刻扭头往后看，老板连续张了几次嘴，终于说，那就赶紧把你这个老不死的爹带走，他已经缠着我好久了。

我的父亲王不死激动不已，他站起来想走两步却怎么也迈不开脚，嘴里喊出我的名字时，双脚只在地上晃了晃。

他一定是从前在这个地方走得太多，把两只脚走残了。

我把王不死背在身上。他轻得像一张羊皮。

回家去吧？王不死问我。他的门牙已经掉了，嘴里一颗牙齿都没有了，说话不关风。

我们走出矿山很远了。这是一条草路，我没有鞋子，走得很慢。

你要去找那个女人对不对？你的妻子。王不死对我说。

是的。我狠狠弯下腰表示点头。

你不要去找了，她已经死了。王不死伸手拍了拍我的脑壳。

死了？我停下脚步。

就在昨天，是昨天。王不死很确定。

我很生气地对他说，你是我亲爹，虽然你的牙齿掉光了也不能乱讲话。谁知道他比我更生气，他说，你刚才不是见过她了吗？你怎么认不出来呢？

我盯着地上不敢抬眼睛。

算了。王不死说。

真是个好人。王不死说。

我们要记住她。要不是她葫芦里的清水，你怎么出得来。王不死拍了拍自己的脑壳。

我不信。

我背着王不死加快脚步。

我心里越来越明白，刚才那妇人就是白女。她身上确实没有人的气味，即便我到地面见到的第一个人是她，也没有感觉到从前作为人的时候她身上那股好闻的新鲜的香气，然而那就是白女。我真后悔，一次也没有爬到她身上，只是曾经远远近近闻到她身上的香气。

我没想到葫芦藤这么快就枯萎了。转眼间，我背着父亲王不死赶到葫芦地，只看到一大片葫芦藤的残叶，葫芦一个也没有了。曾经撑起旺盛葫芦藤的架子，像骨头一样横在地面上。

完蛋了。王不死说。

我恨不得堵上他的老嘴。

你记住她就行了。有些债是还不上的。

那我下辈子还。我说。我心里很难过，我本来是要养活她的，可是我差点没有养活自己。现在我相信父亲王不死以前无意中说的话了——有些人拼了命也活不下去。

我的父亲王不死用他迷糊的眼睛看了看远处说，算了，她上辈子欠你的。

那我就记住她吧。我说。

我们两个离开葫芦地。他的脚已经可以走路了。我走前面，他跟后面指挥，该走左边或者右边。我已经很久没有走过这样的山路，这么宽敞的、树木密匝的路。

夜鸟一声一声地叫，它们嘴里像含着露水。

你要走快一点。我对王不死说。

我们很快就要到达山洞了。我很高兴。我已经认识上山的路了。这是春天，满林子的花都开了，即使处于夜晚我也能看见它们。

我们遇见一条野狗，一条蛇，一大片有毒的野生菌。从林中潮湿的气味扑面而来。这些真实的感觉让我万分激动，我是真的离开深洞走在地面上了。

王不死说，你要走慢一点，你年岁也不小了。他说完这句话就一直不再吭声。我也没有回头看，不知他是否跟得上脚步。

山洞。山洞出现在我的眼前。

我的父亲王不死还没有跟来，他可能在哪儿休息吧。

站在我身后的是王无名。说来也怪，我在深洞的时候一次也没有想起他。

好久不见，我亲爹！王无名很激动，他的嘴还和从前一样甜。

乖。我摸摸他的头。

反正我已经到了该当父亲的年纪。

这回我可没有乱喊，你确实就是我亲爹。王无名边说边抢先走进山洞。

你没回来的时候，我可是尽了做孙子的本分的。他说。

难道你和我的父亲王不死见过面了吗？我这么问他，得到的答案很肯定。

王不死竟然一句都没有提起他。

我母亲已经死了，现在我只能留在你身边。王无名坐在地铺上，跷起他那细小的腿。

我不知道他母亲是谁。他之前从未说过。

就是白女。他说。

他还能看透我的心思？

我确实可以看透你心里想什么，就是这样我才必须来这儿找你。你在地洞的时候可一次都没有想起我，这太不负责任了。作为你的儿子，我有时还真不愿意和你相认。我母亲临死还跟我说：去找你亲爹，他会养你。她要是不这么说我就不来了。

你在瞎说。我又吃惊又心虚。

你不认识白女吗？他问我。

认识。我说。

那就是了。我是你和她的儿子。

我真恨不得一脚将他踢出去。我认识白女之前就认识了他。

那有什么关系？你认识白女之前就认识我有什么关系！这不能影响我是你们的儿子。作为父亲，你该逃避的已经在深洞里逃避了一辈子，现在你出来了，无处可逃了。我母亲就是这么跟我说的，你无处可逃了。

我捏紧拳头。我长这么大还是头一回听这么白痴混账的话。

我只和白女开出一片新地，只种过一大片葫芦，在那时的许多个晚上，我们只是一起给葫芦浇水、锄草、搭架子，白女身上我一次都没有去过。虽然我的父亲王不死很期待有个孙子，可那时的晚上非常忙碌，我和白女都认为我们的日子还很长。

王无名一定是疯了。

想不到他也捏紧了拳头向我走来。

想打架吗？他咬着牙恶狠狠地说。

想。谁怕谁是狗。我说。

话才出口我就挨了他一拳。

这是替我母亲打的。王无名说得理直气壮。

他的话很管用。对于白女，我就像一把破筛子，只要有人借她的名不管是打是骂，我都没有还击能力。

我和王无名过了三天才和解。我是被他的讲述感动，并由此相信他的确是我和白女的儿子。我得原原本本用他的口气将那些事重说一遍：

我是在葫芦里长大的。葫芦里什么都看不见，黑漆漆的，但我可以听到水声，那种从很高的悬崖上坠落的水声。饿的时候我伸出舌头舔一下能尝到飞落在嘴边的清水。

母亲在葫芦外面跟我说，你父亲没有给你取名字，你就叫王无名。她每天"王无名王无名"地在外面喊，我在里面多听几遍记住了。你的声音我倒是很少听到。王小命，你很少说话对不对？母亲说，你和她没有话说。

还好我在葫芦里，作为她的心血，我努力长成她的样子——当然了，我只是心里这么想，我要长成她的样子。

后来就不行了，我知道我长得跟母亲没有一点关系。我长得更像你。我当然知道我的长相了，虽然什么都看不见。

那时没有风，这是肯定的。风都在葫芦外面。

我能听到风声。风声都在母亲和你的身边呼呼乱叫。那时候我就在想，你对我还是不错的，起码那段时间你尝试着跟我的母亲过日子，你们去很远的地方打水，然后浇到葫芦根部，这样我就可以获得源源不断的清水。我在葫芦里喊，王小命，王小命。你和母亲都听不见。

我很想念父亲。王小命，那段黑荡荡的日子里，我很想念作为父亲的你。

可是你并不知道我在葫芦里。也许你知道。

母亲非常忙碌的时候，比如说，她去变卖那些只有清水没有我的葫芦，那么地里所有的事情就落在你身上。那时候母亲非常相信，你会像她一样爱护那些葫芦，爱护我。是的，你并不知道里面有我。但是谁知道呢？谁知道你到底真不知道还是假不知道。

我就是在那个时候被你害了。

王小命，你害了我。

你去打的水有毒。是的，我知道你要说，在没有清水的时候我们只能依靠老天爷丢到地上的雨水活命。

可是，那漆黑的水把我的喉咙侵坏了。

不过我不能怪你，我知道你为了那些水是跪着去的。那些人在水坑里抢水，你也抢水，作为世上比他们更一无所有的人，你遭遇的嘲笑更胜从前。那些原本和你一样可怜的人，在喝完一口浑浊的雨水后，还不忘拦着你的去路：你的父亲王不死死了没有？你说没有，还活着呢。他们得到答案仍然没有放过你，要求你跪着走到坑边，他们说，像你和你父亲王不死这样的人，说起来是没有资格跟他们在同一个坑里吃水的。他们生来就是有屋檐的人，即使天干缺水，他们也比你们强，以你的身世只能跪着走过去，像从前那样做出谦恭的可怜样。他们人多势众，还比你年轻，是的，他们就是那些真正借给你们屋檐居住的人的后代。他们都很年轻。

王小命，我很难过你为了我做出那种牺牲。我原本是要感激你的。

可是你忍着。你把那些脏水全都带回来了。

要活命的话，只能这样。你跪在地上给葫芦浇水的时候自言自语。

我的嗓子彻底坏掉了，每喝一口你跪着求来的浑水我就发烧，我把葫芦里本来还存着的一点清水也喝掉，但这并没有将我的嗓子变好。或许我注定生来就是个哑巴。

母亲回来的时候我觉得我快要死了，她在外面喊我，王无名，王无名……我听不见。

她就只能对你说，去吧，你得去过和你父亲不一样的日子。母亲就是这么对你说的，站在你们共同开出来的新地上，吹着风，她的眼里闪着泪花。我在葫芦里听得非常清楚，虽然那时候我觉得自己已经死了。

你不信吗？那我管不着。

反正，王小命，就是你的本性害了我。作为父亲你没有想办法给我弄到清水，你跪着和那些人抢浑水，当大家都践踏你的时候，他们只说了一声，王小命，你跪下！你就跪下了。你就是用这么可悲的软弱给我取来了浑水。是的，你并不知道我在葫芦里。

但是他们知道我在葫芦里。是。他们知道。我敢肯定。

王小命，这个世道坏掉了。你不能不信有人在用嘲讽挑拨一个做父亲的人的底线来获取他们的笑料，有时候同情并非出自真诚的善意，就算那些给你屋檐的老者们是出于好心，他们的后代已经不是那种心情了，他们给你水喝的时候强迫你跪下去，他们告诉你人间早已没有清水，全是这样的浑水，你想活命就得和他们一样脱掉鞋子站在水中，或者趴下身体让你的嘴去浅水中一口一口地品尝，因为他们说了，即使这样的浑水，也很快就要干枯了。

日子过得太轻浮了，人就没有良心。王小命，不要以为我现在还是一个孩子，我觉得我的心比你老多了。你看看，我的脸上已经出现了皱纹。

你说说，你是不是害了我。

你记住我的话没有错，那些人坏掉了。你不该跪下去。即使没有水我也能活下来。你不知道我们当中很多人可以顺其自然活下来吗？

哦，你不知道我在葫芦里。

你不知道我在葫芦里！

你根本没有打算尽早破开葫芦，解救你的亲生儿子。

我的母亲已经死了，王小命，我像个孤儿一样活在世上。曾经有一段时间我恨不得也钻进那条矿洞，就像母亲活着的时候提醒我一定要跟自己的父亲相认。我是打算和你相认，可我还在葫芦里，一个沉重的大葫芦。当然了，如果我要出来的话也不用你帮助，我自己可以从葫芦里出来，有几天我就是自己从葫芦里爬出来的，走到矿洞门口，想着要不要钻进矿洞和你团聚。当时我很生气，我觉得那样的黑暗应该全部归你——我的亲爹！——让你也尝一下黑暗的滋味，没有水的滋味，没有亲人的滋味，当我在葫芦里的时候你也在深洞里，这样一想我就很高兴，你和我受着同等的罪，我就不愿意和你团聚，宁愿待在葫芦里。

只恨你在那样的地方仍然想不起我。你只是想起我母亲的好，那个可怜的可悲的可恨的女人。她死了还在为你种葫芦，她怀着一颗逝者的心在葫芦地里忙活，当她看着夜晚的月亮大大地挂在天空，她就盼望你在地狱般的通道里也可以见到哪怕是一丝微弱的光芒。现在我简直要怀疑你说的那些微光可能源自我母亲的目光。她总是整夜盯着月亮，即使没有月亮也盯着黑暗的夜空，我怀疑她用了什么力量让你曾经在绝望的日子里也瞧见了希望。

什么？你说她刚刚死去没几天？瞎说。她死了很久了。

这世道，好人往往用丧命的勇气解救别人，可惜人心就如秋风扫落叶，地上有多凉，树叶就有多凉，风就有多凉。

难道我说得不对吗？王小命，你们所有人都喝了母亲葫芦里的清水，可是你们谁都没有感激她。那些人出了地洞就逃走了。你出了地洞见到她，可你不敢相认，你害怕那又老又丑的样子。虽然最后你终于把我从葫芦里破出来，可那是因为你缺少衣服，你需要那两瓣葫芦遮羞，你不会承认自己干了祸害子孙的事情。王小命，你觉得我哪里冤枉你了！

算了，说这些还有什么意义，王小命，我以后不会跟你说这些了。

事情就是这样，王无名说完那些话，我就相信他是我的儿子了。难怪当时觉得那个大葫芦里面好像有什么东西，那东西还惊慌失措踩到我的脚背，一晃就逃走了，我以为是只老鼠或者野猫。

以后我养你。我说。王无名听了我这句话鼻孔里冷哼一声。

从这以后我就每天给王无名找吃的。王无名再也不干活了。从前我们刚刚相识的时候，他还是个非常勤快的孩子。

十年了。我养了王无名十年。确切地说，我养了王无名和王不死十年。我的父亲王不死还活着，但活得跟死了没有区别。我们两个过得越来越苦了，王不死的老脸上总是没完没了地挂着两大滴泪水，就像一头瘦公牛总是张着眼睛让你看见它眼里的两大滴泪。我对王不死的泪水无可奈何，忍无可忍才会对他说，老不死的，你总是挂着两滴猫尿！

王无名再也没有出去找过一回吃的。他的饭量跟我的父亲王不死一样大，现在眼看就超过王不死的饭量了。

你有接班人了。我嘲讽地跟王不死抱怨。

是啊是啊。王不死睁大眼睛，两颗大泪滚出眼眶时立即又被另外两颗泪水填满。他说"是啊是啊"的时候倒是看着挺高兴，毕竟他总算有个孙子了。我还记得他说，只要我们有了后代，我们父子二人就算没有干赔本生意。

他妈的！我想起这些事情觉得脑袋上全是包，疼得很。

我现在的腿细得和蚂蚱腿一样，每天大量的山路攀爬使我比从前还瘦。我要左边挂一袋吃的给王无名，右边挂一袋吃的给王不死。

我在山上掏啊掏啊，把山都掏空了，能吃的东西现在都装在王不死和王无名的肚子里。我们三个只能再换一个山洞。

要是我们能抵住那些人的火把一直留在屋檐下，恐怕就不会这么凄惨了，那些人的后代也不会逼我跪着打水，我和他们说不定能成好朋友。就算要我跪着打水又怎样？又不是只有我一个人跪着。水越来越少越来越浅的时候，所有人都跪着打水呢。要是我们不出屋檐就不会遇上后来的王无名。

这个王无名，这个龟孙子！

我的两条腿要断了。

我和王不死每天出去找吃的。只要他没有饿晕过去就会一直跟在我屁股后面，我左一趟右一趟，他也左一趟右一趟。他的腿抖得厉害，仿佛听到骨头咔嚓咔嚓响。也许他已经在死了，从他的腿开始死，再一步一步死到头顶，最后死透了才从地面上倒下去。

有一天王不死突然问我，你是不是觉得我该死了？我急忙摇头。

这家伙竟然还能听到我肚子里的声音？人越老骨头越透风吧，他很怕冷，把自己包得像粽子，有的时候我走在前面突然一回头，能被他那诡异的装扮吓出尿来。

干脆我们不回去了吧？王不死时不时就跟我说这样的话。每当他快要累趴的时候就这么说。

他想推卸责任吗？要抛弃王无名吗？

是你让我下山的。我说。

王不死就不说话了，像个做错事的孩子，脑袋缩回那件大衣服的领子中。

什么时候能出头哇。我自言自语。

王不死在后面听到这句话突然又来了精神，他这个人最强的本事就是在我感到迷茫的时候给我输送人生大道理。什么"很多人都是这么过的"，什么"老天给你一两油，枉费你张口要半斤"。但是最近好几回他都不说话了。这次也一样。他只是突然来了一下精神，抬头看看我，又把头抬着去看天。太热了……他只说了这么半句无关紧要的话。

现在是秋季，天气凉爽得很呢。

到了冬季，我们三个就不出门了。王不死不分白天黑夜地睡觉，眼皮从来没有张开过。王无名却整夜整夜地梦游，就在洞子里面没完没了地一圈一圈地走。嘴巴里还在说，出不去了！出不去了！要困死了！我被他吵得根本无法安身，已经多久没有合眼只有鬼知道了。

好不容易春天来了，我鼓动王无名去哪儿找点粮食种子，毕竟我和王不死年龄大了，往后他自己的肚子只能自己想办法填饱，总不能我死了还要给他找吃的吧！可是王无名不愿下山找种子。他说我死了也可以给他吃的。

王无名在山洞门口栽了许多刺，眼看就要把洞口堵上。王无名说，这些是可以结好果子的——世上最甜的果子。

我的父亲王不死终于清醒了一些，他像把一生的觉都睡完了似的，后来就彻底不睡觉成天醒着，对王无名在洞口栽刺的行为不闻不问。

你该管一管的，你当爷爷的好说话。我小声跟王不死说。

王不死大声吼道，我当老天爷都没有用，你是他爹你怎么不管呢？你把黑锅甩给我干什么呢？他已经不错了，他只在洞口栽刺，你去看看山下那帮年轻人，他们在所有空地上都栽了刺！

那怎么活命？我不敢相信。

但是我相信了。当我从洞口艰难地钻出去的时候，看见所有地方都长满了刺，我就相信了。

我对王不死说，刺扎脚，不可能结出好果子。

王无名对我说，他栽下才知道刺扎脚，但一时半会儿除不掉了。那么多人都曾相信他们亲手种下的刺可以结好果子，现在晚了。王无名说，只有等他的儿子出生才能解决这样的场面了。

他的儿子还在他妈的肚子里，可是他王无名也要出得去，找到他儿子的妈才行啊。我好难过。但是这样也好，这样我就不用出去找吃的了。左边扛一袋吃的给王无名，右边扛一袋吃的给王不死，这种日子我过够了。

随便你吧。我对王无名说。

你饿吗？我问王不死。

王不死没有回答我的话，他转头跟王无名说，吃土吧！

我的儿子王无名说，土也是好吃的。

我感到有些担心，我害怕他们两个饿急了把我吃掉。王不死跟我说，放心吧，虎毒不食子。王无名也对我说，放心吧，子毒不食父。可是每天晚上我在王不死那儿睡一会儿就要赶紧跑到王无名那儿睡一会儿，他们的身边我都不敢久待。饥饿能让人丧失理智，不是吗？白女已经死了，世上最好的人已经死了，她在人间的葫芦和清水一并被收走了。这儿没有葫芦也没有清水。反正，我就这么迷迷糊糊地在他们两个之间飘来荡去，我觉得他们不是王不死也不是王无名，他们只是长在地面上的两张嘴，而我，是一块瘦肉。

白月亮

黑月亮

现在，他已经学会与父亲沉默相处。每天父亲只吃两顿饭，简短的两分钟时间，他已经不像之前那样抓着机会不停地询问，为何要打造这些木料，为何要将它们打造成棺材。眼下他不问这些废话，既然得不到回答。父亲变得像哑巴，什么话也不说，很久没有听见从他的嘴巴里喊出"小城"这样简单的字眼了。

小城多么希望父亲可以再喊他一声，小城，儿子，怎么喊都可以，一声就行。他想知道父亲的声音有没有变。至于父亲本人，母亲一再火爆地强调："傻瓜，你的老爹已经变了，他不是以前那个人了！"

小城不愿相信，可母亲的话也不全是气话，有些事情她可能看得比他真，父亲确实躲在那儿不愿出来，这在从前怎么也不会发生（他的记忆虽然坏到极点，对父亲从前有没有搬进小房间的事情却记得清楚）。从前绝没有这样的事。只怪自己只有八岁，不懂怎样帮忙。

他只有八岁。说起这件事又让人烦恼。不知多少回了，母亲一直都在他生日的这一天说，好了，今天你八岁了。如果他说，我应该不止八岁，她就很生气。她太容易生气了。当然，这不是他和母亲之间最大的矛盾。最让母亲生气的是他老替父亲说话，只要他说，我爹只是暂时搬到那儿，毕竟一个人做活清静。母亲就暴跳如雷："你为什么总要替你爹说话呢？听你这样说，好像是我吵着他的清静，逼迫了他似的。他做出这种事情，不是搬进那间屋子那么简单，儿子，你爹是抛弃了我们，他这样做是对的吗？"

母亲只要发了脾气，小城就不敢多说。但有的时候他无法控制情绪，一再触怒母亲，说她是故意要让父亲死在那儿。那天中午——也许是昨天中午——他一反常态，嘴巴好像不是自己的，是别的什么人的，肆无忌惮地说："你就是想让我爹死，你就是准备害死他！"

眼下，小城怀着愧疚的心情，尽量不惹母亲生气。他暗自困惑，觉得自己很多事情都看得清楚，也确实能发挥一点才智去说服母亲，使他们三个人重新回到从前的生活，可不知为何，心底有另外一个愿望，并不希望父亲真的从那间屋子出来。他隐约感受到来自内心深处对那间屋子的好奇和对父亲能搬进去居住的羡慕，如果可以的话，假如可以，他希望住在那儿的人是自己。只不过这种愿望很多次被压制，只要它稍微冒出一点，他就会马上对自己说，疯子、疯子！

他想起父亲的手，那么熟悉而温暖，通过手，他仿佛感受到来自父亲的歉意。他相信父亲是爱他的。事情突然变成这样原因一定不简单。

"你老爹还在摸黑干活吗？夜里。"

每天早上，母亲都会照常问出这句话。得到怎样的回答都无所谓，反正她只是问问。她对丈夫充满怨恨，对他的那份情早就淡薄了，只希望他永远不要出来丢人。对，丢人！母亲就是这么认为的。外面传得可厉害了，什么坏话都说尽。她是爱面子的人。她已经很少出门。

"是的。"小城也照常这么说。

如果母亲有足够的耐心，或许可以告诉她，父亲自从进了那间屋子就像生了夜眼，将哪怕能漏进一丝光线的窗缝都堵严实了，他在房间里不停地忙碌，一刻也没有休息，仿佛急着完工，但是两个月过去了，完工的迹象一点也没有。时间长了，小城的耳朵也因这些声响变得灵巧，隔着窗户他就可以辨别父亲是在屋里的哪个角落站着，是在木头的这头还是那头，夹杂在这些声响当中的叹息也无法逃过他的耳朵。父亲肯定对手里的活不太满意，他肯定很焦灼，想发脾气又压制着脾气。他原本可以将这些耳闻都告诉母亲，和她一起商量怎样解决父亲遇到的麻烦。可这些话太碎了，母亲不会有耐心。

这会儿已经是八月十四了，平原的季节分明，那屋子里肯定很冷了。小城在院子里站着。

"为啥不进屋啊，小傻瓜？"

母亲今天心情很好，坐在最宽大的那把靠椅上织毛衣。堂屋里生着炉子。院坝里冷飕飕的，院墙的砖块儿看着比任何时候都冷硬，院墙外站着的两棵杨树将枝丫伸了几根搭在院墙上，像累了歇气。小城看得两眼灰灰的，提不起精神。他没有说话。他和母亲的话越来越少了，倒是想跟父亲说话，有一肚子的心事。那间屋子没有任何动静，连着三天没有任何动静。"他到底在做什么呢？是不是木料不能再用了？会不会缺几块木料但是不敢出来拿？天哪，他是生病了吧？"小城想了很多，一会儿惊慌失措一会儿又自我安慰。

他站着挪不动脚，想得越来越多，脑壳都有点痛了。过了一会儿，冲着堂屋轻声喊："娘。"

母亲没有听见，低着头。

"娘。"他又喊了一声。这回声气挺大。

"你要说什么就说。"母亲头也不抬。

他想说的是，能不能给父亲送个炉子进去，昨天不是买了很多木炭吗，但没有勇气开口。

"你为啥不说话？也不进屋，你不冷吗？"

"那……那边……娘，我是说……"小城舌头打结。

"你想好了再说。"

歇了一口气，他指着那屋子说："那边冷清清的。"

"冷清？冷清才好呢！"母亲一听就不高兴了，横着眼警告他，要么进屋烤火，要么继续站着，但是要闭上嘴巴，别再说废话了。

小城一阵委屈。

他挎着一只篮子出了门，这是以前捡麦穗用的。

"你去哪里？"母亲在屋里喊，声音不急不躁，不过是随意问一句，她知道这时候该是小城出去玩的时间了。

他挎着篮子出门。干吗要挎着篮子出门呢？他也不清楚。这时节地里早就没有什么可以捡拾的庄稼了。

遇到一些人，笑得合不拢嘴，老远就问："小城啊，又挎着篮子出门啊？"他赶紧点头。也许这是他挎着篮子出门的原因。一路走过去，尽是笑得合不拢嘴的面孔，尽是相同的问话，尽是一次又一次点头，也许这就是他感到的趣味。他这个人对有趣的事情要求从来不高。

到了河边，岸上有许多孩子在玩耍。

小城赶紧过去。朝着那个背对着他的小男孩打招呼。这是他的好朋友。

"坤羽。"他喊道。

那孩子转身，很不耐烦的神情。

"我都和你说几次了，不要喊我坤羽。我不是坤羽。"

"那坤羽呢？"

"我怎么知道呢？"

"你就是坤羽。你就是我的朋友坤羽。你为什么不承认？"

孩子们听了一会儿，看到小城一着急，互相拉扯着跑了。坤羽跑得最快。小城听见他们在途中留下的话。好像是说，这个傻子又来了，不要跟傻子多说话。

他不明白他们为何要说这种伤人的话。不过也无所谓，反正母亲不也经常"傻子傻子"地喊他吗？早就听习惯了。何况与他们根本玩不到一块儿，他的个子太高，和成年人一样高，与他们一起做游戏实在太累了。

　　挎上篮子，继续在河边走。这次他走得很不舒服，老是想到父亲的那间黑屋子，想起父亲吃饭一次比一次少，最近三天，每天只吃一顿饭，而且只开一条刚好够塞碗进去的门缝，然后，过十来分钟，那只碗又会推出门外，碗里的饭菜几乎没怎么动过。

　　"那个傻子，那个傻子又来了。"

　　他听到这句话的时候猛一抬头，望见河对面三个妇人低头说话。她们是故意低头不看他的。他知道。

　　"张婶儿，李婶儿，王婶儿。"他挨个喊一遍，与她们招呼。

　　她们匆匆回头看一眼，不知是否对他点没点头，反正接下来，她们三个加快步子走了。

　　小城回到家中。

　　母亲早已准备了晚饭。晚饭总是在日头很高的时候就已经准备好了。但今天没有日头，阴沉沉、灰扑扑的，杨树叶子僵硬地掉在地上，他满怀心事地迈着脚步从树叶上踩过去，一直到了院门口，鞋底还粘着几片杨树叶子。

　　"你又到树林子玩耍了？"

　　"我到河边去了。"

　　"河边？"母亲微微皱一下眉头，像是要发火。

　　"我看到坤羽了。"

　　母亲不搭腔。

　　"他还是不承认自己是坤羽。"

　　母亲不搭腔。

"我真搞不懂，他像是变了一个人。"

"你说完了没有啊？我怎么跟你说的？要你别跟那个孩子接近。你这样不听话要吃大亏的。"

小城表面没有抵触母亲的话，心里一阵嘀咕："他是我的好朋友，能吃什么大亏？"

饭后，小城盛了一大碗饭，送去那间屋子。门只开了一条小缝，刚好塞碗进去。等了十几分钟，又端回几乎没有动过筷子的饭。小城很想跟父亲说话，或者趁机捉住父亲推碗出来的那只手，可是他一次也没有见着父亲的手。他是用一根棍子推碗出门的。他连手都不想放出来让人看到了。

"你以后不要去河边啦。"母亲在厨房里高声和他说话。

"娘，坤羽是我的朋友。"

"什么朋友！我不允许你们再见面。我的话你要听，不听会后悔的。"

"他真是我的朋友呀，我记得……"

"你记得，你记得什么呀！"

"我们年初还有说有笑，可能最近几个月他听到什么闲话跟我生气呢。"

"反正你给我老老实实待着，不要再见那个祸害。"

小城心里很不服气。那怎么是祸害呢？那是他最好的朋友。

母亲噼里啪啦收着碗筷进了厨房，紧接着又是一阵杂响。她又生气了，故意摔筷子，故意将水龙头开到最大，水充斥在洗碗池中。

他凑到那间房子的窗户上。这是好几天来心里想要做而没有胆量做的事。大概今天日子稀罕一些，明天就八月十五了嘛，快过节了，他可以找到一百个理由站到窗户跟前。他相信父亲今天不会和往常一样凶他。

对、对、对，脚尖靠近了墙，身子往上拉直，让鼻尖恰好触在窗玻璃上。窗玻璃后面一堆旧报纸和木板是父亲加上去的，他鼓着两个眼珠子往里面瞧了瞧，这种事情恐怕只有他会干，明知道窗户是堵着的嘛。他与父亲之间隔着一道墙，外加这么个严实的窗子。不过今天的运气实在太好了。神奇降临在他身上，眼前的障碍物变得薄薄的，之后居然雾气一样散开，让房子里黑漆漆的光线多了一丝明亮，就借着这微弱的光，他看到屋子里的人了。不错，那个人正是他的父亲。他高兴得差点喊出来，觉得这种"看见"十分难得，十分梦幻，简直是一种可怜他的显灵。但他担心一张口窗户又堵上，什么也看不见，所以干脆任凭嘴巴大大张着却不发出一丝声音。他看见父亲躺在刚刚完工的棺材盖子上，在发抖，在说胡话，两条细腿抖得厉害。木料渣子堆了一屋，父亲肯定就是准备用这些东西取暖，从木板上刮下来的木料皮占了屋子的四个角，大概这会儿实在冷，躺在那儿之前他做好了准备，将一些木料的刨花抱在怀里，若不注意还以为他是抱着一件滚花的厚袍子。

小城觉得眼眶快要被眼泪填充，快要看不清眼前的东西了。但为了使好不容易才看见的一切不要那么快消失，他在心里不断平息激动情绪。

眼见着父亲的可怜样子却不敢声张，他闭上嘴，咬紧牙。

他看见：

父亲从棺材盖子上起身了。

父亲又换了一块板子躺下。

又换了另外一块窄一些的板子躺下。

再换了宽一些的。

最后，父亲在这些板子跟前用手比画，停下来思考。

原来啊，天哪，他是在用自己的身体去丈量木板，以便取得合适的尺寸。那么，就是说，他并不是因为冷或者生病，只是为了亲身丈量木板。小城眼睛一亮，为这个发现高兴得晃了晃脚跟。

或许就是晃脚跟这个动作惊扰了父亲，他一开始像面条那样软塌下去，发现窗户边站着的是自己儿子时，立即又恢复精神。

令小城吃惊的是，父亲在向自己走来。

要不要退后呢？要不要呢？小城心里还在打鼓，拿不出决定，父亲已经走过来抓住他的两个肩膀了。他抓着他的两个肩膀呀！隔着玻璃窗，隔着玻璃窗呢！他一面想着父亲是怎样做到的，一面对此惊恐又对此充满感激。他期待的事情发生了，他的父亲，正如他所愿，双手落在他肩膀上却没有像之前那样恶狠狠地凶他，在父亲那双没日没夜熬红的双眼中，他只看到自己惊喜万分的脸。他们父子之间如此近的距离还是头一回。

"老爹。"他胆怯而轻声地喊一句。不过，这句话只吐出第一个字的边角就被父亲示意住口。他只好收回接下来想要表示孝心的话。

就这样也好，也好。他想。

父亲放开他的肩膀了。他退回屋子，突然间就像无事发生一样，像从未见过自己的儿子一样，继续关注他的木料去了。他在那儿收拾木屑，又将损坏了一齿的锯子重新修整。然后，他居然抬着头望向另一扇窗门，仿佛那儿挂着一轮圆圆的月亮。他孤独极了的背影像石头一样映在小城的眼中。

"爹……"他心里喊。

父亲恰好扭头过来，眼巴巴地望着他这边，好像在他这边是一片荒凉的沙漠，是越看越伤心的凄苦之地。父亲双眼干涩，就像经历了无数大风吹过之后，在平静之地再也流不出眼泪的那种干涩。他也不清楚何时所得的本事，能将如此暗淡之中的物体观察得这般仔细，父亲，那些木料，甚至从门缝底下爬进去的蚂蚁，他也看得清清楚楚。

父亲可能有话想说。以往的记忆中，他一旦走神，恢复神智之后总会跟他说几句话。当然，不是什么重要的话。

可是还没等到父亲张口，身后就传来母亲与人招呼的声音。而他的眼前，又是什么也看不见了。

"您是好久也不来我这儿看看了，他大姑啊，您今天算是想通了哇，舍得把脚放到这儿来啦。"

门口来了个女的。他喊大姑。可他们并不是什么亲戚。从小到大，他都没有喊过她一句。

"小城，怎么不喊人呢？喊呀，喊大姑。"

那女人一阵慌张，匆匆看了看小城这边，十分害怕，连连冲着母亲摆手道："算了算了，您别吓我。"

"瞧您说的，那是小城。我儿。"

"您一个人住在这儿倒是清静。"女人故意要岔开话题。

每次来只为一件事：借钱。不借钱她是不肯踏入这个院子一步的。

小城心里非常明白，眼前这个与母亲有说有笑的女人并不喜欢他，甚至根本不想看到他。路上遇见几次，他几次想打招呼，她都装着看不见，气呼呼走了。她干吗要气呼呼的只有鬼知道了。

差点忘了，有一次他想和她的小儿子做游戏，在那条河的岸边，他们刚好挖了一个坑，准备往坑里一躺，变成一颗鸭蛋，这个时候她来了，是在哪儿听闻了他和她的小儿子一起玩耍便急匆匆跑来，"快走快走，不干不净的！"她当时就是这样说，然后拽着她的小儿子走了。他至今不忘那副嫌弃的嘴脸。

小城的记忆这会儿倒十分管用，他越想越生气，自己怎么就是不干不净的？什么叫不干不净？眼下她又换了这副好看的面容来见母亲，还要喊她一声大姑？哼，做梦。

女人借了钱一刻也没停留，直接走了，也没说什么时间还钱。

母亲还要送她到门外，在这些人这些事上她很好说话，很有耐心，一副讨好别人的样子。真让人想不通为何要这么低声下气，明明是债主，偏要做出欠了别人一屁股钱的样子。

小城心里堵着一口气。他看着母亲，眼色肯定也是气呼呼的。

"我还没怪你呢，你倒先跟我生气了？在那儿看什么呢？有什么好看的？赶紧回屋去。"她的脸又变得严肃，又变成是专门用来给小城看的那种脸色了。

"你把钱都借给外人了，"小城非常难过，"你把钱借给她有什么用，她是不会感谢你的，也别指望还回来，她还不准……"

"不准你和她的小儿子玩耍。"她抢了话说。

"是。"

"我就是为了让她不反对你和她的小儿子一起玩耍，才这么做。"

"我不稀罕。"

"我稀罕。"

"坤羽……"

"住口，你不要提这个人。我听不得你提他。"

"我也不喜欢那个女的，娘，我也听不得你和她说话，您来您去的，你对人客气到这种程度我还是头一回见。你没发现吗？她根本看不得我，就像你听不得我提起坤羽是一样的。她刚才进门说，您一个人住这儿倒是清静，她说'您一个人'，也就是说在她眼里根本看不见你儿子的存在。她就是不喜欢我，借再多钱也不会对我有好感的，我甚至怀疑她是故意来借钱，白借，不还，谁让你总是表现出一副被人揪着辫子的样子呢。你还指望我和她小儿子能成为朋友，娘，我的朋友只有一个。"

"你赶紧给我闭嘴，你怎么能说出这么多话来！一个八岁的娃你懂个什么屁。以后这种事你少说话，轮不上你来说。真是越来越不懂规矩了。"

"娘……"小城想说自己什么都懂，他搞不清自己是什么年岁，但心里对事情看得很明白，只不过这种明白大多时候像装在一条黑色袋子里，是被故意装进袋子而且还扎紧了口子，很少像现在这样被放出来。何况他一直怀疑——在某些时候，比如站在父亲窗前的时候——总会有一种成人才有的责任感，想砸开窗户一看究竟又紧接着放弃这种念头，他觉得自己很理解父亲的心情。

"你不要再胡说八道了。"母亲丢他在窗前站着，自己两脚跨进了堂屋。

其实让他说也没用，这会儿他的脑子又糊涂了，混混沌沌，老毛病又犯了，将刚才和母亲的对话以及那个女人来借钱的事情忘得一干二净。这一点最使他自卑。总有一些事情，虽然不是全部的事情，会在他的脑子里消失得无影无踪。一个人活在世上没有可靠的记忆，就等于人的一生有许多时间是空白的，是可以被人操纵，甚至可以是替代别人而活，那部分空白里发生的事情与自己没有一丁点儿关系。但此刻他当然不会有这么深的体会，事情一旦变得空白，他只会显示出一张孩童般天真无知的面孔，眼下，他仅仅以为自己刚刚晃了晃脚跟，才从父亲的黑暗屋子里脱出视线。母亲转身进屋的时候，他觉得是刚好洗完碗筷出门吸了口新鲜空气，她向来十分注意保养身体，不会在一个地方久坐或者久站。

他想着要不要跟母亲说，自己隔着这扇厚重的窗户与父亲见了一面。想了一下果断放弃。她不会信。除了疯子和傻瓜，谁会信。

八月十五。凌晨。

　　小城起床解手，刚准备回到床上时听到从那间屋子里传来低微的哭声。他悄悄走近窗户旁，这次父亲没有大骂，他便将耳朵贴到窗户上。如果是以往，任何这样一个无声的动作都逃不过父亲的眼睛，就像他的眼睛不是在房间里而是在外面的各个角落，能抓住他的任何举动。

　　"我快管不住他了。你说怎么办？你在影响着他呢！你非要搞这些名堂。"

　　是母亲的声音。

　　真是奇怪，小城吃惊。父母从未这样心平气和的说话，母亲更是不愿意踏入这间房子一步，这会儿却带着一丝恳求和商量的语气，即使这种语气当中透出一点逼迫。

　　"很快了。很快了。这些东西已经有了模样，再给我一点时间。"父亲很焦急地说，声音很低很沙哑，像是正在经历难熬的感冒，嗓子很不痛快。

　　"时间？你觉得自己还有时间。"

　　"任何人都会有一点时间来准备。"

　　"那是任何人，不是你。"

　　"很快了很快了。"

　　"你在影响着他！你非要搞这些名堂。"

　　"这些东西已经有了模样，再给我一点时间。"

　　"你觉得自己还有时间。"

　　"任何人都会有一点时间来准备。"

"那是任何人，不是你。"

"很快了很快了。"

"你在影响着他！你非要搞这些名堂。"

"这些东西已经有了模样，再给我一点时间。"

"你觉得自己还有时间。"

"任何人都会有一点时间来准备。"

"那是任何人，不是你。"

"很快了很快了。"

......

小城听到父母在重复说话，他认为非常生气才会出现这种毛病，刚想张嘴劝说，却被人从身后拍了拍肩膀，吓得后背都僵了，回头看了一眼，发觉是自己的姥姥。她不是去南方了吗？

小城想打招呼，被姥姥制止了。

她朝外面指了指，小城领会了意思，跟着出了院门。

"姥姥，您什么时候回来的？"

"不要问这个。"她板着脸。

"那，姥爷可好？"

"很好。就是惦记你，让我过来看看。"

"那我要去见见姥爷。"

"别去。你见不到他的。"

"姥姥，不就是半个钟头的路程嘛，我现在走路很快。"

她想了一下说："除非他来见你。那个新住的地方规矩太多，你根本走不进去。并且你姥爷可不愿你去看他。他刚刚才在那儿扎下脚，什么都不方便。"

"那儿？刚刚？"

"对啊，一个新地方。"

"你们搬家了吗？"

"难得你这么惦记，不像你娘，对我们的感情真浅。"

"姥爷是不是决定什么时候也会来看看我，他会来的吧？像您现在这样。"

"他不会来的。"

小城听完心里好一阵失落，姥爷可是最疼爱他的，怎么就不想来见他呢？想来想去，掐准了这事情与父母关系紧张有关。谁会愿意自己的女儿受委屈。见了外孙忍不住打听几句，得到更让他委屈的消息，岂不是自找气受。不见也说得过去。可他好久没有见过姥爷了，有两三年时间没有见过面吧，日子长得记不清楚了。

"我走路很快的。"他自言自语，望着以前姥爷居住的方向。

"为什么我们要在外面说话呀，姥姥，我们进屋说。"小城感到冷。

"不，就在外面。我可不想见到你娘。"

"姥姥，我娘她……"小城想说，母亲以前不是故意要撵她走，不是不想让她住在他们家，只是硬要去南方独自旅游的姥爷病倒在路上，需要人去照顾，才提出那个意见。不过他没有信心说出后面的话。姥姥当时就说那只是借口，姥爷根本不在南方，是母亲瞎找了一个理由。

那次母亲做得确实有点过分。可她有自己的说法，她说姥姥住在家里不太方便，孩子小，有个经常犯梦游症的人住在屋里始终不是太好。

姥姥不承认自己有那样的习惯。"你就是容不下我了。"她对母亲吼。

可是小城知道，母亲没有说错，姥姥的确有梦游症。他的睡眠很浅。姥姥经常睡到半夜就跑出去了，也不知道去了哪里，应该很远吧，大概将整个村子都跑遍了吧。反正到了第二天，村里的人就会传说，有人在半夜呵呵笑着，从这头跑到那头，在村里堆放垃圾的地方哗啦哗啦乱翻一阵，又呵呵笑着跑了。好在他们谁也没有见过姥姥的样子，只听到那样的笑声准时在夜间出现，听上去阴森可怖，谁也没有胆打开窗户瞧一瞧。有人特意在母亲面前说起夜间的稀罕事，说那人一定是个疯子。这样一说，母亲感到心虚，想辩解又不好开口。她是那么爱面子的人。她们的矛盾一天一天加深，到后面简直要断绝关系了，二人眼神撞到一起，恨不得立即掐断对方的脖子。这让他十分害怕，她们一旦吵架，他就赶紧找墙角躲起来。那时候父亲出去干活了，下煤窑，听说就从平原上一直走，走到有两座大山的地方，就能见到一个窑洞，父亲就在那儿做活。他好几次想偷跑出去寻找自己的父亲，又担心被母亲发现，她不会真的打他，只会不停地掉眼泪，哭得让小城心虚，哭到他感觉自己是个绝情的儿子，主动跪在地上承认错误。可是对姥姥，她没有这种耐心。她大概担心纸包不住火，才会狠心做出那样的决定，胡编一个谎言，让姥姥去南方照顾生病的姥爷。

现在，小城不知道该替母亲说话还是替姥姥说话。看眼前的样子，姥姥没有像村里人传说的那样疯疯癫癫，她再正常不过了。也许她现在完全好了。

"不要提你娘。"

"她不是真的……"

"我喊你不要提她！"

小城半张着嘴，原本想将后面的话一口气说完，现在不得不将它们吞回。

"你把我想来告诉你的话都搅忘了。"她歪头想了想，似乎没有想起要说的话。

"姥姥，是姥爷有什么话要告诉我吗？您仔细想一想，或者我去找他，走吧，我们去问他就知道了。"

"你想得怪好。别再打主意了。他不会见你的，你们也见不了面。"

小城还是无法理解她的话。仅仅是换个地方居住，至于连面也见不着了吗？

听到水滴声，从屋檐滴落地上的那种响声。小城仔细一看，发觉姥姥浑身透湿，衣服没有一点干的，仿佛刚从水里爬出来。她的一只手和另一只手紧紧捏在一起，抱成大大的拳头。她明明很冷，嘴唇发抖，照这样下去坚持不了几分钟，她就会因又冷又没精力而摔倒。

"你在和谁讲话？不睡觉跑这儿吃冷风。"

是母亲的声音。

这会儿天色更亮了些，她脸上全是不高兴的神情。

"我和……"他转头看看姥姥，发现她不在身后，哪儿都不见她的影子。小城心中尽是疑惑，嘴里的话也说不下去了。

"和什么和，不想冷出毛病的话赶紧回屋睡觉。"

小城四处张望，始终没有看到姥姥。母亲催他进屋，他只能跟着走进院子。他不敢问刚才那间屋子里的事情，如果让她知道自己先前偷听，至少会有一个月的时间要听她不停地反复拿这件事来教训他。

等母亲进了她自己的房间，小城才敢走到卧室门口，进自己的房间。这是她规定的礼貌礼节。做儿子的随时要注意自己的身份，即使眼前这件小事，当娘的进屋之前，做儿子的绝不能走在她的前面。"你绝不能走在我的前面。你父亲我管不了。你我是有权利管的。"她的这些话至少说了一千遍，已经形成定论，不容他不遵守。

恭恭敬敬地让母亲先进了屋，他才像往常那样推开自己房门，却发觉走错了地方，这不是他的卧室，而是一个黑暗的小房间。刚进门什么也看不清，差点绊了一跟头。现在哪儿都能看见了，即使根本瞧不着一根蜡烛，小房间里微弱而昏黄的亮光却肯定出自一根烛火。他思考着发生了什么事，但仅仅是思考，脑子像窗户纸那样被糊住了，想不出什么名堂。他看到父亲正躺在棺材盖子上，并且朝他招手。

"你过来。"父亲居然开口说话了。

小城几步走到父亲身边，脸上又惊又喜。

"看我躺在这儿，你怕不怕？"父亲指着身下的棺材盖。

小城慌忙摇头说："不怕。"

"你娘说我在影响着你。"

小城又摇头。他喜欢看到父亲，更愿意听他说话。

"要是你有什么想说的话，要抓紧时间跟我说。恐怕她不会让我浪费多少时间呢。"

小城还是摇头，一句话也说不出，本来一肚子的话要讲，话太多了就无处谈起，干脆一声不响。

"我的傻儿子啊，你比从前还瘦了。"

父亲突然就哭了。

这哭声让小城想起，先前那间屋子传来的哭声就是这样的。原来是父亲在哭。

"爹。"他喊了一声却不知道说什么好。眼巴巴望着父亲那两只不停滚出泪水的眼睛。突然父亲坐了起来，像是呼吸受到压迫，使他无法在棺材盖上多躺一秒钟，他卖力地抓住板子两边起身，然后双腿跪在板上，呼吸才算顺畅一点。小城伸手扶他，被制止了。

"我要自己一个人习惯。你不用帮助我。"父亲咬着牙说。眼里不再有泪水滚出。然而更大的伤害仿佛正裹挟着他，使他的痛苦超过一切。他的脸色黑沉沉的，说完话立刻闭上嘴巴，两排牙齿紧紧咬在一起，如果不这样做的话，就好像他的脸会散架或者变形。

"爹，你得了什么病吗？我去给你请医生。"小城抬脚准备走。

父亲一把将他扯住。"不要去。"摇了摇头说，"什么医生都看不好我。自己的事情自己清楚。"

小城眼眶一热，但忍住没有哭出来。父亲刚刚说的话他觉得十分耳熟，好像从前听过，并且总是在某一瞬间会觉得与父亲在一个黑漆漆的地洞里待过。这些话似乎就是在那样一片黑暗的地方听过。只可惜他总会忘掉一些事情，很多记忆是空白的，像一片原本完整的树叶突然出现的漏洞，那漏洞的部分怎么也无法填补。

"那你想吃点什么，我暂时给你下一碗面条吧。对了，今天是八月十五，天亮后我去街上买月饼，买你最爱吃的那种口味。"

"别费劲了，我什么都吃不下。"

父子俩说完这些话便看着对方。做儿子的总觉得自己与父亲曾经有一段不一般的经历，脑海里不停地出现那个黑洞，渐渐的，当那个黑洞差不多要清晰起来时，父亲恰巧咳嗽一声，又使它消失了。

没有经过父亲的允许，但可能是父亲默认了这件事，他躺在棺材板上时没有被阻止。但是母亲跳了进来。谁也没有料到她会突然出现。两人都被吓了一跳，急忙从板子上弹起身。

小城被母亲一把捉住手，不由分说扯着往外走。

到了门口，小城才看清楚自己确实走错了房间。他进的是父亲的小房子。可是这扇门向来是从里面闩住的，今天晚上却神奇地像回自己房间那样走了进去。

"娘，我只是走错了门。"他解释道，然后甩开母亲的手。其实，每一次都可以这么轻松摆脱母亲的控制，他的年龄虽然被定在八岁，力气却无人敢说是出自一个不知事的少年。

"每年！每年都是这个时候走错门！我就知道你念念不忘、念念不忘！"母亲流着眼泪。相比父亲，她实在太喜欢流眼泪了。

为什么要说每年呢？他明明是今天才走错的门，而且进屋之后，除了父亲和他躺着的棺材盖以及棺材板之外，他连房间里其他东西都没来得及看清。这绝对是一次意外。

"他跟你说了什么？"

"只说他不想吃东西，也没生病，不看医生。"

"那还算有点良心。"

重新回到屋里的小城根本睡不着觉，脑海里全是父亲咳嗽的可怜样。他努力回忆自己曾经和父亲可能经历了什么，却什么也记不起。时间已到半夜，月亮出来了。

月亮一出来，忧愁的人更忧愁，睡不着的更睡不着。

小城悄悄从房子里出来，没有请求父亲开门再继续先前被打断的谈话，而是想暂时摆脱脑海里拥堵的烦恼，出去走走。

他到了河边。

母亲是不让他来河边的。此刻站在河边的他完全无所谓被发现后会受到怎样的惩罚。河边的风呼呼响，就像他是一件薄薄的秋天的衣裳，要将他吹飘起来，飘到什么地方去。

突然，远处的河道边出现一个人影，那人在月光底下一会儿起身一会儿蹲下，手里拿着一把铁锹正在卖力地干活。这个时间谁还不休息？小城好奇地走到跟前。

"坤羽！"他几乎要跳起来喊。实在太惊讶了，这高个子的男人的确是坤羽。真不知道他怎么一下子长这么高。

"我昨天白天见你的时候，你没这么高呀！"他还没有从惊讶中醒来。

"你都说了，那是昨天。再说你的眼神大不如前，糊里糊涂的，见个和我长得像的孩子都以为是我。只怪你太相信你娘说的话，八岁，哈哈，只有你信，瞧瞧你这个头，比我还高呢！"坤羽停下铁锹，使劲刨出坑里的土，又抬起头对他说，"你忙不忙？"

"不忙。"

"那就帮忙挖一会儿。我歇歇。"

坤羽将铁锹递给小城，嘴里重重吐出一口气。

"这活儿你干了很久吗？"见他这副样子，小城忍不住问。

"你别管这个。"

"你挖它做什么用？"

"你别管这个。"

"我总得知道我为什么要帮忙呀。"

"好吧，你过来我跟你说。"坤羽指一指自己身旁的位置。

小城过去坐在坤羽旁边的沙地上。他可不想莫名其妙地躲在这里帮忙刨坑。这儿太隐蔽了，这个土坑更隐蔽，如果不是站在先前那个角度恰好看见，真不知还有人大半夜在此挖坑。

"小城，我们几十年的交情了，想不到你还会开口问这种问题。我以为你会比我更愿意挖这个坑。算了，是我自己做错的事情，我自己弥补。现在那些人都说我是傻子，你最好离我远一点，不然也要变成傻子了。"

小城听不懂坤羽说的这些胡话，不过最后一句戳中了他的心，于是他放低声气说："我娘一直喊我小傻子呢。不过我敢肯定，她让我离你远一点不是因为你会把我变傻。她是在害怕什么。"

"照我说，是你太害怕你娘了。"

小城想了想，没有说话。

"算了，不要你帮忙。这种活确实也会弄脏衣服。再说我也不想使你为难，而且我害怕跟她说话，她会比骂你更狠地骂我。你什么也不用做，与我说几句话就行。"坤羽愁闷地望着河面，这一段河面非常平缓，几乎听不到水流响声。

小城确实不想惹母亲不高兴。她这个人实在太容易生气，也太容易掉眼泪了。整个人因为长期紧张和操劳，脸相苦巴巴的，只需要一丁点儿不好的情绪，就会将她那张瘦脸纠成一团，所有的事情仿佛坏到不能再坏，显出一脸无助和天都塌了的感觉。他从前一定做过什么事情让母亲害怕，使得之后一点风吹草动就令她慌张无措，她脾气虽然很大，脸上的胆怯之色却很深。

"你可是第一个来这儿的人呢。"坤羽口气很悲伤，好像他独自一人在此生活了很多很多年似的。

"你挖它做什么用？"小城还是没有放下疑问。

"我劝你别问这个问题。有人交代了，这个问题谁问都不许回答。"

"那你是在帮别人挖坑吗？"

"不，不全是。我一个人待着多无聊啊，总要找点事情做。"坤羽搓掉手上的沙子，拍拍腿，又去拿起了铁锹。

小城跟上去。

"年纪大了，这种低头弯腰的活坚持不了多大一会儿就要歇气。不像我们小的时候，每天有那么多力气做游戏。我记得你是不爱游戏的，每天只是挎着篮子到河边走走，偶尔与我打声招呼。真是对不起你，我还总是在别的孩子面前装出不认识你的模样。"

"坤羽，我觉得你记性比我还不如了。你讲的这些事可是刚刚白天才发生的，虽说是昨天的事情，可其实也只不过是一转眼、才翻过去的那个白天的事情。我们离你说的'小时候'只不过隔了几个钟头而已，怎么你要将它扯得这么遥远呢？"

坤羽并不回话。他忙得不可开交。用铁锹挖出新的沙土，再用铲子使劲刨出来。这个地段不全是泥沙，混合着本地特有的褐色泥土，而且仅仅是表面这样，再往下泥土很硬，夹着石块，坤羽狠狠敲打石头，他干得非常卖力，这个坑挖得越来越顺利，先前还在地上，这会儿已经到地下好几尺了，不，更深了。坤羽一开始还站在他身边，现在降落在他自己刨出来的坑里，只看见一个脑袋在一摇一晃，很快连脑袋都看不见，只剩深洞里传出的声音与他说话了。

"你在听我讲话吗？"小城问。

"在。"

"你怎么挖得这么快，我都看不到你了。"

"有话快说。"

"就说先前的事啊，我们昨天还见过面，几个小时前的事，你扯了好远。你说你是不是在胡说呢。"

"你要是不赶紧跑，你娘就会追到这儿来了。建议你从旁边绕走。她已经来了，快走到桥上了。我在这儿可是将她的脚步声听得清清楚楚。这种脚步我太熟悉了，不会错的。"坤羽说完这些话，深洞里便不再传来声音。

小城低头在洞口看了看，不见人影。坤羽一定是躲起来了。

远处的拱桥上来了一个人，矮小的走路很快的人。小城凭着直觉断定确实是他的母亲。想不到坤羽还有这等本事，在地下能辨别地面的事，他的耳朵真有这么灵光吗？不可思议。更不可思议在于母亲，难道她经常到这儿来观察坤羽挖坑吗？看眼下的情形，坤羽并不害怕她来观察，只是不想与她见面也不想受到干扰。

小城倒吸着凉气，出门为了解闷，这会儿心里反而多了拥堵。

不管怎么说，坤羽的建议没有错。他必须绕道回去。

母亲打开院门回来的时候，天都快亮了。他听出来先前脚底还踩着几片发响的树叶，紧接着停顿一下，可能将树叶掸落，再后来脚步声就小了。她肯定在河边找了很久，不相信自己会扑个空。真想问问她去那儿干什么。

小城眯着眼睛假装睡着。窗外，母亲轻巧地推开半扇窗户，往里面瞧了瞧，见小城躺在床上，又轻巧地关闭窗户，回到她自己的房间。

天亮之后，母子二人都很疲惫。不过对于河边的事情，都只字不提。

小城尤其感到奇怪，以母亲的性子，可从不会这样平静地让事情过去。以往只要有一点迹象被她察觉，都会追着问好几天。现在明知道他去见了坤羽，却一声不响了。倒是面色比以往更差，脸上也有气愤难平的神情，好像和谁吵架输了。

今天是八月十五，小城按照往年习惯，挎着篮子去街面上打月饼。他们这个村什么都不讲究，唯独中秋节过得很有滋味。这儿的人都不是土生土长的，而是从四面八方迁来，各个地方的中秋习俗融合一起，互相看着也觉得挺有意思。总是在这个时间，村里就会多出许多外面进来的人，全是来这儿走亲戚的。这个时候街上肯定挤满了人，去得再晚一些，恐怕要错过最好的月饼了。

街上确实挤满了人。实在是太多的人了。小城看得眼睛发麻，摊子上的各式月饼更让他挑得眼花。

那个哑巴姑娘还在卖月饼。小城只喜欢吃她做的口味。整条街上，也只有她做的月饼包装最好看，和人一样好看。所以，小城只不过是假装在街上走一会儿，挑一会儿，让人以为是经过万般挑选之后才决定在哑巴姑娘那儿买的月饼。事实上，每年的月饼都不会取自别家。母亲都有些吃腻了，抱怨现在的人越来越不懂得变通，照这样下去她要亲手做月饼吃。现在他已经走了半条街，姑娘的摊子在正中间，后面余着长长的摊位，好些人朝那边走去，好些人的手在摊子上挑挑拣拣，始终拿不定主意。小城已经有了决心，从屋里出门时他的心里已经装着哑巴姑娘的月饼，而且想到可以见着卖月饼的人心里更高兴。

隔着老远，哑巴姑娘已经捆好了一包月饼，然后朝小城招了招手。真是太好了，那么多买月饼的人，唯独他受到这种厚待。谁都知道哑巴姑娘冷漠，遇上老天爷都不会打招呼，要不是她的月饼做得确实好吃，估计没有一个人愿意走到她的跟前。可是今天她却冲着小城招手了。要是她会说话，可能还要说点什么呢。小城心里想着要加快脚步走过去，不承想已经站在了她的跟前。看来他的脚在某些时候确实会像母亲所说：根本不是在走路，是在飞。也难怪她要一而再地设下那么多规矩。

"我今天要买两包。"他对姑娘说。

"您做的月饼太好吃了。"他对姑娘说。

"包装也好。"他又说。

"我们一家人只爱这种口味。"他管不住嘴，恨不得将肚子里所有的话掏出来。

这还是第一次对哑巴姑娘说了这么多话，他感到脸有些发烫，心跳得要从嘴巴里冲出来，他想急忙拿了月饼走开，却又不甘心，想在此多待一会儿。

两包月饼捆好了，推到他的面前。

"再来一包吧。"他说。

姑娘抬起眼睛，笑得眼角弯弯的，样子甜美极了。

"我怕你吃不完。"她说。

她居然在说话！

小城以为听错了，伸手摸了摸自己的耳朵。

"就拿两包吧，吃不完浪费。"姑娘还是笑眯眯的。说话声音轻柔，好听得很。

没错，是她的嘴角在动。

"您，您不是……"

"我从不和人说话。"

"那您，现在，和我……"小城不知道怎样表达心里的意思。

"因为我和你是一样的呀。"她双手撑在摊子上，眼睛望着小城。

小城又高兴又想不通，和他一样的，一样的什么呢？

"你也不与人来往。"她漫不经心地说。

小城听完心里舒坦，脸上却挂着尴尬的笑，姑娘冰雪聪明，肯定看透了他的心思。但愿没有看透别的想法，比如此刻他心里正在发愁回家怎样跟母亲交代，即使两包月饼也多了，今天花了两份月饼的钱，她会心疼死的。

"你到底买完了没有啊？"

这句话从身后传来。是一个长相很陌生的人在说话，小城从未见过这张脸，可能到这儿走亲戚的。每年八月十五都会出现很多外来的人，这人肯定是其中之一。

小城本来想拿出一点本地人的态度，然而当他转头看见身后已经排了六七个人，个个态度奇差，瞪着眼睛，就什么态度也不好拿出来了。

"看什么看？傻子，你神经病啊，自言自语半天了！买完赶紧让开。"

"是呀，别耽误人。"

小城皱皱眉头，转回头看了看姑娘，发现她的脸上已经是另外一种神态了，没有笑容，眉头皱紧，不如笑起来好看。

"那我走了。"他和姑娘道别。

姑娘低头忙活去了，对小城的道别没有做出任何反应，仿佛一开始就是这种态度。

回到家中，母亲已经做好了午饭。

"你今天逛太久了。都已经中午了。"

小城看了看墙上的时间，确实已经中午了。可他明明刚起床一会儿，在街上也没觉得耽误多长时间呀。只能说，遇到想遇到的人，相处的时间总是太短暂。

其实他可以去找她说说话的。她就住在村西头，听说父母都不在了，她家遭遇过一场大火，父母双双死在那场大火中。又说她也是从火灾中被救出来，之后就不会说话了。说是嗓子受了伤害。这些都是以前坤羽跟他说的。对呀，坤羽不知道在不在河边，他挖那个地洞到底干什么用。

小城心里想着事情，手上在慢吞吞解开包扎着月饼的细绳子。

"怎么买了两包？"

"娘。"

"想什么呢？这么入神。我问你怎么买了两包月饼。每年吃一包还剩许多呢。"母亲想了想又说，"以前你爹能吃许多，现在，哼，人家可不稀罕咯。"

"娘，今天过节。"

"我知道今天过节。你放心好了，我今天是不会骂他一句的。先拆一包吧，晚上吃。"她甩手进了厨房找碗筷。

饭后的整个下半天时间，小城都在自己的房间里度过。他越来越不可控制地想起哑巴姑娘，想起她的脸，想起她的笑和不笑的样子，想起那难得的说话声音。半靠在床头，心思却走得很远了，到村西头了。可是他无法想象村西头的样子。母亲从不让他去那儿。除了哑巴姑娘，不知道村西头还住着什么人，那儿有杨树吧，比如说长得更大一些的杨树，不像父亲砍下来做棺材的树那么小。父亲的树确实砍得有些早，还需要很多年才能完全长大呢。

对了，母亲好像说过，这儿的人到了差不多的年纪，就要给自己准备一口棺材。父亲肯定就是按照这种风俗来的。今天好像没有听见他干活，院子里静悄悄的。

到了晚上，小城才从房间里出来。想得太多的缘故，他觉得自己的脑袋大了一号，重重的。今天晚上不用吃多少晚饭，等到月亮出来，祭拜完月亮之后，那些月饼就要全部吃完。

小城从堂屋的长椅上换到矮凳上，脑海里依然不能平静。

想到姑娘做月饼的样子。

想到她今天晚上独自祭拜月亮，独自吃月饼的样子。

想到她孤零零坐在月光下，一个人，可怜兮兮的样子。

小城觉得自己的心和脑袋一样沉重了。心里装着的不是这些想象的事，而是一个实实在在的人，一个卖月饼的姑娘。他说不清为何要这么牵挂她，与她无亲无故，说话也是今天才有的事。

"小傻瓜，你到底在想什么呀，丢魂了吗？"

小城不敢说自己在想什么。既然不准他去村西头，那么村西头的人又怎么能接触呢。今天过节，不能惹出不高兴的事。他急忙摇了摇头，打起精神跟母亲说，自己先前睡了小半天，还有点迷糊。

母亲横他一眼，让他去擦洗桌子，晚上祭拜月亮要用。有点事情做也好，免得脑子里总是闹哄哄的。

晚上。天气很好，月亮出来了。

母亲将擦洗干净的桌子摆在院子当中，切成小块的月饼用盘子装好，香炉也拿了出来，手里捏着三张纸钱。她自己先跪下，点燃香纸，向着月亮磕头作揖：求月亮菩萨保佑。

小城也去磕头作揖，也求月亮菩萨保佑。

虽然做母亲的自己也搞不清月亮菩萨究竟具体是干什么的，但这个村的人都喜欢这么说，那一定有道理。这会儿仪式做完，母子二人恭恭敬敬地跪在桌子跟前，估摸着月亮已经完全看见他们的心意，才一前一后起身，坐到椅子上拿月饼吃。

母亲说，敬完月亮的饼子带有一股被月光啃过的味道，吃了身体健康，百病不害。可是小城觉得饼子已经没什么味道了，既然月亮已经吃过，哪还会一边吃一边往里面加佐料呢。他从桌子上拿了一小块吃完，偷偷去拿没有敬过月亮的。

父亲的小房间传出干活的响声。母亲听不下去，狠狠咳嗽几下，屋里的响动才稍微减小，后来直接停止干活了，屋里屋外都恢复了平静。

小城心里难过，他觉得父亲过得很不容易。

"你要是想给他拿点月饼吃，我也不反对。只怕没有人稀罕。"母亲说完走进自己的房间，这个晚上她不会再出门了。以前的每个八月十五，吃完月饼之后她就待在自己的房间。小城想不起她一直这样还是后来从某一年开始的。不过今天晚上他也实在没有心情陪母亲看月亮，她如果不进屋，他也会自己进屋躲起来。

月光照在他的腿上、脚背上、翻起来的鞋底板上，无处不在的光芒。他起身靠近父亲的小房间，在门外三尺的地方，轻声喊了一句。里面似乎想答应，又不便出声，换成重重的一声叹气。

"还有一整包饼子，爹，你要不要尝一口？"

"是你以前特别喜欢吃的那家的月饼。"他压低声音。

"我每年都去买。"更低的声音，简直像对自己说。

"你打开窗户，只需要开启一条小缝。"他眼泪哗啦出来了。

等了一会儿，窗户果然有动静，开了一条刚好够塞进饼子的缝隙。小城非常高兴。照此看来，父亲并不像母亲说的那样变了一个人。他根本就没有变，从前喜欢吃的现在照样喜欢，从前他很在乎自己的儿子，现在一点也没有嫌弃。他只是变得不想说话，将说话的时间全部放在一件事上。"太好了！"小城擦掉眼泪，幻想着父亲之所以那么紧忙地干活，一定是想及早完成，及早出来与他们团聚。一切都是误会，误会拖太久便成解不开的矛盾，好在事情在他这儿有了缓和。只可惜母亲对父亲的误会太深，她从前有多爱他，现在就有多恨。今天是八月十五，她不想背后有人嘲讽——当儿子的保证不会外传，可是没有不透风的墙，何况月亮明晃晃地照着——才会主动让儿子将月饼拿给父亲。

小房间里传出咀嚼的声响，饼子只是被小小地咬了一口，而且咀嚼的速度也很缓慢，像厌食症患者，有一搭没一搭地使用两片嘴皮，如果人不是有嘴皮，而且又有人的耳朵相当聪敏，这种非常细碎的咀嚼声根本无法让人隔着墙壁听到。接下来他感觉到，父亲在向着左边的墙角走去，在那儿蹲下来。什么响动也不再发出来了。可能在默默回味月饼的味道。塞饼子的时候他特意拣了一块敬过月亮的，他吃起来没有味道的东西，父亲或许觉得有味道。母亲不是说了吗，敬过月亮的饼子有一股被月光啃过的味道。一个决心将自己幽禁的人，未必真正不需要一点月光。说不定父亲吃的正是敬过月亮的那一块，才会嚼得那么缓慢，那么没有胃口，但又那么投入和感动，说不定他只是不想一下子将月饼吃完，他只是拿着月饼坐在另一边的墙角沉思。

小城悄悄从窗边走开，不想打扰父亲。

今天晚上他其实想去哪里都可以，比如去村西头，或者河边，都是自己说了算。

他走出院门，打算去河边。他的脚并没有朝着河边走，走的是村西头的方向。从未去过那边，但方向认得清楚。这就是去那儿的路。

邻居们已经睡下了，他特意挑这种时辰出门。早就听人说起，去村西头必须绕过好几户人家，从他们的后院走。时间早了肯定会引起注意。一个从来不去村西头的人去那儿做什么，他想不好理由来回答。

还有三户人家他就完全走出引发注意的圈子了。

还有两户……

还有一……

那是谁？

小城觉得自己的心已经跳到嘴里了，紧闭着嘴巴，浑身僵直。

那人向他走近。就着月色，轮廓逐渐清晰。来人正是他的父亲，面色温和，早已等着他似的。

"爹，你怎么在这儿？"他咽了一下口水，像是把自己的心吞了回去。

"你就别问这些了。要去村西头对不对？我带你去。"

小城一阵脸红，支支吾吾，不好意思承认，但又说不清楚。

父亲一把抓住他的手。"不要浪费我的时间。"

既然这样，又何必浪费父亲的好意，难得他愿意舍下手里的活。

"走前面吧。我给你指路。"父亲将他让到前面走。

小城立马就刹住脚步。母亲说过，做儿子的绝不能走在父母的前面，这是基本的孝心和礼貌，是不能更改的家教。

"别信你娘那一套，都是她瞎说。人要走多快多慢，那是老天爷说了算的。"

小城很高兴父亲能让自己不受约束。他向来走路快，这会儿得到父亲允许，久未放开的步子像是终于解开捆绑的绳索，一眨眼走过了最后一户人家。出现在他面前的是一条割光了两边野草的路。

走着走着，小城停下脚步。

"怎么不走？"父亲问。

"爹，我看还是你走前面吧。"

"快走快走，你娘不会知道的。"

"不是因为娘。我是觉得——可能我很久没有这样走路——你在身后跟着，我老感到后背一紧一紧的，汗毛都要竖起来了。"

"你这是什么瞎话。"

小城耷拉着头，心里也很难过。他记得很早以前，父亲都让他走前面，甚至母亲也没有阻拦，那时候母亲还没有现在这么讲究，家里的规矩是这几年才冒出来的。而现在，他走在父亲前面，脑海里充满恐惧。也许一个人一旦形成了习惯，再给他别的方式反而显得唐突。父亲明显是要让他找回从前那个无拘无束的自己，让他的双脚释放，然而此刻，不，先前也是，走着走着就不对劲了，瑟瑟发抖。"我感到害怕。"他不敢直接与父亲这样说。

"你感到害怕？"父亲问。

小城恍惚地点了点头，只有在父亲面前他才有勇气点头。

"那么，你要怎么办呢？儿子，我难得得很啊。"月光下父亲的脸苍白无神，先前有的精神被搅和得一点不剩。

小城觉得自己很对不起父亲。父亲愿意舍下手里的活走出那间小房子，愿意来陪他走这段去村西头的路，应该高高兴兴，感激万分，一切听从安排才对。可现在他把父亲的情绪完全搞坏了。

"爹，你不要生我的气。我走前面。"

"算了，既然一前一后让你走得不自在，干脆我们两个平行，平行总可以了吧？我们一起走。"

父亲绕到小城的左边，与他肩并肩。

说也奇怪，就是这么个小小的改换，小城心里立即舒坦了。

如此，二人的距离瞬间变成能见的范围，父亲扭头看见儿子，儿子扭头看见父亲。

不知道是不是小城走得太快，父亲有些跟不上。越来越跟不上。他想收一收脚步让父亲可以喘口气，可是不知为何，停不下来，像是早已去过村西头，穿过草路，穿过几间废弃的老房子，穿过一口枯井和旁边的砖房。

父亲艰难地跟着自己，再这样下去恐怕要累死。

"你在旁边歇一歇再走吧！"小城说。

"你放心，我跟得上。"父亲说话流利，并不像累到上气不接下气。"对了！"他突然跟上来一把抓住小城，"今天晚上的事情回去千万不要跟你娘说。不要提我出来送你了，不然她又以为我要把你带走。虽然我本来就是这么想，即使不这样做，你也会跟着我走的。"

"走？走哪儿去呀。爹，我们不是在家里嘛。"

"总之你不要跟她提就对了。"

小城听不懂了，睁着眼睛发呆。

"我就不和你去了。前面有人会给你带路，跟着去吧。"

小城顺着父亲随手指的方向看，什么也瞧不见。等他扭头回来，父亲已经走远了。他的脚力一点都不差，一会儿工夫已经望不到人影。

这个时候谁会送他？不可信。

走了十来步，小城看见姥姥坐在那儿。这是第二次见到她了。看起来精神挺好，她的毛病——不知道该不该称之为"毛病"，说不定那个呵呵笑的疯子根本就是另一个人，但就算是她本人也无所谓，照眼前的样子来看，她应该是完全好了。

姥姥手里还挎着一只篮子，跟他白天经常挎着出门的那种篮子一模一样。

"来得还不算晚。等你好久呢。"

"姥姥，您怎么在这儿？难道您住在村西头吗？我姥爷在那儿住着对不对？"他一阵高兴，想到立刻就能见到姥爷。

"我和你姥爷不在一块儿住。他住在他那边，我住在我这边，你的记性要想办法治一治，你娘都不管一管吗？你不能老这么下去。"

小城想了想，想起来了，他们确实不住在一块儿。小的时候去姥爷那儿玩总是见不到姥姥，去姥姥那儿见不着姥爷，他们都各自住着，但对方的事情却不陌生，问他们任何一个都能了解到另一个的情况。大概这种习惯至今未改。两位老人的感情一直很好，每隔一段时间，便会走很远的路去看望对方。

小城想到自己，也是走不短的路去看那位哑巴姑娘。不对，不是哑巴姑娘，她只是不爱跟别人说话。

想到自己只是为了去见一见那位姑娘，居然牵动了父亲和姥姥，他心里也不知该高兴还是怎么，大概自己从未在母亲的约束下做过类似的事，才会让他们另眼相看。目前他们三个简直是一伙的了，倒是把母亲孤立起来。小城脑海里闪过母亲哭兮兮的脸，又紧接着是哑巴姑娘说话的样子。

"我看你又要犯糊涂了。现在回头算什么意思。你不要总是被一根绳子勾着屁股，想去哪儿都左摇右晃。你娘总要接受现实嘛。你想去哪儿不是她说了算，是老天爷说了算的。"

这话听起来就像父亲的口气。他望着姥姥，月光下一张憔悴的苍白无神的脸。

"你从这儿一直走一直走，穿过那一大片树林就到了。"

"姥姥，您不带我过去吗？"

"不带，我只负责在这儿给你指路。前面的路你都认识，那姑娘你也认识，她家单独住在那儿很显眼，不用我带。"

小城听这话觉得吃惊。自己从未去过村西头，哪儿来的熟悉？可是既然姥姥不愿意送，总不好坚持要她帮助。而且见到哑巴姑娘时，有个长辈在旁边看着，自己也不好意思讲什么。

他这次算是下了决心——边走边下的决心，越来越强烈的愿望——要把心里话跟姑娘说上两句。为什么自己会那么牵挂她呢？自己就是喜欢她，对，喜欢，一定要跟她说，我喜欢你。

姥姥已经挎着篮子朝另一边走了。她的脚力也不差，一会儿就看不见人影。

路上就剩他一人站着，前面是成片的杨树林。月光照在树林上。有了月光和树林，平原才显出几分神秘。他以前肯定走过这条路，这是进了林子冒上来的感觉。

林中吹着秋天最寒冷的风，树林本身比外面潮气，这会儿感到衣衫单薄了，他狠狠打了几个喷嚏。

"快快快！"他心里给自己鼓劲。

"马上就到了！"他望着前方。

茫茫的树林飘浮在月光里，他加紧脚步，想很快站到那姑娘面前。这会儿勇气正盛，什么话都有胆量说。在奔跑途中，小城脑子活跃而清醒，他想起坤羽的话，也想起母亲的话，他们两个人一个说他年纪一大把，一个说他还是八岁的孩子，那时候他的记忆时好时坏，脑子经常犯糊涂，任何人的话听上去都有道理，不像是拿他开玩笑。而现在，就是眼下奔跑的这段时间——如果不是前面的事情更重要，他会立刻转身回去告诉母亲和坤羽，他实际上并非年纪一大把，也不是可笑的八岁，而是正值壮年。是的，他完全想起来了，是不多不少的三十岁，绝不是爱情使他的记忆冻结在这个年纪，使他朝前或者朝后将自己封锁在这段时间，他没有做梦也没有发呆，更不是幻想，他实实在在地走在路上，脑子清醒地想起了自己的年岁。其中一只衣袖刚刚被一根枝丫挂破了，随它飘着，他继续迈开大步。这是充满活力的岁数，年轻的胳膊上肌肉结实，站在两米多高的树下稍稍踮一踮脚尖，再往上抬一抬手就能够着树顶，他的个子绝对不是八岁，他浑身灌满了勇气，因为瞬间变得聪明而心情愉快，更为汹涌的愿望是跑出这片林子。眼前不能老是围着树木，要尽早看见房子。他希望他的聪明可以一直延续。哑巴姑娘肯定更愿意和聪明的人相处吧。

但是他又糊涂了。就在想明白事情后不足十分钟，他又孩子般地摇摇晃晃着大个子，在林中迷路了似的瞎走。姥姥和父亲来送他的事情已经忘记，不过那姑娘的面容却始终记得，也知道此番出门是为了看她，脚步还保持向前。

一通胡思乱想，让原本快速的脚步慢了下来，但这个速度却一点也没有耽误他走出树林。经过最后一排杨树，前面出现一户人家，窗户开着半扇，房门紧闭。

小城搓着双手，心慌意乱不敢叫门。

"你来了？"

小城听到这句话抬眼望去，看见姑娘趴在窗户上，一张笑嘻嘻的好看的脸。

"进来坐。"她又说。

小城脸皮发烫，咬咬牙，走向已经打开的房门。

"随便坐吧。"她指了指凳子，"坤羽说你有事要来找我。"

小城吃惊。他从没跟坤羽说过要来见她。

"你也能和坤羽说话吗？"

"当然能。"

"小红。"他脱口喊了一声。

"你总算想起我的名字了。"

"是呀，喊完才想起来是你的名字。最近脑子不好使。我娘说这是胎中带来的病根。"

"你找我有什么事？"

小城想了半天没有理由。

"你的记性真是越来越坏了，照这样下去你很快会忘记所有的人，"她放慢语速，"包括你娘。全都会忘记。"

虽然他喜欢小红，但这些话却不能相信，谁会忘记自己的亲娘呢？

"你要的饼给你准备好了。"

"对对，我就是来拿饼的。"小城赶紧说。他也不清楚自己是不是这个目的，这会儿总得有个理由，不然万一将来村里有了闲话就不好。

"我回去了。"为了逃避她的眼神，他赶紧这样说。他觉得她的眼里没有像白天看到的那种温和的神色，那种与太阳一般的光色消失了，眼前她的目光里透着杨树林中阴冷的味道。先前窗台上那张好看的脸随着几句话的交谈变得严肃，仿佛接待的不过是村里任何一个普通的买饼人。

小城心里叹气，觉得与小红的缘分就像自己忽而清醒的时刻一样短暂。他敢说自己不是傻子，也并非无知小儿，他有聪明的时刻，也还保留着正值青年的蓬勃，只可惜他似乎被什么东西罩在笼子里，眼里看不清楚，心里想不明白，脑子里迷迷糊糊。这一切大概就叫命运，是这个东西让他的生活混混沌沌，别人的世界都是敞开的，只有他的世界像个一边透明一边不透明的蛋，恰好碰着透明的一面，他才幸运地知道外面发生着什么，知道自己可悲的处境，知道要逃出生天，可是碰着透明的时候仅仅是一瞬，他还没有抬起逃亡的双脚，已经落到不透明的那一面去了。好在处于不透明的这一面，事实上他也并没有觉得痛苦，并不像清醒的时候认为的那样可悲和必须逃离，而是对一切抱着平静的心态。比如父亲，他很操心他的事情，希望能从那间小屋里将他喊出来，但这个心思并没有使他冲动，他很理解父亲，觉得他需要那样一个安静的地方做自己的事。对于母亲，他就按照她所说的，做一个八岁的小儿子，一切听从她的安排，每走一步都克制速度，绝不走在她的前面。

今天晚上他虽然忘记了来村西头的真正目的，可此刻想到父亲，立刻猜到七八分，一定是为了给父亲买回更多的饼（往年他一口气能吃好几个），站在门口听到父亲一个人躲在墙角吃饼的时候，这个决定就从心底冒出来。一定是这样的，所以才会踏着月光穿过树林，贸然来到小红的住处。

"拿好了，这可是你爹最想带走的东西。"

带走？他听不懂这姑娘在说些什么鬼话。父亲可没有亲自吩咐他来买饼，这是做儿子的精心准备的惊喜。回到家里，他就会瞒着母亲将月饼塞进那间小房子的窗缝。父亲只会在那间房子里慢慢将月饼吃完。

"快走吧，别耽误事情。"

小红送他出门。

进了杨树林，他才忽然想起此行的目的，先前那聪明的时刻又回来了。可是已经走到树林中间了，刚才也亲眼看见姑娘关门。此刻再回去敲门实在不好意思，何况也没有勇气，只剩下一股子失落的感觉。夜色已深，月亮挂在当空。比来时更冷的秋风抖着他的衣裳。

为何进了林子才变得清醒？小城越想越难过。这么冷冰冰的晚上，到处是林子，一个人走路很孤单，要是坤羽在这里就好了。抬眼望了又望，四处见不着一个人影，当然见不着一个人影，茫茫的树林飘浮在月光里，这个景象加深了他的孤独和自卑。想起心爱的姑娘，聪明一时去见她，糊涂一世而错过。现在，抱着月饼走在回程的路上，"一个聪明的傻子。"他这样想想，风就恰好吹翻后脑勺的头发，直冲冲灌一股寒意进他的背心。

出了树林，路过那几户人家，小城快速进了自家院门。这回他没有像上次那样出了林子立刻变得混混沌沌的，他脑子依然清醒。

母亲坐在房间门口的那把竹躺椅上，看到小城进门，突然将眼睛睁得大大的。

"你去村西头干什么！我说的话你都当成耳旁风。"

"娘，我去买饼……"

"谁要你去买饼的！"

"没有人叫我去。"

"真是怪了，今天晚上你说话像另外一个人。"

"娘。我就是你的儿子。"

"不说这个了，我当然知道你是我的儿子，任何时候都是。我只是奇怪，啊，对了，难怪了，每年的饼都是一个味道，原来都是村西头那个人做的？"

小城吓得饼也掉到地上。他又一次看到母亲双眼流泪，愤怒无比。

"一定是你那个疯子姥姥，你见到她了吗？还有你爹，是他带你去的吧？只有他喜欢那种口味。你们才是一路的，我都快忘记了，那可是你亲爹。你对他们好过你娘。你娘永远是无所谓的，只要一句话，你明天就可以把亲娘丢在这儿跟他们远走，把生养你的地方都忘记。如果不是我使劲牵着你的脚步，你会一步跳到老娘的前面，走得影子也不见一个，你说是不是？"

小城只有在这件事上觉得母亲非常过分，甚至无理取闹，她连自己的亲娘也不认了，一点情面也不讲。村里人早就有闲话，说她才是疯子，是她发了疯才把亲娘赶了出去。但他不能责怪母亲，他更多的是感到愧疚，即使变得清醒和聪明，即使此刻聪明的头脑已经清楚外人说的话也不是空穴来风，因为一个人连续多年总是说自己的儿子只有八岁，难免引起猜疑。作为她的儿子，更是知道她的一些不为人知的脾气，可就算如此，他仍然对母亲抱有同情，觉得她可怜，孤零零，轻易流泪的眼睛透露出难以掩饰的悲伤，正是这个原因，他才没有因为被责骂而负气跑进父亲的小房间，和他一起躲在里面永远不出来。他此刻只是希望母亲不要为难姥姥，先前见到姥姥时，觉得她比从前更苍老，走路也不行了。

"娘，姥姥不是疯子。她其实挺想你的，刚才还差点来看你。"

母亲听完，脸上的愤怒变得忧愁："她是不会来看我的，儿子，我比你更了解她。"又叹气说，"不管她疯不疯，总之你还是别和她来往。和他们谁都别来往。你知道我指的是谁。这样下去你的记性只会越来越坏。会带坏你的。大晚上的出去瞎逛，不是疯子是什么。"

"娘，让姥姥搬回来吧。"

"搬回来？不要想得那么容易。我和她的脾气不对路，你想让她回来她也不会答应。"

小城低头，他知道姥姥永远也不会回来的，这个问题使他更加悲伤，因为他同时想到，父亲也可能永远不会从那间小房子里出来了。

母亲进屋睡觉。一夜过了大半，这时辰困意最浓。

小城一个人站在院子里，眼睛望着父亲的小房间。突然，听到里面传来说话的声音。

"他不好选啊，一边是娘，一边是爹。"姥姥的声音。

"不管他走不走，我得走呀。"父亲的声音。

"你的活还没做完。"

"快了快了。"

"她的记性只停在那个时候了，哎，儿子八岁的时候。几十年前啊。"

"她现在越来越难相处了，她恨我，娘，你是她亲娘，可是她也恨你。大概希望我们都离小城远一点，这样就不会影响小城了，她害怕小城和我们一起走。"

"要是坤羽不带小城进那片树林就好了。"

"是呀，都是天意。"

"什么天意，是那个傻子喜欢在树林里玩，他对那片林子太熟悉了，即使凭着一个傻瓜脑袋也可以将小城领到树林那边去。往那边一直走一直走，就走到你那儿去了。是他指的路。"

"要是早一天晚一天，他现在完全不用为难呀。我知道他想留在这儿。即使他忘记了那些事，但骨子里肯定很愧疚，肯定对以前偷跑出去的事情感到愧歉，现在才无论如何想要留下来。毕竟他娘年纪大了，确实需要有人照顾。如今她眼里谁也看不见，只看得见她的儿子了。"

"都怪那个傻子。"

"也不要怪他，你看看，他比从前更糊涂，要是那天出了树林，他也跟着小城去找我……"

"小城他娘可是最恨他，就怪他领他出了树林。"

"恨也无用嘛，除了知道自己年纪一大把，他什么也记不得。"

"我倒觉得这个傻子挺有心，他还指望从外面开一条地道来救我出去呢。"

"不，他只是习惯性地在那儿挖土。当初他可是亲手将那些土刨开，把你们挖出来的。可能是被当时的情景吓坏了，比从前更傻了。"

"算了吧。不要说他了，不要让他在那儿挖了。"

"你怎么知道是我让他挖的？"

"我就是知道。"

"就算我让他不挖，他也不会听。已经挖习惯了。"

小房间里沉默了一会儿，突然，姥姥拍着什么东西激动地说：

"那个傻子，他知道自己年纪一大把呢！他知道自己年纪一大把！我们都被他骗了，他是装傻的，他一定是装傻的！"

父亲语气悲伤："不要怪他啦，怪他也不起作用。他在赎罪呢，听听，他的地道快要挖到这儿来了。也许明天就挖到这儿来了。"

"你知道什么！"姥姥更生气。

"算了算了，都是老天爷安排好的，当时都只是孩子，小城也没有怪他。"

"也许吧，都是命。"

屋里又是一阵沉默。小城贴在门上听了一会儿，屋里一点声音也没有了。他刚想贴着门张口喊一声姥姥，发觉自己已经进了小房间，就蹲在墙角。进门时可能脚尖踢在门槛上，这会儿还有些疼痛。父亲和姥姥各自坐在一块棺木上，看样子所有的木料已经推刮干净，只剩下组装起来的这道程序。

今天是八月十五，后半夜了，外面月色特别好，可是屋里一片漆黑，哪怕一丁点儿光色也落不进来。小城瞪圆了眼睛，心里慌张可怕，这样的黑暗当中，只有天知道他用的什么视力居然可以看见姥姥和父亲坐在那儿。不过上次他来过这间屋子，当时也能看清东西，心里的慌张和害怕很快就消失了。现在这种状况，只能用父亲某次跟他说的那句话来解释：黑暗里有黑暗里的活法，你会在那种环境下看到你该看到的。

的确只能看到他该看到的。除了姥姥和父亲，以及那几块棺木，他既没有看到一丝月光，也看不到两扇窗户，就是那道门的位置也摸不清楚。如果后背不是依靠着墙壁，他简直不能相信自己是被有限的四面墙壁封闭，简直以为这黑暗漫无边际，将大地上所有的事物都吞噬了。

"是你让他进来的。"姥姥说。

"他想进来的话这道门不是问题。"父亲回答。

他们说话时眼睛始终盯着他。

"今天是八月十五，出去看看月亮吧，爹，姥姥。"小城赶紧打破沉默插嘴说道。在听完了先前姥姥和父亲的谈话后，他很吃惊自己还能表现得这么镇静。不过，他不想留在这片黑暗之中，想到外面看看月亮，往年的这个时候他会选在院子旁边的竹林下坐着。他对这一天的月亮特别有感情，对月亮落在自家院子里的情景特别上心，就仿佛他曾经某一次错过了这样的月亮，错过了月光落进自家院子，导致后来有很长的时期他被关在黑漆漆的地方，见不着光也见不着熟悉的人。他敢肯定曾经的确被困在一个黑漆漆的地方，就像现在这个小房间一样，那绝不是做梦，可母亲总说那是做梦，说他曾经生过一场重病，躺在床上很久很久，一定是那段时间掉入梦的旋涡，使他印象深刻，以为自己真的被困在什么黑暗之处。在这件事情上母亲态度坚决，说她永远不可能让梦里的事情成为真实，即使真的有那样一个黑暗之地，也别想困住她的儿子，她会想尽一切办法让小城脱离。

"他现在知道自己三十岁，不是八岁。"姥姥说。

"是。"父亲回答。

他们说话，眼睛还是盯着他。

"今天是八月十五……"小城继续先前的话，这时候他的脑子非常清醒，可惜还没说完就被父亲制止了。

"你自己去看月亮吧。看来你已经选好了。你要留在这里。"姥姥说。

"是的，姥姥。"小城简直不可控制自己的嘴巴，往事突然间一幕一幕重复在脑海，脑子变得更加清醒，使他的话就像在复述这些往事似的脱口而出："我可不想让我娘以为我真的八岁就死了，看看我现在这么高的个子，等一下我就去跟她说，我什么都记起来了，那次出了树林，我找到了爹，但是我没有被埋在煤洞里，我还活着。我爹现在也回来了，等到这些活做完，就会走出这个房间，永远和我们在一起。爹，你会永远和我们在一起。我已经做了决定，趁着现在脑子一片清醒，什么往事都记了起来，我一定要将这个好事情告诉她。"

"没用的。"姥姥说。

"有用。我娘也说了，今天晚上我像是另外一个人。这另外一个人才是真正的我呀。现在我才完全搞清楚了。只要我去好好说，她会信的。她脾气虽然坏，可是比起从前好太多了。"

父亲不说话，姥姥也不说话。

"她一定会像从前那样孝顺姥姥，也会重新对爹好，只要我们都留下来……"小城很焦躁。

"算了，你出去吧。"父亲插嘴说。

小城刚准备反驳，发觉鼻子碰着了门板。他已经站到了门外，因为急着要说话，脸撞到门板。就是这么个碰撞的动作，使他脑海里一片糨糊，又是从前那种糊里糊涂的样子，不过这次他并没有忘记父亲和姥姥之前的那些对话。

"他比我有勇气呀，他要留在这儿。"里面传出这句话，然后就没了声音。

母亲恰好出来，看见小城发呆的样子。

"小傻瓜，你是睡不着还是起得早？"

小城低头看着地上的月饼。

"我就说嘛，他不会领你的情。以后除了送饭，少去那儿磨蹭。"

"娘，我出去一下。"小城壮着胆子说。

"天亮还差点时间呢，出去干什么？"母亲横着眼。

"我很快就回来。"

"好歹你这次算是跟我打了招呼，好吧，早点回来，河边风冷。"她说完进了屋，脸上神情有些茫然。

小城很高兴母亲能看透他的心思并且不阻止。

河边蹲着的那个人，小城一眼就看出来是坤羽。那个地道的口子就在他旁边，是一口深深的黑洞。小城走近了往边上一站，仿佛听到从洞里传来水的回声。

"还以为底下是一条河呢，你把河都挖穿了吗？"他跟坤羽笑说。

"看你心情这么好，是不是解决了什么心事呀？"

"看来我的高兴全写在脸上了。"小城摸着脸，心里万分高兴。说不上具体为什么高兴。大概未来的几天会有好事发生。长辈们不是说了嘛，人逢喜事精神爽。

坤羽拿起铁锹准备下地道。

"我也来。"小城紧跟着跳了下去。

洞子并不是想象的那般狭窄，相反，还挺宽敞，拐弯处甚至点了蜡烛。

"你是要挖到哪里去啊？"

"我也不知道。"坤羽说。他是停下来，想了想才说的，"以前我好像知道它要通往哪里，现在不知道了，你问的时候才不知道的，也可能更早。要不是我一直在这儿挖，一睁眼就在洞子旁边或者地下的洞子里，铁锹也始终在我手上，我还以为这是别人干的呢。"

"那你现在还挖它做什么？"

"挖都挖了，总不能半途而废，我倒是要看看它通往哪里。"

"这么干下去你会老死在这儿吧。"

"这有什么关系。反正大家都喊我傻子。"

"你不是傻子。"

"快告诉我你多少岁！"坤羽突然很着急地问。

"我娘说，八岁。"

"我要你自己说。"

"不止。"

"这么说你现在是清醒的了。"

"也不是，很多事想不起来。"

"想不起的事就别想了，我也有想不起来的。这几天我的记性坏透了，大概活太累，毕竟年纪不饶人。"

"你这点儿年纪叫什么老。"

"你记起来啦？太好了！我是故意这么叫老，不然怎么能刺激你的记忆。只可惜现在我的记性都快没救了。"

小城不知道是不是记起来了，反正每次母亲说他八岁的时候，他的脑海里就会跳出来三十岁这个印象，而且同时出来的还有小红的样子。她那么好看，说起话来笑容满面。真是奇怪，他虽然忘记很多往事，但是对于小红，他始终记得她的样貌，尤其记得上次她跟他在街面上说话，那是第一次听见她说话，声音至今回响在脑海，之后任何时间想起来心里都暖烘烘的。可母亲不喜欢她。下一年恐怕再也不能去她那里买月饼了。

"看你现在这个状态我就放心了。我大概做了什么对不起人的事情吧，所以才挖出这么一条地道，我在很小的时候，大概八岁，就开始了这项工作。起初以为是别人让我这么干的，现在看来根本是为了我自己。你不知道，我在上面待着的时候有多害怕，随时觉得有人要来找我拼命，尤其是……尤其是你的母亲，我看到她的眼神就浑身发抖，只有待在地道里才会感到安全。我知道你母亲永远不会跑到地洞里来，外人更不会。我在地面上将洞口挖在隐蔽的地段，周围都是深草，四周是一些小动物挖出来的洞口，我把自己的洞口与它们的洞口做得十分相像，人们根本不会察觉。为了这个事情我可是花了大心思。怎么样，你在这儿也感到很舒畅吧？我看你脸上的笑容始终没掉呢。"

小城歪着脑袋，坤羽的话嗡嗡传来，他一句也没有听清楚，注意力全被这条洞子吸引。他朝四周看来看去，拐弯处的烛光照着通道，泥土的潮气随时扑进鼻孔。这条地洞的上方肯定开了一些漏气的孔子，使他们走了这么长的路还没有被闷死，有小风钻进地洞，烛火一闪一闪的。

"你准备在这儿待到什么时候？我们要去哪里？想不到你挖了这么长的地道。"小城问。

前方还是嗡嗡的声音，也不知道坤羽有没有回答他的问题。

"我们很快就会走到一个地方，这个地方是我特意开的岔道。"坤羽十分高兴。他已经不管小城是否跟得上，走在前面的速度越来越快，就连小城那么快的脚力都有些吃不消了。

"你走慢一些吧，我可不想在这儿迷路。"小城边说边加紧脚步，他发觉洞子到了中途出现很多岔道。看来外面的传言都是真的，说夜间感觉他们的房子底下传来响声，很快整个村庄的底下都有响声，只不过他们实在搞不清楚这是坤羽干的。坤羽把地道挖得四通八达，但也同时让上面的房子根基不稳，整个村子的底部都成了漏洞。要是现在他们亲眼看到这些洞子会怎么样呢？小城一边跑一边往头顶上看，害怕从顶上突然压下来一所房子。

"很快我们就跑到那个地方了，你一定想不到。"坤羽说。

小城在后面只听到嗡嗡响，看见坤羽往后瞧时嘴皮抿了一下，"你在说什么啊？我听不清。"

坤羽在拐弯处一闪，不见影子了。

顶上传来很重的脚步声，之后，听见有人在上面大声喊。

小城抬起眼睛，借着烛光四周看看，在拐弯处，他发现一条向上的通道。他走了上去。

地面上，坤羽在一棵树下站着，旁边站着小红。

"你……怎么……她也在这儿……这是怎么回事？"小城结结巴巴，高兴万分，心里扑通跳。

"我跟你说过呀，小红是我妹妹。"

小城努力回想，没有印象。不过此刻仔细看来，坤羽和小红确实长得很像。

"我要回去了。哥哥。"小红始终没有和小城打招呼，说完这句话就从他们身边直接走了，头也不回。

"她好像没有看见我一样。"小城自言自语。

"把你忘记了呗。"坤羽说，"她不会跟任何人说话的。"

小城心里不服气，她上次可是跟他说了很多话。可是他也不敢跑去询问，万一她听到了什么闲话正在生气呢。比方说，母亲说的那些话。她们彼此肯定看不顺眼。

"你带我到这儿干什么。"小城瞧了瞧沉闷的林子，恨不得赶紧回到地道或者走出去。他对这儿突然充满了厌烦，特别是喜欢的姑娘从眼前走开之后，这些树像大针一样，仿佛不是扎在地上而是扎在他的皮肤上。

"躲一躲啊。"坤羽神秘兮兮地张嘴笑道。

"躲什么？"

"那些人。"

小城摸不着头脑。

"那些刚刚被我们吵醒的人。"

"你疯啦？说什么鬼话。"

"我没说鬼话，我说那些房子里住着的人，我们俩刚才那一通长跑，早把他们的睡梦惊醒了。这会儿个个都正在四处查访，将臭水往地下灌，你现在回到地道里会臭死的……"他捂着鼻子。

"那也是你的错，把村子底下掏出那么多漏洞。"

"那也是他们的错！"坤羽脸上的笑容瞬间掉落，一副生气的面孔。

"你坐下来。"坤羽用命令的语气。

小城不想听他的，可后腰像是挨了一脚，一屁股蹲在地上。

坤羽的泪水在眼眶里打转，他说："你大概在院子里住得太久了，没有遭受过别人的冷眼。"

"不，我遭受过。"小城眼睛模糊，他知道自己也跟着流泪了。脑海里回放着那个跑来跟母亲借钱的女人，她一次一次跟母亲借钱，却从来不还。想起河边有人喊他傻子，想起那些用泥沙撒他眼睛的孩子，想起他们的父母朝地上吐口水说：不干不净的东西。

小城怎么会不受冷眼。他随时随地感受到的都是整个村里的人对他的排斥。说起来他比坤羽更可怜，坤羽好歹有个地洞可以躲避，而他每日都在那些人眼前，接受各种冷言冷语。如果不是他的母亲始终紧闭院门，而且姥姥——想到这里，小城恍然觉得姥姥和母亲可能并没有发生矛盾，而是私下商量好了（弱有弱的办法），一个紧闭房门，一个在夜间疯跑，胡乱敲响他们的房门，以此警示和惊吓，才得以让小城继续留下来，才没有像那个女人私下里恐吓小城那样"你赶紧滚出去"，他没有被赶出去，还留在自家院子。

秋风呼呼吹着小城的头发。树林外面果然传来一些嘈杂的人声。他听到有人摔响盆子，可能真是往地下泼脏水。

"如果我不这么干的话，他们简直以为世上没有鬼神，没有天理，没有任何东西可以扼制他们的狠心。要是没有每天晚上地道里的响声使他们偶尔感到害怕，那我的妹妹早就被赶出村子了。她还能住在村西头吗？村西头也轮不到她住。我那可怜的哑巴妹妹。你以为一个人会无缘无故话不说吗？"

"可是照你这种挖法，我家的房子也难免了。"

"那我就没有办法了，总不能因为你是我的好朋友就要让我改道，你知道这么大的工程，我一个人要费多少苦心，而且这种事情根本无法掌控，地下总是不如地上那么好区分方向，况且你母亲对我的恨意……我时时想到她的眼神就浑身不自在。"

"所以你要故意为难她吗？"

"你觉得她是十足的好人吗？"坤羽停顿一下，冷冰冰的语气，"你觉得她是天下最好的人我也不反对，因为你是她的儿子。可对于我，她和那些人一样好不到哪里去。当初将我妹妹赶到村西头还是她领的队伍。我从不相信像我们这个村子还有谁是十足的好人。包括你，也好不到哪里去。你敢说自己一件坏事也没有做过吗？你要真是一只小绵羊，这儿你也住不下去。这里的人都不是省油的灯，互相算计、坑害，互相牵制、提防。说实在的，虽然表面上我们还在来往，可心底里，我无时无刻不觉得自己孤零零的，每天醒来看见的无非是这条冰冷的河水，还有我亲手挖出来的深洞，此外再没有什么了，很多时候我怀疑世界上只有我一个人——如果不是他们的脏水泼到地面，洞子里漏下臭味，老鼠拖着肮脏的尾巴从我的脚背上跳走，没有这些东西的惊醒我就以为世上只有我一个人。我先前也跟你说过了，只有躲在地下才感到安全，现在看来这是个好地方，让我不害怕他们，并且充满战斗力。躲在地下的时候我一次也没有觉得自己有个朋友，他会不会来看我，这些我一点也没有想起。"

"坤羽你在说胡话，一定是在说胡话。你怎么能说自己一个朋友都没有呢？"小城感到心里闷堵，身上仿佛压着一块沉重的石头。

"我清醒得很呀！"

"月亮照着你呢，照着你的脸，照着你的嘴巴，你可别说这些骇人的话。"

"我清醒得很呀！"

"我知道自己说不过你。今天晚上我就当你胡说了。"

"你才是胡说。你懂个屁。"

小城瞪着眼睛，还想替自己说点什么又心虚不已。他认同坤羽说的，虽然表面上来往，内心却一直感到孤单，他早就有这种感觉了，以前他不敢说出，害怕这种想法是他一个人的。

这时，他回忆起那个女人总是横着眼对他吼："你这个恶心的坏杂种，你没有出息你根本就不是人，你只会用下三烂的做法来报复人！"她说他挎着篮子假装到河边去，实际上是偷跑进他们的房间，用他们的洗脚巾擦拭喝水的杯子、吃饭的碗、刀叉和筷子，用牙刷刷尿桶，用干净的洗脸巾在自己的脚丫上来回抹。她就是因为这个原因才无数次跑去跟他母亲借钱。她说："如果她心里没有鬼的话，会那么甘愿拿钱给我吗？"

现在，坤羽的话，再加上自己隐约想起的片段，让小城更不好开口替自己辩解。他就像个被人戳了一针的气球，慢慢蔫了，慢慢露出难看的本相。他仍然张了张嘴，不死心地想要解释点什么，却突然被风吹着腰杆似的走到坤羽身边，照着他的脸狠狠抽了一巴掌。

"打得好！打得好呀！我就欠你一巴掌，现在我还清了！"坤羽大笑着，激动万分。

小城莫名其妙，望着自己的手又看了看坤羽被打红的脸，心里非常难过也很害怕，他觉得自己并非坤羽说的那种人，如果是的话，那个人一定不是自己，一定是另外一个人了。而眼前最糟糕的是，他动手打了坤羽，这意味着……可能意味着他们再也——或许早已不是最好的朋友了。

两人谁也不再说话，沉默地站了好一会儿。

"现在，我们去哪里？"小城茫然地问。

坤羽想了想说："原路返回。"

"你刚才说什么欠我一巴掌，什么还清了？"

坤羽摇了摇头："我说过吗？"

他不像是说谎，记性还真不是一般地坏。

地道里已经臭气熏天，小城始终用衣袖捂住鼻子，回去的路上坤羽脚步比先前还快，他紧跟其后，一步也不敢放慢。

出了地道，重新回到河边的洞口，小城希望坤羽别再挖了，实在不行带着小红到别的地方居住。可是坤羽不愿意，他说他哪儿也不去，这是他的工作，已经习惯这么干了，现在他手里的铁锹可以说不是铁锹，而是一张鼓，只要他始终在地下敲打着，活动着，上面的房子的根基就始终掌握在他的手里，那些人也会因此顾忌。他哪儿都不会去，小红更不会愿意离开，她在村西头简直像小树苗一样扎了根。转身走的时候，坤羽站在后面对他大喊，以后别来了，再也别来了。

小城的心里就一直装着这句话：以后别来了，再也别来了。他没有回头，心里反复说了这句话之后，仿佛放下一件心事，直冲冲地往家里走。

天已经亮开，平原的太阳只要一出来就会戳在东面那棵杨树上。如果放慢脚步，他会看到太阳光照在脚背上，走路扬起来的尘灰飘浮在前面的空气里，他稍微吸溜一下鼻子，就会将尘土的味道尝一遍。然而他走得飞快，此刻也不是夏季，秋日的尘土像穿了厚棉袄，很难将它们从地上扬起来，他的嘴巴张开着喘气，从口里灌进的冷风只有冷风的味道。

还没有走近自家的房子，他已经看到自家房顶冒出的浓烟。着火了。许多人围着，在大声说话，不过看起来事情已经忙完了，人群正在散去，等他走到跟前，门口站着的只有一条小狗了。他两步跨进院子，看到着火的是父亲的那间小房子。火已经扑灭，浓烟随着秋风左晃右晃。

"我爹呢？我爹呢？"他心里非常慌张，却又像是早有预料，当他跑进小房间的时候，看到那口烧焦的棺材时，并没有放声大哭。

"走啦，走啦……"母亲无可奈何，耸了耸肩膀。

"去哪里了？"

母亲耸了耸肩膀。

小城双手扒开烧焦的棺木，这已经是组装好的棺木了，连盖子都已经封在顶上，他推开盖子，眼前出现的居然是一个很大的黑漆漆的地洞。棺木上的焦灰抖落下去，瞬间将整个地面也染黑了，那圆形的圈子看着像个黑色的大月亮。

母亲坚持说地上那串脚印就是父亲逃走时留下的。他是逃走的，父亲对她早已变心，道别的话根本不用再说。这几年他之所以没有出去干活，留在家里无非是等着他的杨树长大，然后放倒它们用来做棺材，他只是为了这件事才耽搁了一阵子，借着做棺材的时间最后在这片土地上逗留一小段日子（他毕竟在这儿长大嘛）。总之，他迟早要离开这儿，去过他早就想过的逍遥日子。谁也留不住。"你看，他亲手放的火！"

母亲在自言自语。她坐在满是黑灰的凳子上，脸上脏兮兮的，手里拿着一根火柴棍，像个犯罪嫌疑人，也像个无辜的受害人。

小城心里怀着别的猜测，但更相信母亲的说法，她哭起来真是可怜，泪水在烟火熏黑的脸上留下印子，他不会再像从前那样说"你想害死我爹""是你让我爹去很远的地方当煤耗子"这样的蠢话了。他只是模仿着父亲的语气，跟母亲莫名其妙地说了句："都是老天爷说了算。"

他很奇怪自己为何没有感到悲伤，仿佛这种悲伤很早以前就已经用完。目前堵在心里的事情仅仅是猜想：如果父亲真是逃走的，那只能从这个黑洞里逃走，此处或许恰好接通了坤羽的地道，说不定这地道本身就是他安排坤羽挖的。小城朝地面上看了再看，根本没有留下脚印。

他抬头看看天空，天空分成三层，错开一个小角的三层，最下的一层飘着小房间废墟上升起的烟雾，中间的一层飘着成块的白云，顶上是海一样的蓝。

秋风一阵一阵吹进院子，把小城的头脑越吹越清爽，他喜欢这样的感觉，喜欢看到明晃晃的天空，已经是八月十六了，崭新的太阳光照在残破的小房间的墙头。昨夜父亲说的话像井水一样沁在心里：他比我有勇气，他要留在这儿。

秋风一阵一阵吹进院子，吹在院子里的无花果树上，树上没有一片叶子，不等秋风吹来，它自己将树叶落得干干净净。离开烧毁的小房间，走到孤零零坐在凳子上的母亲跟前，小城下了狠心，这回他再也不去寻找父亲了。

出城

我把可以证明自己身份的资料弄丢了，就在今天黄昏时候，也许更早。他们对我说，你没有证明是不能进城的，没有符合我们要求的资料不能留在这里。那个跟我说话的人脸黑得像锅底，他旁边那些人神色与他一样。

眼下我站在大路上了。那个人把我轰走之后，几个年轻小伙子用马车将我运来丢在这个位置。

求求你们，放我进城呀。我跟他们求情。

他们坐在马车上，头也不回。驾！他们吼了一声，鞭子落在马背上，车子就被拖着跑远了。

我站在黑漆漆的大路上等车。那个黑脸大汉告诉我，这儿会有一趟出城的车，专门拉我……不，和我一样没有证明的人。

你就坐着它出城吧。那个黑脸汉子这么跟我说。

我闻到蜡梅的香气，还有积雪，还有刚才我吃下去的一包挂面的味道。我张嘴呼呼出气。冷。

天上挂着黑云，是那种很快要挤出雨水的黑云。我等的车子还不来。我有点着急了。

路上有兔子跳来跳去。

真是个怪地方。我心想。刚才如果多哀求几声，他们会不会放我进城？

没有用的。我刚才连城门都没有通过，我站在城门口他们设定的关卡上，准备掏出证明的时候发现衣兜里连根毛都没有。

车子快点来呀！

车子还不来。

天越来越冷了。我把手揣在衣兜里搅来搅去，好像里面有团棉花可以取暖似的。

车子该来了呀！

车子还不来。

马绍龙怎么不来城门口接我呢？是他告诉我那座城里好过日子。我是来过好日子的呀——啊，别提了，我连城门也进不去。我的证明到底见了什么鬼突然就找不着了？

双脚一定冻僵了，如果不是亲眼看见一只兔子踩着我的脚背跳过去，我都不知道它踩了我。

眼前出现一盏灯，我朝它走去，走了很久很久，还加快了脚步，却总是挨不着边，地上只有沙沙的脚步声，是我把地上的积雪破开的响声。

真让人绝望。我对自己说，这个晚上太让人绝望了，好像走在人生的尽头一样绝望。万丈冰雪在脚下（我是这么感觉的），它是从高空掉下来的，有雪花往我的脖颈里钻，它要找到我身上所有温暖的地方然后占据它们。

我生命的寒冬。我对自己说。

也许我开始掉眼泪了。眼睛一阵酸涩。

那些枯萎的草，我就着积雪的微光看见它们勉强支撑在雪地上的枯影。还有那些冻僵的石头，就像谁的硬心肠梗在眼前。

我要站不稳了。

前方那盏弱灯开始变得明亮，它可能终于对我生了一点同情，要将我整个人照亮照暖。

太冷了呀。心里这样喊的时候打了一个冷噤，然后是一个喷嚏。这喷嚏是目前我听到的唯一的声音，让人觉得是——世间最后一个人的声音，就是这种糟糕的感觉。我很悲观，我觉得车子不会来了。

那盏灯逐渐靠近我，它像太阳带着温暖的光芒在靠近我。

感谢老天爷！我说。

前方传来车子的声音，像火车又像汽车，又或者两者都不对，是马蹄声接二连三涌过来。我以为那些人良心发现了，不忍看我一个人面对整个黑夜，他们重新掉转马头过来接我进城。

抬起脚尖！我对自己说。我就抬起了脚尖。

往前走两步！我对自己说。我就往前走了两步。

我那僵硬的两只脚居然可以活动自如，走了七八步远。

靠近我的果然是一辆车子，只是我从未见过这种样式，分不清它属于火车还是汽车，我哪里还顾得上研究这个，抬起脚登上去。

你的位子在这儿。一个女人跟我说。她在我前方几步远，仰着脸对我笑。

谢谢你啊。我跟她说。

她仰着脸笑。

我们认识吗？你怎么知道我的位子在这里。

她不理我，眼睛看着前方。

车厢里好多人，前前后后都坐满了。我看中了前方的一个位子，或者后面那一排靠右边窗户的也行。我的左边靠窗的位子好是好，就是风太大，窗户怎么也关不上。然而每一站只有人上车，没有人下车。我坐得非常着急。

我们要坐到哪里去？我又希望跟我旁边这个女人说几句话。她先前还很热情地帮我指座位呢。

她不理我。

突然发觉车子似乎变长了，刚才我也没注意这个细节，随着上车人数增多，车子也在前后拉长，一点也看不清车头车尾了。

坏了！我拍了一下自己大腿。

怎么了？旁边的女人总算被我的举动惊醒了，她刚刚睡完一小觉，眼睛还睁不开。

怎么不见有人下车？我惊慌地问。

下车做什么？

出城啊！我们不是要出城吗？

是啊。出城。

那为什么没有人下车？

下车做什么？

……

那你说下车做什么？她反过来问我。

……

你怎么不说话呢？她追问。

……

你这个人一惊一乍的。她瞪我。

……

车子继续在黑夜中穿行，月亮好像越变越大——我不知道它什么时候出来的，车子可能已经跑到哪个晴朗的天空下了——有个瞬间我觉得它直接是挂在车窗上的，车窗打开的话它就跳进来了——对啊，刚才车窗是开着的，不知道它怎么关上了，先前还有风呼呼吹在脑门上，吹得我头晕。

不停地有人上车。从不见有人下车。车子前不见头后不见尾。

车子永远穿梭在黑夜里。我是觉得它要永远穿梭在黑夜里了。我是个悲观的人，我觉得再也见不到白天的太阳了。天知道我坐的车子怎么会发出古怪的马的叫声，一会儿又变成了狗喘气。

到底出了什么事？我问旁座的女人。

你可以叫我小敏。她说。

好的，小敏，到底出了什么事？

什么什么事？

为什么没有人下车？不是要出城吗？

我们是要出城。

那……

下车做什么？她截断我的话。

那你上车做什么？我很恼火。

她想了一下对我说，在灯光里坐着不好吗？我看你先前两只脚可是要冷断了。

这倒是。我心想。

可现在也好不到哪里去呀！眼下难道不是一种煎熬吗？坐在这辆无头无尾叫不出名字的车上，一个一个的人往上拥，却总也没有人下车。

我离开自己的位子，去前方那个我看中的位子，拍了拍那年轻人的肩膀。我以为是个年轻人，实际上是个很老的人，并且这个人一脸的不高兴。他横了我一眼。

大叔，我只是想知道车子什么时候到站？

他不理我。

我又去问了别人，他们都和那个老人一样，很不高兴我的提问，都不理我。

我知道你会无功而返的。小敏说。

我们是不是坐了一辆黑车？我很恐惧。

不是。她说。这回她的态度很好，很愿意跟我聊天的样子。

你是刚上车，还愿意浪费那么多精神去关心这个问题，我现在可不想这些。她又说。

不是关心不关心的问题，而是我本来就为了出城才坐上这趟车的。我总不能一生都待在这个不知道什么玩意儿的肚子里吧。我感觉是被它吃掉了。

要这么想的话，你在外面也是一样的。

那不一样。

有什么不一样。一样。

不一样。

再说下去有什么意思？她抬眼瞧着我。

这是我第一次看见她的整张脸，尤其是她此刻望着我的两只眼睛，水汪汪的，有些忧郁，不是很快乐。她是个漂亮的姑娘。真好看。月光照在她脸上。我觉得心跳得咚咚的。这是我第一次对一位姑娘产生这种慌乱感。

完蛋了。我心想。我是爱上这个姑娘了吧？我已经三十八岁了，在过去的人生中我独自生活，从未对任何女人动过心，我身边所有的朋友都猜测我的身体是不是有什么毛病。这种事情来得很突然，我没想到自己会在这辆不知名的车上匆匆爱上一位姑娘，这让我措手不及，我先前还认为她是个傻子呢，印象中她好像明明不是这样的年纪，起码是个中年妇人。我推了推鼻梁上的眼镜，这是一副老掉牙的眼镜了，戴了很多很多年，镜片模糊，镜架有的地方已经撑不住开始掉漆。

你原本也是要进城的吧？我赶紧说话。说话能掩饰内心慌乱。

然而……

不说话才好呀。我的两片嘴唇在发抖。

你怎么了？姑娘睁大眼睛望着我。

真好看的眼睛！

你为什么要哭？姑娘更是用她吃惊的大眼睛望着我。

哭？不可能哭。我的泪腺是出了问题的。你一辈子都不会掉眼泪——我母亲曾经跟我说过。

小敏……我偷偷喊她的名字。

你需要喝点水吧？小敏伸手在我的额头上探了探。她以为我生病了。

你的眼睛真好看。我对她说。我终于鼓起勇气。

我在过去的人生中从未遇到这么美好的事情。那过去的日子……灰暗的，可以全部丢弃的、作废的日子。老天爷总算好好对待我一回了。

小敏，我喊着她的名字说，谢谢你。

她笑了笑。

我喜欢你。我小声说。

她没有听见。我不知道她是怎么坐到窗边的，原本那是我的位子。现在我坐在她的位子上，她坐在我的位子上。

我们刚才掉换了位子吗？我开玩笑地说，也是自言自语。

当然没有。她说。

我猜她是故意不承认。

也许我心里喜欢她的时候，就愿意把最好的月光让给她，因为我们相处的整个这段时间她看得最多的是月亮，然后才是我。说起来我对她充满了感激，要不是她刚才终于肯多看我一会儿，我都不知道还能在这样一个年纪突然地深深地喜欢一个人。她一定是被我邀请到那个位子坐着。月光把树影投射在她的身上，她裙子的下摆浮着树枝，浮着树枝接头上好看的小疙瘩，或许不是小疙瘩，而是熬过秋天终于在冬日的枝头上晾干水分的小果实。

后来她就不见了。她去上卫生间。我看见卫生间门口排队的人中有她的背影，我就盯着她的背影看了一会儿再把目光收回来。

我发现小敏的位子上突然坐着一个很老的女人。

对不起，我对她说，您老人家可以换个位子坐吗？这个位子有人坐的，她去上厕所了，她马上就回来。

看来你对她还算满意。老女人边点头边跟我说。

什么？

就是说，我给你安排的人你看得上。

我不懂她在说什么。看样子她是认错了人。

我没有认错人。她说。

你是我的儿子，我怎么会认错。她说。

我是她儿子？不不，我母亲不长这个样子，而且她已经死去多时，大概有八年了，这八年期间她从来不来看我。虽然我的父亲一直跟我说，母亲回去看过我们，只是那天我睡着了才没有与她碰着面。

我母亲的年纪要小一些。我对她说。

她哈哈大笑。当然啦，她只是样子在哈哈大笑。我看到她不停地张着嘴，上下抖颤着两块嘴皮，喉咙里"呵尔呵尔"响。

您笑什么？我说的实话。

她停住笑，认认真真望着我，她说，那我也跟你说实话，上了这趟车的人谁还会保持原来的样子呀！想不到你的父亲会把你教得这么迟钝。你都没有在这儿照过一次镜子吗？好好看看，去看看吧。她指着我们前方那个座位边上的大窗户玻璃。那正是我先前看中的位子，那个位子一直有人坐，因为没有人下车嘛。

你去那儿看看自己的样子。她说。

我就起身向那儿走。我在那扇窗玻璃中看到一个陌生的年轻人，长得还挺好，也就刚刚三十岁的样子，我确定，那就是我的影像。我被吓了一跳，当然，我其实也很高兴。

怎么回事？我回来压低声音问她。

不用低声说话，这儿的人都知道自己不是原来的样子呢。她摇了摇手上的一只草环，好像小女孩一边玩游戏一边回答大人的话。

他们都知道自己不是原来的样子？……我不知道该怎么往下讲。说实在的，我还在回想刚才镜子中那帅气十足的样子。难怪小敏愿意跟我说话。年轻女孩对异性的好感首先都放在长相上。

我又去那儿照了照，镜子中我还是刚才那副好看的面孔。然后，回到座位时，老女人接着前面的话对我说，所有人都不是原来的样子。

那也不坏。我心想。

她环顾四周，并伸手将我指着前方那些人的手拉回来。我的手原本是僵在那儿，缩不回来的。因为我发觉前方坐着几个以前以为永远也见不着面的熟人。他们可能刚刚上车。他们怎么会出现在这里？

你变得比以前年轻了，这是你的运气。而我，你的母亲，现在这种模样都是因为我太操心你和你的父亲。有一大段日子我都在思念你们。现在你根本认不出我，也不怪你。然后她忧伤万分。她就这么把我的思路打断了。我还在琢磨那些人上车干什么呢。我其实一点也不想跟他们碰面。

她脱去外套。车厢里忽然变得暖和，仿佛我们正在走进夏天热风扑面的广场。

她确实是我的母亲。

妈妈！我抛开椅子，半蹲在地上，抬眼望着她脖子上的项链。

你看出来了？她也很激动。

是的，我看出来了。我说。我伸手抓住项链的坠子——一小块已经朽坏的铁皮。

我曾经亲手为母亲戴上的假项链已经生锈了，但仍然可以看出那就是我亲手送的。她去世的那天下午，脖子上还挂着这条项链。

妈妈，你怎么会出现在这里？难道你原本也打算进城吗？

不。我只是路过。

路过？那你要去哪里？这车子会停吗？妈妈，你有办法下车吗？我上车已经很久了，它从未停靠。

儿子，我得走了。她说完就低头将刚才那只草环套在手腕上。

我的肩膀被人拍了一下。我扭头一看，是小敏。

你来了？我说。

小敏点头。

我刚想跟她解释我母亲暂时坐了她的位子，转头却看不见人。

小敏坐到位子上了。

我四周看了又看，看不见母亲的身影。

你找什么？小敏扯扯我的衣袖。

我母亲。

那你可以不用看了，她已经走啦。

什么？

我敢肯定她已经走了。她说。

我是说，你怎么知道，哦不，你们怎么好像认识？

那当然了，我和她先前是一路的嘛。

我就更糊涂了，她怎么能和母亲混在一路，毕竟……

有什么不可以吗？我知道她已经死了，但那又不影响我和她的交情。

也对。我说。

不对！我一拍大腿从椅子上站起来。

你又怎么了？你坐下。

她怎么下车的？

她想下就下了。

这车子都没有停呀!

那无所谓呀,这车子又困不住她。

可它困得住我……和你,还有他们。

你想多了。困不住。

但我们确实下不去,谁都没有下去过,车子从来没有停过哪怕一秒钟。我对她说完这句心里特别难过。

她只是看了我一眼,没接话。

前方有人对我招手。

我过去看一下。我对小敏说。

你的熟人找你了。她对我说。她简直什么都知道,对我的过去,未来,甚至我心里边哪怕浮想点什么东西她都一清二楚。这肯定是因为我爱她,我爱她我就什么都瞒不住她。

啊,我的好兄弟!那个对我打招呼的人见我走过去,也赶紧从椅子上起身向我快走两步,将我的手紧紧握住,他说完话眼里竟然闪着眼泪。

你倒是没有变。我对他说。

当然啦,我们几个还是从前的样子,这辆车也奈何不住我们。你倒是变了,还好你的眼神和从前一样,我也是认了好久才确信那就是你,我才试着和你说话。他说。

你跟他废话什么呀三龙。

说话的是大龙。他对三龙说完之后突然望着我,对我说,你好歹也是我们当中的人,虽然当年出了点误会,让你……你还记仇吗?

五龙?

有什么误会吗?我反问他。我只记得自己确实与他们结拜,我们五个人,我排名最小。我们曾经在城市里混生活,偷、抢、赌、骗,几乎所有的坏事都做过。后来我就不干了。

你还记恨我们。四龙说。

你是说那次打架吗?我早就忘了。

你不会忘的。二龙还是那副恶狠狠的面孔。我记得我最后一次跟他们打架,最先挑起事端的就是二龙。那天打完架他们就消失了。之后我一个人四处流浪,直到马绍龙写信给我,说他所在的那座城市非常繁华,能过上体面的日子。我不知道他用什么方法把信送到我手中,我可是四处游荡居无定所的。

我们不要再说这些了,能再碰面也是缘分。三龙说。

我对三龙倒是没有多少意见,他这个人属于坏蛋中的好人,至少他们四个人一起打我的那天下午,三龙只是假装狠狠揍了我两下,实际上拳头落得很轻。我们一起抢东西他也最懦弱,有时还显得特别滑稽,一边冲出去抢东西,一边大声跟自己说,这他妈真的是最后一次了!!

也只有你还指望他,我可不想和一个鬼混在一块儿。二龙说。他仍然对我没有好脸色。

你说谁是鬼!我恨不得一脚踢翻他。如果不是三龙扯住我。

你想再死一次吗?不要跟他们闹。三龙小声在我耳边说。

我就疑惑了,我转头望着三龙。

他低下头。

以前是我们不对。二龙出手太重。我以为这辈子你只能待在墓地……哦不，不是这个意思，我是想说那儿确实有些荒凉，你出来走走也好。三龙说。他是战战兢兢说的，生怕说错什么。

我不知道他是不是疯了，说这些乱七八糟的话，也许那天我们几个打架之后，他们是因为我晕过去才吓跑的，他们以为我死了。

我们确实是在墓地里面打架。但那不是我的墓地。

我得回去了。我对三龙说。我扭头看了看小敏，她歪在椅子上睡着了。

他们不让我走。

你得跟我们在一起，兄弟，这儿人多，我们的好日子正开始呢！你不是一直盼着遇到一回大场面吗，这就是了！那么多的人，那么多呀！这儿的人永远下不了车，永远困死在车上，永远像待宰的羔羊，他们手无寸铁，连块小石子儿都拿不出，感谢老天爷让我们几个大显身手！大龙很激动，他从前就有这样的权威，说起话来一套一套，我们曾经一切的行动都以大龙的命令为主。

可我现在不是五龙了，就算我还用着从前的名字。

我不干。我对他说。

大龙瞪眼盯着我。

那你想干什么？大龙忍了又忍才说。

我要回到自己的位子上。我说。

你回去做什么？

不做什么。

就那样坐着?

就那样坐着。

你回不去的。他带着一丝邪笑。大龙就是个笑面虎,他平日的温和只不过为了藏匿他邪恶的本性。

你回不去的。这句话让我听了害怕。

那你想干什么? 我歪着头问。

大龙很高兴,他指着那些人说,你看到了吧,他们都睡着了。

看到了。我点头。

那就动手吧! 他这么喊了一声,也朝着我们四个人招了一下手,这完全是从前的手势,从前看到这个手势我们就会一窝蜂扑上去,该抢的抢,该拿的拿。

现在也一样。

我以为现在会不一样呢。

一定是我之前跟他们混得太久,有些东西不仅已经灌入脑海,而且灌入骨髓了,我简直是跑在第一位,和以前一样,我是那么英勇果断,我的脸上……我感觉我的脸上……因为激动的心情已经荡起笑容。搞不好我正在跟他们后面几个人说"动作麻利点",嘴唇明显是刚刚说完什么话的感觉。

你干得不错! 大龙对我竖起拇指。

你还行。二龙也勉强说了句表扬的话。

兄弟,你又回来了! 三龙说。

兄弟，你跟从前一样勇敢！四龙说。

我望着手里刚刚偷来的包啦钱夹啦，甚至女人的化妆品，不知道该说些什么。

你就是这样的人，兄弟，你到了车上也改变不了的，你本来就应该是一个勇敢的强悍的人。大龙说。

是呀五龙，一个人是什么就是什么，他变不掉的……三龙这么说的时候整个人都是蔫的。他早就想过另外一种日子了。他面前的大龙二龙四龙，就是三个坑，他们把他陷在坑里。不对，也不是他们把他陷在坑里，而是他本身也是一个坑。

不。我说。

我要回座位了。我说。

我把手里这些乱七八糟的东西甩给大龙，我的意思是，要么还给别人，要么就抱着它一直坐在车上，反正谁也下不去，这些东西在这儿根本用不上，就是一堆废物，连人也是废物。

大龙恨不得一脚踢在我脸上，要不是我甩给他一大堆东西，他就这么干了。

二龙直接推了我一把。然后他跟他们说，这个人留不住的，已经动摇了，伙在一起是个祸害。

我就回到自己的位子上了。

你刚才跟他们聊得怎么样？小敏问。她已经醒来。

还行。我避开她的注视。

你其实也不反对那样过日子吧？

啊？

我是说你们刚才那种行动。

我扭头盯着她，你刚才不是睡着了吗？

是睡着了，但我的耳朵比眼睛还灵敏呢。你是想过那种日子吧？你也不用难为情，在外面大家都得这样过，像你这样天性软弱的人——你母亲告诉我的，现在我也看出来了，你确实天性软弱，你表现得有多强悍实际上就有多软弱，你要覆盖性格缺陷就必须付出更多行动，你没有错。你看到的那些熟睡的人，其实在外面是最凶的，他们现在上了车，只是……觉得什么都没用了，就像你说的，连人也是废物，就干脆睡大觉吧，他们睡了很长很长时间，说不定有的人已经趁机在睡眠中死去。你不信？你不觉得在这样的车上，睡眠或者在睡眠中死去是唯一消耗时日的方法吗？

我不知道。那我们呢？我说。

我们，我们还是抓紧时间看看月亮吧，再过一会儿它就消失了。她说。

我就揽着她的肩膀看月亮。

大龙在那儿拼命喊我。那些人醒来了，他们又将东西抢了回去。大龙是在叫我过去帮忙，再把东西抢回来。

月亮在一点一点变淡，我盯着月亮又看了看小敏的头发。她的头发真好。我们探出头，望着车窗外地上的积雪。

我们出去走走吧？小敏突然对我说。

出去？我听得吃惊。我们怎么出去？

她转头望着我，天哪，是那种可怜巴巴祈求的眼神，我就没头没脑地答应了。这个时候就算她喊我去死我也去。

那你抓紧我的衣服。她说。

我就抓紧她的衣服。

我只不过听到了一点风声，然后就站在雪地上了。小敏跟我说，我们是从窗户跳下来的。可她之前还跟我说，以这辆车子的速度我们跳车只有死路一条。

真不可思议，你怎么做到的？我问她。

我也不知道。她很茫然，语气沉沉的。

她说这句话的时候怎么看上去那么难过呢？其实我也很难过，不知道难过什么。

现在去哪儿？小敏抬头问我。

去找我的母亲吧，你知道她会在哪儿。我看了看四周，灰茫茫的，月光很弱，积雪正在融化，许多小山包的尖头上露出黑色的泥土以及枯草。

我们这是在荒郊野外啊。小敏说。

我点头。

我们需要走很远的路才能找到她呢。小敏说。

我们可以的。我很自信地朝她点头。想到终于能去跟母亲团聚，多远的路都不怕。

如果你走不动了我可以背你。我对小敏说。

她很感动。她的脸突然变得又瘦又黄。我是凑近了说话才发觉她脸色与之前不一样。

你是不是生病了？我边说边伸手扶着她。

没有生病，你之前看到的是被月光照亮的脸，现在月亮小了，我的肤色就是这样的，快走吧。她说。

月亮没有了，积雪也没有了，我和小敏牵手走在漆黑的路上。有时候我感觉她已经累得不行，我就把她背在身上，她轻得没有一点重量。后来她彻底不能行走，我就一直把她背在身上，她还是那么轻，轻得就像我只不过多穿了一件衣服。

天总是黑沉沉的，天一直都没有亮。

你可不能出事啊。我几乎是用恳求的声音跟小敏说。我觉得她已经死了。

我是个内心脆弱的人，我等车的时候觉得车不会来，绝望得要死，上车的时候觉得车不会停，绝望得要死，我的希望就在我的背上，可我觉得她已经死了，我绝望得要死。

冷风呼呼吹着我的脖颈。

小敏、小敏、小敏……

她没有答应。

我干脆坐到地上了，我等天亮。天黑沉沉的。小敏还在我的背上趴着。我听到路旁有东西在崩塌，这种声音很小的时候我听到过，那是山石滚落声，这说明我和小敏还在山路上。

我伸手抓了一把干粮塞进嘴里，这是从车上带来的，是小敏带来的。她下车的时候把干粮交给我了。我是不用吃的，你自己全部留着。她是这样跟我说的。她可能一早就知道自己快不行了。

味道怎么样？

啊天哪！是小敏在说话。

我以为……小敏，你总算睡醒了。我说。我赶紧把她从背上挪到一边，扶她坐好。

味道还行吧？她又问。

她一醒来，我激动得忘记刚才吃的什么东西什么味道。

尝不出味道，我说，简直不像人间的粮食。

她就咯咯笑了几声。这还是我第一次听她笑呢。

你母亲说，你更早以前是个诗人。

是的。

那你后来……

后来我就是五龙。我能说生活让我变成强盗吗？

如果一不小心的话，生活会让每一个人都变成强盗。

你也像个诗人。我捋了捋小敏的头发，十分诚恳又不免升起莫名的哀伤。

你要吃一点东西吗？我岔开话题问她。我想起车上的整个途中，她都没怎么吃东西，那些人也没吃，我也没吃。我应该是焦虑过度才没有食欲。

不用了，我不饿。她说。

我刚才睡了一会儿，我睡了很久吗？她说。

我不知道。

我们走了多久了?

我不知道。

她站起来朝四周看了又看，我不知道她能看见什么，反正我什么都看不见。然后她指着前方跟我说，翻过这座山就到了，你母亲就在那边。

我们又站起来赶路，现在我不害怕了，并且不觉得路上石子将我脚底割破的那些伤口有多痛。

忍着吧，很快就过去了。小敏说。她简直像个神，她什么都知道。也许她根本就是老天爷派给我的一双眼睛，黑夜让我变成一个瞎子，让所有人都变成瞎子，唯独小敏还能看见——我长在另一副躯体上的眼睛还能看见。

她说:

我们正走在落叶上。腐坏的落叶。你要小心抬起双脚，不让地上那些枯竭的藤蔓将你绊倒。

我们正走在松叶上。枯干而尖利的松叶。你要放慢脚步，不被它扎到，不被它滑倒。

我们走进了深沟。烂木柴的独木桥上。你要脱去所有不必要的负担，它顶多能承载两个灵魂的重量。

我们已经到了悬崖。你就抓紧那些艰难的藤子吧，我们小心一点，我们再慢一点，我们把自己安全送过去。

好了! 她说。她这么说的时候我们两个已经站在平地上了。

我能看见东西了。

现在是什么天气？我抬头看见一些花朵开在树枝上。我认识它们。我知道它们只在秋天开放。

秋天。小敏回答。

为什么？我说，为什么不是春天？

那有什么关系。小敏说。

现在是早上吗？我又问。

是傍晚。她回答。

我不明白刚刚才经历过黑暗为何没有迎来黎明，而是直接落到傍晚。

我们朝前走，小敏让我一定要加紧脚步，母亲很快就会跑到下一个城市，她这些年都在各个城市里游走，这是离开我和父亲之后养成的习惯，也是她唯一的爱好。

小敏走起来非常快，有时也很慢，像旧伤未愈。我们两个就这样快快慢慢地走进了很大很宽简直可以说一眼望不到边际的废墟上。

到了。小敏说。

什么？我不敢相信自己的眼睛。满地的断墙，断墙内勉强伸出头的野草，原本支撑高楼的铁棍像烂骨头夹杂在硬邦邦的灰土上，这就是她说的那座城市？

你们到了？

是我母亲的声音。她从我们站着的废墟下面几块交叉搭在一起的断墙缝隙中爬出来。

妈妈，你怎么会喜欢这样的地方？我走过去将她牵住。

我们三个在断墙里走了一程，整个途中，我们都在说话，只是记不清说了什么。我母亲因为一个人待得太久，有些话根本不像是跟我说，像在自言自语。

小敏也在自言自语。

后来我发觉自己所有的话也是自言自语。我们各说各的，除了有时候走来撞到彼此，抬眼看见对方的时候才想起我们还有伙伴，其余的时间各走各的各说各的。

直到我们都从一截断墙的裂缝中掉下去才清醒过来。

接下来要去哪里？我问她们两个。

不知道，往前走吧。她们说。

我们总该有个地方落脚吧。我表示自己的双腿已经很疲累。

那就歇一晚上再说。她们望着我的双腿摇头。

晚上我们就在废墟下的空隙中休息。这些空隙在没有垮塌的时候一定是不错的房间，就算现在，它们的空间其实也不小，差不多生活必需的东西都还保存着。我母亲说，她所有的夜晚都是在这样的废墟下度过，这儿其实不止她一个人，每一个——她居然用"每一个"来形容——她说每一个废墟下都住着许多人，那些从前总受人欺负的胆小怕事的倒霉人现在就住在废墟下面。他们不敢弄出一点响声，为了不弄出响声，他们从来不穿鞋子。

现在你们把鞋子也脱了吧。母亲说。

我们就把鞋子脱了。

为了走路方便，我和小敏像母亲那样弯着腰，实际上房子也不高，我们必须弯着腰，我本人后来就直接坐在地上挪动。我的个子即使弯腰也不好行走。我们在房间里——姑且称作房间好了——走了差不多半个时辰，沿着房子的四面墙壁转圈子，母亲说这是为了让我们产生疲惫感，这样才能安睡，才不会受到干扰。

难道我们还会受到什么干扰吗？

真后悔没有多走几圈，小敏和母亲都睡着了，唯独我睁着双眼。我听到墙壁垮塌，是天塌下来那种感觉，紧接着那些哭声就把我包围了，在这几面墙壁的外面，远远近近，全是哭声，也听到鸡狗乱叫着跳上跳下，仿佛正有什么人拿着刀子追杀它们。

太闹了。我说。可我不敢出去看，外面黑漆漆的。

妈妈……

小敏……

我喊她们。她们在打呼噜。

站住！外面有个模糊的声音，好像是这么说的——站住！

你不要跑了！你跑不掉的！

我听清了，有人在追，有人在逃。

我听到吱扭一声，是开门的响声，是我们所在的这个小空间里面开门的响声。然后听到脚步声，一个慌张的人的脚步声，加上他不受控制地轻轻咳嗽两下，通过咳嗽我知道他是个男的。

他进门来就好像蹲在我的旁边，我几乎可以感受到他在通过窗口或者什么缝隙时向外面张望，然后抱头坐在地上。我感觉被人推了一下，跟着我就听到他说，让一让，你占了我的地方。

这明显是在和我说话呀！我吓得赶紧缩住双脚，心里慌得要命。我想张口喊小敏和妈妈，可是我说不出话来。

你不要害怕呀，说起来这是我的房子，我都没有害怕你害怕什么。他直接拍了我的肩膀。

我对他说，我们只是赶路累了借住一宿，请他不要生气。而且，我确实很害怕，不能不害怕，我还没有试过跟一个看不见的人交流。他听我说完低声哈哈笑了两下，之后他就非常认真地提醒我，你闭着眼睛当然看不见了。

我这才发觉自己闭着眼睛。

我睁开眼睛立即看到他了。一个中年男子，只有脸是中年人的脸，身体完全老了，坐在地上也是个驼背，站起来更驼。他的身高也就三尺多，房顶离他还远着呢。

看到我的样子你很吃惊吗？他问我。

他又说：

我们这里的人都是这个样子——我是说目前还生活在废墟下的人，为了方便生存，比如像这样的房间，你只能趴着，而我们可以灵活走动。你可能不理解。世上总有这样一些可怜人，他们生来便丧失斗性，也可以说生来就没什么志向，或者是，不够贪婪，也不够团结，又不够聪明，大多数时间糊里糊涂，老天爷让他们生下来好像仅仅为了凑人数，但你也知道，这些性格并非他们的污点，反而可以说，这是人类的好品质，就算眼下已经处于废墟之中，他们仍然像种子一样生活在里面，也许哪一天他们休息好了恢复了，就真的像种子一样把故园连同自己重新从废墟里长出来。

他又说：

但是，就目前的情况来看，反复遭受磨难的总是这些可怜的家伙。我是很想早一天把自己的驼背撑直了，这样我也会变得高一点。我看中的那位姑娘她也是个驼子，如果她的背也能撑直，我敢发誓，没有几个人会比她更漂亮。

他说到这儿就暂时停住了，看上去是在回忆美好的事情，只是这美好的事情更多的是忧伤，一会儿想哭一会儿想笑一会儿愁闷得眼珠子都不会转，盯着地上发呆。

我看见墙角燃着一根蜡烛。它要么是我母亲点燃的，要么是他点燃的，只有他们对这儿熟悉。

外面那些墙壁的垮塌声还在，鸡狗怪叫声还在。

小敏睡醒了。她睡醒后看见我和房子主人的时候眼里有点惊讶和激动。她蹲在地上慢慢向我这边靠近。我认为她是要过来跟我说说话。

爸爸！想不到我会在这儿见到你！小敏直接是在跟他说话。

我抓住她的手，想问她怎么会喊一个年纪比她大不了多少的人为爸爸。

她甩开我的手。

你知道什么！她说。

他是我父亲！她说。

我从未见她这么激动和伤心，两句话说完眼泪就出来了。我觉得委屈,难道我会看错吗?这个人脸庞也就是个中年,顶多四十五岁,即使他的身体看上去很老。我今年三十八岁,小敏跟我说,她只比我小三岁,如果这个人是她父亲……那怎么可能。

这不可能。我对她说。

有什么不可能。

就是不可能。从他的面貌看,我们简直可以算是同龄人。

你没看仔细。我父亲快七十岁了。

我仔细瞧了一眼,还是不肯相信。我冲她摇摇头。但是,我不能再多说什么反对的话,难道谁会随便张嘴认一个陌生人为父亲吗?

他只是觉得那个时候最快乐吧,他一生中哪个阶段过得好,他就一直保持那个阶段的样子,你明白我说的意思吗?我父亲就像一个镜子里面的人。她说。

我说明白。我突然想到自己现在也不是以前那种样子了。

但我也不是很明白,于是我又冲她摇了摇头。

不要相信你看到的,你的眼睛不一定看得准。她说。

这话倒是有道理。那我们接下来要带他一起走吗?我问她。

不。他要留在这里。我母亲就在这儿呢。我敢说她一定在附近。

是他刚才跟我说的那个他看中的姑娘吧?

就是我的母亲。他一直没有从那段追求我母亲的好时光中醒来。你现在明白了吧?他还沉浸在那段日子里。他那个时候的年岁大概就是现在你眼里看到的模样。说起来你还真厉害,没有几个人能看出我父亲这驼背老人心里还藏着的那段使他内心发亮的好日子。是不是他让你想起你的父亲了？搞不好你眼里看见的只是你那年轻父亲的样子呢。

不。不会的。我说。

你不要慌。小敏急忙说，像是在安慰我。

你的个子倒是蛮高的。我对小敏说。我说着便看了看她父亲。他已经睡着了。先前他是醒着的。小敏喊他"爸爸"的时候他还没有完全睡着，可能小敏也和从前不是一个样貌，他没有马上认出来。

带着也没啥意思了，他已经不认识我了。小敏说得有点哽咽。这可能正是她刚才流泪的原因。

天亮时，小敏的父亲已经出去了。

我们去下一座城市。母亲说。

我们就朝着月亮落下的方向走，其实太阳刚刚也想从月亮那个位置冒出来，如果不是云层太厚的话，太阳就出来了。现在只有云彩和月亮在天边飘着。地上还不太看得清。

趁着还看得清月亮，多看看。母亲说。

我不懂她什么意思。

小敏仰着头看了又看，就像在跟老天爷道别似的。

天上的云彩开始变得黑沉沉的。

走了很久我们仍然在废墟上攀爬，断墙的泥块里面藏着钉子，我的脚受了一点小伤。不碍事的。我跟她们两个说，她们就回头冲我笑笑。

这段路因为是三个人走，我心里还挺高兴。要是父亲也在就好了。

只是母亲坚持跟我说，父亲永远不会跟我们在一起了。自从我离开父亲那天起，他也离开了家，我和母亲能遇上那是因为母亲心里一直记挂着我，事实上，她跟我说，她之所以在各个城市的废墟上游荡，正是为了找到合适的地段登上我曾乘坐的那辆出城的车。而父亲，他向来是个喜欢独处的人，情感方面又不如母亲和我那么细腻，他从前就认为我们是"太闹了"的那类人，如果他没有选择，必须跟我们过日子，他一定会自己一个人过的。现在他正一个人过。相信我的话，你父亲已经把我们忘记了。就像小敏的父亲已经忘记了小敏。母亲。她说这话时表情平淡，对我父亲不抱任何希望。

我觉得有点难过，很快又不难过了。看来我与父亲的感情并不如想象中好。

天上已经没有月亮了，说起来也怪，它是一点一点碎掉的，被它身边的黑云全部吞没。之后黑云也看不见了。我们什么都看不清了。

我还以为要天亮了。我有点泄气，望着黑暗的天空自言自语。

小敏和母亲走得越来越快。她们在前方开心地聊着什么。

等我一下。我说。

她们不理。

我的脚被钉子扎了！我说。

她们不理。

她们在前方说话的声音就像老鼠在它的仓库里偷吃东西，细细碎碎。

我觉得母亲和小敏是把我忘了吧，毕竟她们两个曾经是一路的，而我，虽然是母亲的儿子……奇怪了，为何我这时候说起母亲没有先前那种很爱她的心情了呢？难道我经过这废墟上漫长的行走，把心中的感情都磨灭了吗？

……虽然我是母亲的儿子，啊，不想说了，她去世之后一次都没有回家看过我。即使她昨天晚上才跟我说，她不是不想回去，而是无法及时赶回去，像这样的夜路和废墟总是耽误她的行程，加上记忆老化，加上她周年四季到处游走，她其实已经忘记了家的方向。那次她也是碰巧走到家门口，看着有点像她从前的居所才犹豫着走进去看看，当时我睡着了，她和父亲都是这么说的，他们都说我睡着了，然后她在床边看了看我就走了。她担心搅扰我的美梦，也害怕别人看到她之后将她狠狠骂一顿，毕竟以她的身份，老老实实待在该待的地方比较好。

前方已经听不到任何声音。她们把我丢得很远。

小敏！

妈妈！

我是怀着两分怒气在呼喊她们。

无穷尽的黑暗和寂静。我跌跌撞撞往前走。我可能正在经过一座村庄，有狗叫声，有猪叫声，有妇人和孩童在低声说话，这些声音就在我周围。

有人吗？我问。

没有人应答，倒是有我自己的回音从远处传来。又进山了？

你总算赶到了，我们等你好久了。是小敏在说话。我以为前方是两个石头，其实是小敏和母亲，她们蹲在地上休息呢。现在我也相信母亲说的话了，她说黑暗里也是有光的，只是你得很费眼力才用得上这样的光，就好像这些光本身来自你的眼睛里。我就是瞪圆了眼睛才看见她们两个的。

天还会亮吗？我问她们。我已经忘记和她们发脾气，先前丢下我的时候，我气得要死。

不会了。她们说。

我也蹲下来休息，既然天不会亮了，也用不着赶路。

刚才我听到一些声音。我对她们说。

那有什么奇怪，城市周围到处是这样的声音。母亲说。

那他们人呢？我边问边四周看看，什么也瞧不见。

没有了。小敏回答。

全都死了。母亲补充道。

我们站起来继续赶路。说实在话，我也不想在这个地方多待。

顶多走出去一百米，她们就说到了。

这就是她们说的下一个城市。这儿和先前那个城市有什么区别呢？也是废墟！只不过在这些废墟底下稀稀拉拉亮着一些灯，灯光从断墙下射出来，烂砖头和硬邦邦的水泥块让人找不着可以下脚的地方。我就是看见这些灯光的时候才相信我们确实到了下一个城市。

我们要怎么办？我好伤心地叹气说。

今晚就住在这儿了。小敏却是一脸高兴。

开什么玩笑。我说，难道我们走来走去都在废墟上穿行？我去找马绍龙之前可不是这个样子。那时候天还好好的，有月亮有太阳，怎么我走了一路走得什么都没有了。黑洞洞的，我们要走到哪里去？

这已经很不错了，这种时候你还挑什么？跟着我们走就行。小敏嫌弃地瞪我一眼，母亲更是没好气地说我幼稚，并用警告似的语气提醒我不要跟马绍龙走得太近，那就是个骗子。我不懂她为什么要这样说。

小敏在一面断墙上使劲敲了敲，过了一会儿，吱扭一声响，从里面走出一个中年男人。我不敢相信那断墙居然是一道门，它怎么闪到一边的只有鬼知道了。

进来，不要客气。那个男人跟我说。他倒是很热情。

你们又在喝酒吗？小敏跟他说。

是呀。他说。

他们两个边说边走，看来早就认识，我跟在后面觉得很没有意思，小敏从没有这样冷落我。

倒是差点忽略一点，这儿的房子比先前那座城市的房子好得多，几乎可以拿来跟从前地面上那些房子相比。我才这么想了一下，那个男人就跟我说，这儿的房子是重新修建的，当然和从前地面上那些房子差不多，但凭良心说，因为处于废墟下，其质量和所耗费的劳力与智慧要远比地面上建立的房子高，所以这儿的房子可以说是最好也最有价值的。出于害怕再次遭受迫害的缘故，他们在建立这些房子的时候并没有将表面那些断墙头和水泥块清除。如果他们不开灯的话，从废墟上看去，这儿也还是和先前经过的城市没有区别。

那开着灯岂不是危险？我忍不住插嘴。

不危险。知道是你们来了才没有关灯。他扭头冲我笑了笑。胡子拉碴的一张脸。

房子还挺大。

我们穿过堂屋，里面还有四个房间，我们顺着走廊进了最边上那间。

门一推开，里面坐着三个男人。

好久不见了，小敏。他们说。

小敏赶紧上去与他们相互拍了拍肩膀，像兄弟一样地招呼。母亲也和他们很相熟的样子。

我们真羡慕和敬佩，你们可以说是这个世上最后的游侠。他们举起杯子向母亲和小敏敬酒，要求我也拿起酒杯。

真没想到这个地方居然有酒。我自言自语。

嘿，还有灯呢。小敏说。

刚才接我们进屋的那个男人放下酒杯，很伤感。

怎么了？我冒昧地问了一句。

他抿了抿嘴，说道：

灯和酒，可以说是废墟上遗留下来的两样文明，现在我们把它延续下来也相当不容易。你愿意听我说下去吗？

当然。我说。我赶紧点头。难道我要说你别讲了，我最讨厌别人给我回忆往事。

他说：

有了这两样东西，让我们这座城市跟别的城市有所区别，起码在这儿居住的人没有自暴自弃，还有所指望，而别的城市，比如你们先前经过的那座城市，他们那些人已经彻底把自己放弃，他们胆战心惊，像老鼠一样互相撕咬，也像老鼠一样麻木地在废墟底下逃窜，只有少数几个人还保留一点远见，让自己的孩子到别的城市的废墟下寻求新的生机（比如小敏，她的父亲算是个有点智慧的人，不过现在也不行了，他在泥潭中出不来了）。

我看了看小敏。她低着头。

他也看了小敏一眼。又说：

我刚才说，他们那些人已经把自己放弃了。就是这样的，他们把自己放弃了。有坏人来时不敢反抗，坏人走了他们自己人倒是打得很凶。每一分钟都能听到他们在废墟下逃窜和彼此追撵的脚步声。他们什么都没有留下，什么都被抢走了。灯和酒，在我们这儿的人看来不仅是人类文明，而是人类灵魂，他们都没有保护好。不但没有保护好，他们曾经还嘲笑我们，为了保护这"两样没用的东西"，他们就是这么笑话我们的。说是两样没用的东西，我们这座城市的人却付出了生命的代价，许多人死了，差不多死完了，可是灯和酒却保留了下来。那些人简直什么都要——就是那些掠夺者——知道吧，随便找个理由，就要从你手中把东西抢走。他们已经不是一个人或者一群人了，他们是很多很多人，是一个庞大的帮会组织，不过一开始我们也在这个组织里呢，说来惭愧，但也毫无办法，谁一生不干几件蠢事呢。我们的脑门总是要被插上钉子才会觉得痛，等知道真相的时候已经晚了，我们加入其中只不过是被有秩序地抢夺，只不过在抢夺我们的时候他们有更美好的说法。就是这么回事，你几乎看不出有什么不对劲。我们就是这样失去除了灯和酒之外的所有东西。好在醒悟恰到好处，让我们现在还能在光芒中偶尔大醉一场。看见了吧，我们还有灯，快看看，灯光还不弱吧。

我抬眼看，灯光还不弱呢。

我要休息一下了，孩子们。母亲跟他们也是跟我说。她就出去 了，在中间的那个房间，我听到开门然后关门的响声。

中间坐着的那个年轻男人突然举着杯子，一边向我敬酒一边问，还不知道你以前做什么工作，当然我们知道你是大姨的儿子。我们都喊你母亲大姨。

我没想好怎么回答。我之前跟大龙他们混在一起。说不定就是他们说的那个庞大帮会中的一员，要不然大龙为何让我们什么都抢什么都要，而最后总是不知道怎么搞的，什么都没有留下来，他是这么跟我说的，该要的就要，不该要的当然不该要。我当时也不明白既然不该要那抢来做什么，我就问他，不该要抢来做什么？他说，抢的时候没有该要不该要这个概念。我就糊里糊涂地以为自己听懂了，以为要成为一个强大的人就必须这样，必须有硬性的规矩。在那段时期我最疯狂也最卖力要成为最勇敢的一个，我一直没发觉，我们这么卖力也仅仅像个中转站，所有的东西都像流水一样来流水一样去，最后什么都没有捞着还白白浪费青春。说起来我这么多年没有遇到一个真心喜欢的女人，那都是因为我眼里除了抢夺的对象没有恋爱的对象，我不能有时间爱上谁，也无法爱上谁。也许废墟早就在那个时期形成，我们眼里只有财物，因此看不到别的。现在我怎么能回答得了他的问题。即便不跟大龙来往，我与小敏和母亲，在废墟上走来走去走来走去，可从前那些事总是抹不掉的。我沉默。

你一定是干大事的。他又说。他自己把剩在杯中的酒喝完了又添上。

我去外面吹下风。我说。我这么说才警觉天气有点热。

我也去。小敏过来抓住我的手。她了解我过去的事，知道此刻我正处于尴尬境地。

我们两个就走到门外面了。

我们蹲在废墟上，风也热乎乎的。

什么季节啊？我随口问。

夏天。小敏也是随口说，心不在焉。

我觉得我们两个应该下去喝酒。

小敏摇了摇头，长发有些乱。

我们又回到房间。

怎么样？什么都看不到吧？他们说。

那个先前接我们进屋的男人喝了很多酒，醉了，他靠在椅子上脑袋歪来歪去，身体一会儿晃到这边一会儿晃到那边，要不是椅子两边有扶手他就掉下去了。他脑子还算清醒，所以才会突然推开椅子站直了——想要站直了——跟我们说，你们两个还指望老天爷吗？没用的！我以前也指望老天爷，我曾经是个诗人，写了很多给太阳给月亮的诗，有什么用呢？你们都看到了，老天爷比我们还穷呢！天空一无所有，没有太阳没有月亮没有星星没有云彩没有雷电没有雨雪，什么都没有，就是个老穷光蛋！我喊天，天上什么都没有，我喊地，地上一片废墟。你们两个还指望什么！

他说完就绝望地一屁股瘫坐在椅子上。

我和小敏互相看了看，没话说。

不要担心，他只是喝多了。坐在中间那位年轻的小伙子笑了笑对我们说。他将同伴扶正了坐在椅子上。一直不说一句话的另外两个同伴只是将椅子往后面挪了一下。

他要紧吗？我看他已经……像是昏过去了。小敏望着我说。

不要紧。年轻人回答。

你们经常喝醉吗？我忍不住问了他一句。

年轻人说：

当然不是……当然，你也能想象得出，我们也不是铁打的，任何人处于废墟下都会有坏心情，都会……我们的每一天都是苦熬，难免有喝多的时候。要不是废墟下有始终亮着虽然数量不多的灯，我们就会觉得自己也不用活下去。说来你也不信，居住在我们这儿的人从来不互相走动，你知道什么原因吗？不知道吗？很简单，我们害怕那些亮着的灯光下其实早已没有人，那是一盏一盏无主的长明灯，它们的存在只不过是为了让我们这几个人继续活下去。近处就有几盏灯，看见了吧，我们不会去看，那儿也从不见有人过来串门。在这儿追究人生的意义是没有用的，在这儿活下去还是不活下去，全凭本能。刚才他已经说了，他曾经是个诗人，我曾经也从事差不多的工作，说到底，我们是一群敏感动物，而现在你见识到了吧，世界靠敏感动物才能支撑到最后，也只有敏感动物能知道保存人生最有意义的两样东西：灯和酒。其实也不对，你明白的，不是真实的灯和酒。你母亲也是个敏感的人，要不然她怎么会始终徘徊在城市的废墟上呢，都是因为她放不下，她的心还在从前生活过的这些地方游荡，照她现在的能力，其实完全可以带着你们轻易地混入那座你们打心眼儿里喜欢的城市。

你是说那座城市，就是我曾经……

他抢了我的话，他说，就是你曾经弄丢了身份证明进不去的那座城市，也是一部分废墟下生活着的人企盼到那儿过日子却永远不可能去到的地方。

他笑了笑。是苦笑。

你不是说我母亲有那样的能力吗？

她有，但她没有那么充足的能力。而且我们并不想去，至少我们几个不会去。难道我们会和一群掠夺过我们的仇人生活在一起吗？

什么？

你还不知道吗？住在那儿的人就是曾经掠夺我们的那些人。他们把东西抢走并带着少部分的干将，也就是他们认为"有用处"的那些人居住在那座城市——他们新建的城市。

这个我知道，我说，总有些人喜欢吃独食，尤其眼看着世道不好，就想掠夺所有能让他活到最后的东西。只是我没想到我一直想去的地方竟然是他们新的窝点。想不到马绍龙和他们是一伙的。

你感到失望吧？你那好朋友是个骗子。

也不是很失望。我说。

那你们要去哪儿呢？有没有想过住在这儿。说句实在话，这里可能是除了那座城市最好的选择。

我还不知道。我说。

他母亲不会习惯住下来。小敏一直没吭声，此刻开口说了这句话。

好吧。那我劝你永远别去那座城市。我忘了问你叫什么名字。

五龙。

好的五龙，我劝你别去那座城市。他说。

我不知道如何接应他这句好心的提醒，呆望他两眼。

他说：

你相信一帮掠夺者会有什么才能统治好他们新的城市呢？除了作恶，除了坏心眼儿。听说那儿正在衰落下去。很快那里就连马车也不会有了。你不信就去试试，你再去那儿拿不出证明的时候，他们不会再有马车将你载着拖得远远的，他们只会七手八脚把你抬到野地，让你自己走路去那儿乘坐出城的车。甚至如果你真的想进城，可以出几个钱和别的有价值的东西，买通那个看门的，他绝对不会像以前那样凶神恶煞，他会满身疲惫而又贼眉鼠眼地四周看看，然后伸手接住你送的东西再把你悄悄从门缝里塞进去。哈哈哈，如果是那样的话，恭喜你，那座城市里下一个新的难民就是你了！

你怎么知道这些？

我当然有自己的法子去搞清楚。你听我的劝告没有错。你母亲待我们很好，在她经过这儿的时候总会进来看看我们，像远客像亲戚像母亲那样来看望我们，并且给我们带来别的废墟城市的一些消息——这就是为何说她是这个世上最后的游侠，她有勇气面对的东西我们不能。我们连这儿最近的几盏灯下有没有人都不敢去证实。反正你不会明白她来串门给我们带来的那股亲人的感觉。

小敏闭着眼睛，特别困倦的样子。

你们去休息吧。年轻人看了小敏一眼，知道她很困了。

第二天早上（其实是母亲和小敏告诉我是第二天早上，我是分辨不出来的），天色一直黑沉沉。我准备去和他们告别，但是门关着，房间里面一点声音都没有。

不要去打搅他们了。母亲说。

我们不辞而别。

我们要去哪里呀？我想回去看看父亲。我对母亲说。

她不乐意。她说，你回去做什么呢？你父亲已经不住在那里了。

我忘记父亲已经不住在那里。而且，真羞愧，脑子里竟然想不起从前居住的地方叫什么名字，我整个人现在除了本身，已经追溯不出别的。如果不是母亲去找我，我根本认不出她。我觉得我连父亲也认不出了，他现在什么样子只有老天爷……不，没有人知道。我脑海里对他没有一点印象，想起这个就无比伤心。人与人之间的情感也会死去，它们活着时有多深厚，死去时就有多寡淡。现在我们的家散了，我们的父子亲情也消亡了，就好比这些城市再也不是从前那些城市了。

我站在废墟上拔不动脚。

你干什么？小敏推了我一下。

没什么。我说。

我们又开始在废墟上走。漫无目的。不。是去下一个城市。去下一个城市有什么意义？不知道。我跟着母亲和小敏，她们在前面让我往左我就往左，让我往右我就往右，让我快我就快，让我慢我就慢，反正我也看不见路，我凭感觉跟着她们的步伐。

真恨不得马上死去。我说。

这种路我一秒钟都不想走。我说。

你以为死了就不走了吗？小敏知道我说的是气话，她是笑着回答我的。

死了也要走。母亲也是笑着说的。这种话她最有发言权。想着她如今已是个亡魂，还用着上一世的旧脚，不，是整个的上一世的旧身躯，她使用这件原本已经跟她不贴合的身体一定很痛苦，她每说一句话都要好一会儿才从嗓子里冒出来，想到这些我就为她如今还在奔波和受苦而心痛。到底是什么造成我们都不得安宁的局面呢？我心想。

是我们自己。母亲说。她能看穿我心里想什么事，肯定没多想就把这句话说给我听了。

那我们不如停下来，随便找个地方居住吧。比如像那些人一样。现在掉头的话，还能马上回到我们刚刚告别不久的人身边。他们那儿有灯，能驱逐眼前的黑暗，还有酒，能让我们过得舒服一点。他们说得对，那可能是除了那座城市之外唯一可以生存的地方。我真后悔当时没有决定留下。

母亲和小敏不同意。她们齐声对我说：不行！

我们还得往前走。

往前走还是往后走有什么不同！

前方出现一股烟雾。是小敏跟我说的，那就是烟雾，不是云雾也不是天要亮了，就是单纯的烟雾，是我们快要走到的那座城市里升起来的烟雾。

母亲和小敏突然拥抱在一起高高兴兴笑出声。太好了！她们说。

有什么好的？我看不出有什么好。

有人在烧火啊。也就是说，那儿也有人居住了。她们说。

以前没有吗？我问。

以前没有！

她们欢呼了一会儿，庆贺够了才开始往前走。

是马绍龙在那儿烧火，不过，等我们走到的时候火已经熄灭了，烟雾很快就散尽了。他说他是马绍龙，我看不清他的脸，也许他就是马绍龙吧。

你在这儿做什么？我对他还抱着一丝不高兴。

你还在怪我没有去城门那儿接你吗？马绍龙说。

是又怎么样，不该吗？

不该。他说。

他居然好意思说这种话。

那你来做什么？我问他。

等你啊。你不是要进城吗？他拍了拍手上的柴灰。

这句话对我有点吸引力，但母亲提醒过，不能和马绍龙混在一起，他是个坏人。

母亲正在旁边观察我的举动。我知道她在观察我。我感觉到身上有两股眼神盯着——是母亲和小敏。她们都想知道我要怎么回答马绍龙。

你去吗？马绍龙又问。

我闭着嘴巴。

你不反对的话就跟我走吧。马绍龙也不打算让我思考一会儿。

你去吗？母亲问我。

马绍龙点燃火把。我看见他一张大胡子脸。我对母亲说，我没想好，她就冷冰冰地笑了。看样子她对我这种表现相当失望。

你想去就去。小敏说。

母亲望了小敏一眼，不作声。

反正他早晚都会去那儿看看，这是他的心愿，就当让他早点完成心愿咯。小敏对母亲说道。

我们四个人拿了一支火把就上路了。马绍龙在前方带路。

快到城门口才想起我没有证明，母亲和小敏肯定也没有。我们进不去的。我喊住他们。

说什么？马绍龙扭头看了看，像是在责怪我大惊小怪，突然大声说话把他吓到了。他或许在回忆什么往事。

我没有证明。我对他解释。

不需要。他说。

上次要。

那是上次。

我就相信他的话了。毕竟他从那个地方来，看样子是特意来迎接我的，一定有什么办法将我们领进去才会这么说。

你就把心放在我这里吧，我敢保证你们顺利通过城门。

我就真的把心放在他那里，至少我看上去是这种样子：服服帖帖地跟在他后面，心里高兴得要死，仿佛敲开了彩蛋中了大奖，正走在领奖道路上那种快乐的样子。

我们熄灭了火把。因为天亮了。

天会亮的！天亮了！我对母亲和小敏说。她们也笑了笑，仰头看看天上那滚圆的太阳。

是夏天。小敏说。

我们到了城门口。守门的汉子拄拐过来和马绍龙打招呼。奇怪死了，他居然拄拐！之前他的那些小跟班一个也不在了，马车也不在了，如果他不是脖子上还挂着工作证，脸还和从前一样黑，简直让人以为就是个要饭的。

您好先生。他说。弯着腰。黑脸上艰难地摆出笑容，就像大病一场那种虚脱的笑。

我觉得他可能好几天没有吃饭了。腰一直弯着。我故意走到他眼前，想看他认出我会是什么态度。他没有认出来，也许他压根儿没看见我。他的眼里只看得见马绍龙，目光一直照在马绍龙那边。

马绍龙只是点了点头，指着门让他打开。

他就去打开了。他居然那么听话就去打开了。我们跟在马绍龙身后，他也不问要什么证明了。

我心里嘀嘀咕咕，脚步朝前目光朝后，一边琢磨那奇怪的守门人的态度，一边向着城门里面走。马绍龙喊我一声，我才扭头抓紧跟上他。

这儿跟迷宫似的。母亲说。

我真害怕在这里迷路。小敏说。

放心吧。马绍龙说。

我什么话都说不出。心里很激动，也有点失落。这里正在搞建设。那些干苦力的人衣衫破烂，有的男子干脆赤裸上身，下半身穿着热裤，头上戴着渔夫帽子，他们不太像这儿的城民，至少不像在这儿享福的，像之前我在外面那些城市见到的劳工一样（我是说城市变成废墟之前），纯粹为了卖力气讨生活，过得十分困苦。不是说在这儿最好过日子吗？不是说进了城的人都是来享福的吗？他们正在使劲挖土使劲刨坑使劲将泥土用袋子装了扛到别处，脸上没有一丝笑容，而且，他们在害怕什么，当马绍龙从那儿经过的时候，他们赶紧低头更加卖力干活。我最奇怪的还有，为何没有一件可以帮助他们减轻劳动的工具，比如从前的马车、铲车，或者随便一架人力推车也行啊，这些东西连影子也看不着。

我一边走一边观察，发觉他们并不是在修建房子，而是在修建我母亲刚才说的那种迷宫。如果此刻不是跟着马绍龙，我们简直不清楚应该往哪处走。恐怕他们自己也不知道身在哪个地方吧，他们只是低头按照指令修建那些东西。我仔细瞅了瞅，虽然我们彼此都能看见对方，但要想走到一起，还真不晓得如何跨过去，要不是他们有的站在墙头，有的站在墙下，我所处的位置偏高，根本很难看见他们。

我看得越多心里越慌乱。母亲和小敏脸上没有任何高兴的样子，看上去也有许多话想跟我说，几次她们张了张嘴，看见马绍龙就在身前，又不说了。

马绍龙熟门熟路，不过有时他也需要拿出一张图纸看看，然后再决定带我们走哪边。

为什么要建这样的城市呢？我向马绍龙打探。

他不说话。

我已经完全记不住来路了。向后看了看，仿佛根本没有走动，只是在原地转圈子。

你把我们带到什么地方了？我质问马绍龙。

马绍龙立刻就翻脸了，扭头也对我吼了一声，少说屁话！

我恨不得一脚踹在他的屁股上，要不是突然不知道从哪里围过来一群人，我就踹他的屁股了。

那些人上来就把我们三个人围住。

带他们去休息。马绍龙吩咐。

我们三个就被带走了。推推搡搡的。马绍龙没有跟着来。他转身从另一条小路走去。

马绍龙！马绍龙你这个混蛋！我对着他的背影吼。他头都没有回一下。

我们进了一间房子，是很宽敞的那种，里面分隔成三个小间，用铁栅栏隔开，三小间房子里的人完全可以彼此看见，但是不能走在一起。

完蛋了！我说。

我们要被关起来了？小敏望着我，脸上没有责怪，只流露出慌张。

怎么样？我跟你说的你不信，马绍龙是个坏人。母亲倒是把自己想说的话都说了，脸上丁点儿不高兴也没有，带着微笑说的，她早预料到会有这种事情发生。

但是你不来你也不甘心，对吧？小敏说。

我是不甘心。我心想。

这儿是我之前求着跪着都想进来的地方。那个守门的黑脸汉子要是认出我，说不定还要嘲笑我呢。现在我轻轻松松进来了，没想到会是这种遭遇。要被关在这儿了，真是莫名其妙啊。马绍龙为何要把我们关起来呢？我并没有得罪他，相反，我们一起长大，是很好的朋友，即便在他很小的时候我母亲就说他是个害人精，不喜欢他，我也从来没有抛弃这个朋友。我为他撒谎，为他给母亲说好话，甚至为他去跟人打架，替他挨别人一通狠揍，至今我的两颗门牙都是松动的，就是那次打架差点儿被人打掉了。说实在的，这两颗门牙可把我害惨了，它们让我的生活十分不方便，吃东西从不敢用，拔掉又怕丑，留着又碍事，我跟小敏亲嘴的时候还要顾着它们。说来也是运气差了那么两颗牙的事，身体变成了全新的，门牙却没有变，就像受了诅咒或者是老天爷故意要让我长记性，把它们延续下来了。我用手晃了晃，它们比从前更晃了，说不定明天或者今天晚上，它们就要像脱衣服那样把我的牙龈甩开，然后从我的嘴巴里跳出去。

马绍龙确实没有良心。他把我们关在这里。我在中间的小房子里，一边是母亲，一边是小敏，我生命中两个最重要的人在陪着我受苦。

我一脚踢在铁栅栏上。

母亲看了我一眼，不是很生气但很严肃地跟我说，别浪费力气，好好休息一下，明天肯定会有更坏的事情要对付呢。

小敏没吭声，她抬头四周看，好像在找什么能逃出去的缝隙。

无法逃出去的。房间后面和左右都是墙，前方是铁栅栏，中间又是分隔开的，把本来就手无寸铁的我们三个人分别关起来，连凑在一块儿说两句鼓励话的机会都不给。

我对不起你们。我左右看看，对小敏和母亲说。

她们不吱声。她们躺在房间里一堆干草上休息。

我一个人在小房子里走来走去，像热锅上的蚂蚁，心里满是怒气和不安，我睡不着也不敢睡，马绍龙肯定会来这儿跟我们说什么。他在这座城市里所充当的角色一定不是好的。

现在你要怎么办？我对自己吼。我在心里对自己吼。

第二天，叫醒我的正是马绍龙。

昨晚休息得好吧？他面带微笑。

如果是你被关在这个鬼地方，你能休息好吗？我质问他。

这你就错怪我了，他说，这是好房间，虽然看上去像个笼子，但它确实属于本城规格中等偏上的好房子。你不知道这儿大多数房子都漏风漏雨，我总不能让你们住得太差。

小敏和母亲互相看看，又看看我，没说话。

马绍龙让我跟他出去喝点酒，我就跟他出去了。他在酒桌上跟我说，没有任何地方能跟这座城市比，只要我能留下来，好日子会跟着来。有好日子过倒是好，但为何要把我们关起来，这是我最关心的问题。马绍龙不喜欢我这么形容，他说不是关起来，是那个房子看上去像个笼子，它并不是用来关押人的，我们完全误会了他的好意。他说的话还是跟先前的解释差不多。

我要换个地方住，给我们换个地方，你这房子的造型完全不是要锁住我的肉身，而是要堵塞我的精神。我说。

马绍龙摇摇头：换是没有地方换了，哪些人住哪些房子都是有规定的，我也没有办法。我不能因为你是我的朋友就违反规定。不瞒你说，我在这个地方每天都被很多人盯着，上中下三个层面的人都恨不得我出点事情，你不会明白我的处境，你刚刚进城，也不在这个位置上，以后你会明白的。

我听完就不高兴了。怎么现在走到哪里都有规定，出城的车上有规定，这儿有规定，就连在废墟上行走也要严格听从母亲和小敏的指引，她们要我一定不能按照自己的方法和直觉行走，我的办法只会让我摔进深沟或者踩在废墟里的钉子上。

我不服气，把酒杯狠狠摔在他面前：我们还是不是朋友？

他就不高兴了，他说我还和从前一样俗里俗气，没有教养，换了一副皮囊仍然不守规矩，就是因为这些毛病我才会落到今天这种下场。他说我跟哪些人混直接决定了我的未来，也显示了我的智商。我从前跟那几个人东跑西跑，瞎子一样被他们牵着走，他在那个时候就看出来，我是个不长脑子的人。

我气得……我气得不知道怎么办。

总是在我想要狠狠揍他一顿的时候，他的跟班们就冒出来了。

您需要帮助吗？他们问他。

马绍龙不说话。他是看我终于克制了脾气坐回椅子上才摆手让他们退下。

我们多喝了几杯闷酒便散伙了。

你们多保重吧，这段时间我很忙，就不来看你们了。他说。他笑着离开。我一个人走回房间——那个笼子！

母亲想知道我和马绍龙谈了什么，其实她早就知道了，我心里想的根本瞒不住她和小敏。她们是故意想让我说话，放松情绪，我这一脸的不高兴让她们看了担忧。

第二天，有人来给我们送食物，并且带我们到外面的小山包上看看风景。他们是这么说的，去看看风景。

山包上长了几种夏季才开的野花，地面的青草越来越绿。

很快就要到春天了。小敏说。

那时候我们就可以想点法子了。母亲也跟着说。

她们互相望一眼，又平静地欣赏脚下的花草。

等下会有太阳出来，太阳出来之前，地面上这些野花野草就像刚刚出生的，你们都看到了，是吧，就像新生的。带我们出来看风景的两个人指着地面又指着远处说。

远处是高高的墙，他们说墙外面是山，太阳是从山那边爬上来的。

太阳果然就出现在我们眼前的天空中，就像谁一把扯开蒙住它的布，它跳出来的时候全身都是光辉，并且像是被谁放在高墙上似的，比任何时候都离我们近，比任何时候都耀眼，仿佛刚刚被擦去灰尘般耀眼。

真不可思议！我说。

它就像一盏大灯，但的确是太阳！我说。

我终于从黑暗里走到了光明！我说。

那当然！他们两个走到我身前，脸上尽是骄傲，用得意的口气说，在我们这个城市，太阳最耀眼，离我们也最近。

我就开玩笑地问他们，难道是人造的太阳和天空吗？

其实我说的也不算玩笑话，我是说完才意识到它并不是玩笑。在外面的天地间，除了靠近这座城的边缘有亮光，还有那辆车经过的某一段路程，以及我们下车后经过的第一座城市还能看到月光，其余的天空都是瞎的，地上黑茫茫，天上地下给人的感受就是一无所有，除了黑暗再没有别的。

他们更骄傲，他们说，反正你们能看到太阳了，不是吗？

我点头。我说是。

小敏和母亲没有说话。她们的注意力放在草地上。

今天就看到这里。他们说。他们说完朝着对面吹了一声口哨，太阳就落下去了。我看见它是突然被谁直接从墙头取走的，我确信没有眼花，到现在我的嘴巴还因此惊讶得合不拢。

地上是惨淡的白，如果不是草还微微露出绿色，我还以为地面上所有的东西都得了绝症。

我们又被送回房间。房间又被锁住。

还说不是关押！

马绍龙那个王八蛋，他不得好死！我一边咒骂一边蹲在地上回想刚才见到的景色。怎么会有人造的太阳和月亮呢？当然我们还没有机会去看月亮。我敢肯定月亮也和太阳一样，都是假的，都是这个城市（包括马绍龙）的一些人七手八脚合力制造出来的。他们需要展现这么一些"不可能实现"的壮举来吸引和征服所有人。

阳光是假的，这儿的人不知道吗？我心里想。想起路上遇到那些卖苦力的劳工，他们怎么就心甘情愿自己垒墙把自己关在这儿呢？

我突然想到他们垒墙……需要垒墙？那就是说，有人不愿意待在这儿，有人像我一样不习惯在这种地方定时看风景，定时吃饭睡觉，定时去享受虚假阳光的照耀。

我突然就有点高兴了。我对母亲和小敏突然笑了一下。她们刚才可能在想什么心事，我对她们突然笑一下，她们看上去很恍惚，没有搭理我。

半夜，他们又带我们出去看月亮，说是马绍龙特意吩咐，担心我们在屋子里闷坏了。我觉得那都是假话，马绍龙主要的目的是在我面前显示一下他所在城市的威风——他们共同的威风，不，是他的威风。他让我看月亮我才能看月亮，否则就只能一直待在这个见鬼的小房间里。他要征服我们三个。哼，我是不会做他的小跟班的，不会屈服，永远都不会妥协！

明天我就去找那些不愿意待在这个地方的人！我心想。

我们见到了月亮。和白天的太阳在一个位置，形状也差不多，滚圆的，但今天并不是十五。是他们说的，今天不是十五。我自己早就忘记时间了，这种颠倒的光阴，向后退的日子，我算不来。

月光和从前的相似，只是更亮一点。我蹲在地上吹风，他们也都蹲在地上了。那两个人又跟我说，世上再也没有从前的太阳和月亮，但眼前的更让他们感动，在这儿的每一天他们心里都怀着感激之情，尤其见到那些制造月亮和太阳的人，他们恨不得跪下去感谢。只是那些人特别好，特别开明，特别像他们的亲人一样照顾他们的尊严和感受，从不接受有人跪拜，从不！

他们两个说完擦了一把脸，看样子是刚才心里涌起的感动把泪水冲到眼眶外。

谁说没有跪拜呢？我差点没有忍住心里话，差点说他们这两个人脑子里的那双脚可是跪得非常实在，这叫精神跪拜。就好像我从前跟大龙他们在一起的时候，就曾遇到几个想要加入我们但又欠缺资质永远不可能加入的人，他们对大龙说的那些拍马屁的话让人听了简直想吐，真难以想象，有人在对待比自己地位稍高一点的人的时候，会把自己……我来打个比方吧，会把自己的双腿砍掉一截，让自己跟大龙一样高，不，又不能一样高。这样显得不诚恳，便再断一截，再断一截也觉得不够打动人，便把双腿从根部完全卸掉了，这样一个没有双腿的人，他一旦得到大龙的收留，就会把受到的所有屈辱——他是有耻辱感的，只是必须忍受耻辱——转给别人，尽情地折磨，尽情地让人吃尽苦头，含冤受屈，这样来获得心理平衡。

说起来我并不是个坏人，也许就是这个原因才让母亲始终没有将我放弃，难道不是吗？我之所以会落到眼前这种下场，那都是因为我还不够坏。我只不过想要过一种自由自在的好日子。

好日子是过不成了。眼前这两个人，他们手里各自拿着一条鞭子。

我盯着前方墙头上的假月亮，突然觉得真的月亮就在它后面，只是被堵住了。真的太阳一定还在，不管是在这里还是在外面的废墟上。我想起在第一座城市里遇到的人，也就是小敏的父亲，他说等他们休息好了，就会像种子一样把故园连同自己，重新从废墟里长出来。既然如此，我相信太阳和月亮也能重新在天空中发芽。那些善良的人和天空中忍辱负重的星辰，都在等待时机。

想起这些事情让我的精神一下子变好了。我是个悲观的人，但此刻心里却有了希望。母亲和小敏说过，等到春天我们就可以想点法子了。

月亮和白天的太阳一样，听到一声口哨之后就从墙头被取走了。我相信它是被取走的。它也是不自由的。想到这些我非常难过。

我们在小房子里待了很长时间，夏天好像过去了，风不再是热乎乎的。马绍龙就像他说的那样，非常忙，一次都没来探望。

春天近了。小敏说。这话是在深夜说的。我也分不清是梦话还是醒着说的。我不知道小敏是不是生病了，连续好几天晚上嘴巴就没有停过，她一直在说：春天近了。

母亲却表现得很忧愁，她好像担心的不是小敏而是我。

就算遇到再坏的事情你也要忍耐。母亲是这么跟我说的。好像她知道有什么不好的事情要发生。她的话让人听了心里很慌。

进城这段时间，我从未见到除了看守我们这两个人之外的任何人。但是有一天，来了两个人，他们把小敏带走了。让人意外的是，这两个人之中的一个竟是小敏的父亲。他的个子变高了，要不是他开口说话，我熟悉他的声音，从外表是根本认不出来的。

小敏倒是认得出来，那人还没有开口说话呢，她就在小房子里非常高兴地喊了一声爸爸，然后她就和他们走了。她经过铁栅栏门前时都忘记了跟我说句话，也没有和母亲说话。

怎么会这样呢！我心里好难过。我先前还抱着希望呢。小敏的父亲不是说，他们那儿的人身上拥有最好的品质吗？我会记错他说的话吗？

我蹲到地上，眼睛望着门外空荡荡的过道，一边对小敏怀着怨气，一边又希望她突然想起没有跟我说话就走了，回来找我。

她回来了。不过，已经是晚上。回来之后她一直不说话，有时候望着我，有时候望着我母亲，更多时候望着眼前这道拦住我们的铁栅栏。

他们跟你说了什么？我忍不住先说话。本来我要等她先说的。

什么都没说。她摇头。

怎么可能？我会相信这样的话吗？

你在质问我，是要跟我吵架吗？

你不要着急，我没有那个意思。

你是什么意思？

我的意思是，你父亲为什么会来这儿，他叫你过去难道一句话都不和你说吗？

这和你没有关系呀！

她显然生气了，说完就把头扭到一边不看我。

我也很生气，难道我不是为了她好吗？难道她不是我的女朋友吗？我为什么不能问。

整个晚上她都没有把头扭到我这个方向，我看到的始终都是她的背影，心里好伤心，隐约觉得这个女人要变心了，就像她的父亲之前让人敬佩，现在竟然会跟这些人混在一起一样。有其父必有其女。她肯定听到了什么话，现在是在做良心上的斗争。

小敏，如果你要离开我们就跟我说，我不会怪你。我对着她的背影说。当然我这么说是为了让她感动，让她不要离开我。一边是她，一边是母亲，她们之中谁离开这儿我就如同断了一只手。

你想多了。她说。

她只说了这一句。之后的整个夜晚，我只听见她不停地翻身，应该是在想什么问题想到失眠。我喊了她几声她都没睬。

第二天早上，小敏突然像是特意打扮过的一样，精神特别好，脸上特别干净，我不知道她用什么办法将头发梳得光滑整齐，脑门上的齐刘海特别好看。最让我想不明白的是她换了一身衣服，是春季穿的中袖连衣裙子，浅绿色，挨着脚边的那一处镶了布片做的碎花，料子一看就是上等货，穿在原本就很好看的姑娘身上，这裙子上的碎花也活了。她在小房间里走了好几步，扭扭腰身，低头看看裙边，就好像她的房间四周都有镜子，连地板也能照出她漂亮的样子。整个过程中她没有看我一眼，也不看我的母亲，似乎这儿除了她没有别人。

然后，她像瞎子一样从我跟前的铁栅栏走过去，到墙边一张椅子上坐着。

你是什么意思？就算你要离开也该说一声。我吼她。

我看她不仅瞎，还聋了，我的话她听不到，眼睛盯着过道像是在等人。

啊，我亲爱的姑娘，让你久等了！

还没见到人，这句话就在过道那边传过来了。这是马绍龙的声音。我的预感完全应验了，昨天还在想象他们那场聚会一定是马绍龙的操作，现在就听到他声音。他喊小敏亲爱的姑娘，他是自己找死还是要让我气死！

我看只有让我气死了！我被关在铁栅栏里面，就算是一头公牛也撞不开眼前的障碍。

我拍了一下铁栅栏，大声喊着小敏，我是带着羞怒和哭腔在喊，我的声音沙哑、闪断，就好比一个不会游泳的人落在水里，喉咙里呛了水却在拼命喊救命。

她不理睬我。

马绍龙从过道里走出来，像一个满身骚气的公子哥儿。在我眼里是这种丑样，但在小敏眼里就不一样了，至少小敏此刻看马绍龙的那种眼神是把马绍龙当成她心爱的富家公子，虽然是富家公子，却是对她满心热爱，有礼貌又懂浪漫，言语甜蜜得恰到好处的那种。她听到他说话的声音时已经从椅子上站起来了，并飞快地使用双手整理了一下她以为可能有点乱其实非常整齐的头发。然后她就像公主一样站在那儿，等着马绍龙走到身边。

马绍龙走到她身边了。他伸手过来时她也伸手过去，两个人就在我眼前深情地拥抱了一下，然后四目相对，像是互相爱慕了一百年。

去你妈的！我说。我一说说一边心里想，要把马绍龙杀掉。我一拳砸在栅栏上，听到小拇指的骨节咔嚓一声，手也痛心也痛，这种痛感使我不得不暂时低头，让痛感从身上慢慢消退。

小敏和马绍龙就是趁我低头的瞬间走出了过道。

这天晚上我睡在地上就像死了一样。母亲在旁边的房子里只是看着我，天亮时才跟我说，你要有点出息啊，忍耐吧！

忍耐个屁！我对她吼，我忘了她是我母亲，吼完才想起。

对不起妈妈。我说。

嗯，你会找到办法的。她说。

过了十天，我也不知道怎么记得如此清楚。也许这几天我都是数着日子过的。小敏来了，小敏的父亲来了，马绍龙也来了。

马绍龙手里拿着一个本子。

好了，现在我们开始。马绍龙说。他是在和小敏以及小敏的父亲说话。

小敏和父亲坐在左面墙边的椅子上，马绍龙坐在右面墙边椅子上。

这是审讯吗？妈妈，你快睁大眼睛看看他们这一家子，他们是要自己人审自己人了！我几乎要大笑出来，这几天所受的屈辱仿佛得到了疏解，如果不是还顾着和母亲说话，笑出来会让她听不清，我就大笑。

母亲叹了一口气。她什么都没说。

看上去可不像是他们一家三口聚餐！我哈哈大笑了。

你闭嘴！母亲居然吼我。

我就闭嘴了。

马绍龙打开本子，扭开笔帽。

说吧。他望着身前的小敏和她父亲。

小敏望望父亲，父亲也望望小敏。

你先说吧，你是我女儿，我让你先说。

你先说吧，你是我父亲，我让你先说。

他们推让一番，然后突然抢着说：我先说。

马绍龙轻蔑地笑了一下，指着小敏的父亲说：你先。

我很好奇小敏父亲要说什么，不对，马绍龙他想听什么。这样子可不像在商量彩礼。

小敏的父亲说：

我和小敏虽然是父女，但是马先生可能不清楚，我和她也没啥父女感情，她长到十岁就到外面生活，东跑西跑不愿回家，我跟她简直可以说是陌生人。我也是前阵子才听说她是我的女儿，后来仔细想了很久才想起确有这么一个女儿。

马绍龙问：

她是不是想逃走？比如说，她接近我是为了寻找机会逃走。

小敏的父亲说：

很有这个可能。不。她就是这种人。我对她的性格很了解，她接近你肯定不是真心喜欢你。

马绍龙问：

你真的看到她偷我的东西吗？

小敏父亲说：

是的。有钥匙，有刀，还有一张地图。这个城区的地图。

马绍龙就在本子上把小敏父亲的话全部记录下来。他看上去有点伤心，不过，很快就不伤心了，用笔杆子指了指小敏说：

到你了。

小敏说：

你真的会相信他的话吗？虽然他是我的父亲，我也不怕告诉你，他是个疯子，就算不是特别疯癫，也患有很严重的妄想症，脾气十分暴躁，发起疯来根本不是正常人能对付的。他怀疑每一个人，包括他的女儿。就比如说，我的母亲早就死了，她死后在村子里忙着别的事情顾不上回来看他，他就怀疑我母亲跟了别人，整天去找人打架，只要对方是个男的，遇上谁就跟谁打，他脸上的伤疤都是跟人打架留下来的。他这样一个在村中——啊不对，应该叫它废墟中的村庄比较合适——臭名昭著的人，他的话怎么能听进耳朵呢？都怪你太善良。你应该把他关在那个空出来的房间，以免这种话多听几次影响你的好心情。我怎么会拿你的东西？再说了，就算我拿了你的东西也不叫偷，我是你的女朋友。

马绍龙点点头，问：

现在你说说五龙的事情吧。

小敏说：

啊，五龙，那是个彻头彻尾的坏蛋。他从前是跟你们作对的，现在也是。如果不是因为他的存在，你们会收获更多东西，这儿的城民也不用吃五分饱，更重要的是，你们制造月亮的时候完全可以有能力依照从前的月亮造出它的圆缺。现在月亮永远是圆的，人们已经看厌烦了，说它就像你们那饱满的傻脑袋。当然这些都是后来进入这儿干苦力的那些人说的，从前你们一起拼杀的队友倒是没有说出这样的话——我是说，你们没有逃走的那一小部分队友，他们没有说坏话。说起来我还替你们不值得，要不是那些队友的叛变，偷带走大部分东西和食物，你们也不用去废墟中带回比如我父亲和五龙这样的人，他们跟你们不是一条心，他们怀有很深的仇恨，进城之后不会遵守这儿的规矩，只会搞破坏，只想让你们也尝尝失去故园住在废墟中的滋味，由于这个原因你们才需要建立迷宫，才需要将他们关押起来，直到他们说愿意留在这儿。我知道最难的就是你了，你不得不把从前的老友关进笼子里。毕竟上面那些真正做主的人，可不想整个城市里只有几个人，想象一下，作几个人的头头算什么玩意儿。你放心吧，现在我和你在一起，是永远不会和五龙那样的人再有什么瓜葛。另外，我也想斗胆问你一句。

马绍龙说：

你要问什么？

小敏说：

我们只谈了短短几天的恋爱，你怎么会想起要审讯我们父女二人？我们不是自己人吗？

马绍龙说：

这是我的工作。跟你谈恋爱是我的事情，审讯你是他们的要求，我工作的第一天就已经准备好遇到类似眼前这种事情，如果你真违反了规定我会亲自把你关起来。我要你知道没有这个新的城市我们连活下去都成问题，又如何有机会谈恋爱。这一切都是他们给我们的，难道不该全身心热爱这座城市和效忠于创造这一切的人吗？在这一点上，你爱我们可比爱老天爷靠谱多了，你从外面走了一路见到太阳了吗？见到月亮了吗？还有云彩和星子你都没有见到，这儿什么都有。的确，外面有些人认为是我们把属于他们的东西都抢走了，还怀疑我们现在展示的太阳和月亮也是从他们的天上摘来的，说我们这帮人什么都敢做什么都不忌讳，把老天爷的两个眼珠子挖走。也许是吧。是又怎么样呢？我们当初已经奉劝过他们，让他们不要反抗，让他们丢弃城市周围那片看着广袤实际上根本长不出庄稼的土地，他们不信，偏不信，偏要守着那片他们说的"老祖宗留下来的"土地，他们相信那片土地只是暂时受到……说是受到我们的践踏！把一切罪责都怪在我们身上。现在怎么样呢？你看到了吧，那就是一片废墟，你见到一片麦地吗？见到一片喜人的菜地吗？没有！要不然你父亲怎么会突然想通了跑到这儿来。我今天的审讯只是代替他们来查看你们的真心。作为我个人，也希望你们拿出全部的诚意，只有把自己的过往全部说出来，才能像一粒新种子脱去陈旧的表皮，在这个新地方重新发芽。你要做我的女朋友，甚至将来生活在一起，都必须和我一样热爱我的工作并且忠于他们制定的新城市规矩。你记住我的话对你没有坏处。在这儿要活下去牺牲点个人感情算什么？他们早就知道你们不会轻易说出自己的一切才会让你们互相说，这或许更真实，个人的记忆不太靠得住，旁人对你某些举动记忆犹新。以后不要问这种问题。这是第一次，我可以不记录在本子里。

小敏：

你还要记录在本子里？

马绍龙：

我说这次不记录在本子里。

小敏：

难道我们不是感情动物吗？

马绍龙露出那难以隐藏的讥讽味道的笑：

你们父女刚才不是表现得很好吗？

小敏不说话了，她低下头，悄悄看了一眼她的父亲。她的父亲也低着头，望着自己脚尖。

马绍龙点头。他嘴角有笑容。好了。他说，你们今天的表现很好，以后每天跟我说一些你们自己人的坏话——不要误会，对于我们来说，这是资料，对于你们来说，可能会以为是在互相伤害，以为是说对方坏话。我是站在你们的角度来形容。我们拿到这些资料只不过需要它来更好地了解你们。

小敏：

只是了解我们吗？然后呢？

马绍龙：

今天是我来问问题。这次我也不记在本子里，看在我们谈了几天恋爱的分上。

小敏勉强在有些僵的脸上做出一副笑容（似乎在为自己的鲁莽致歉）：

那么，我们还要继续回答什么？

马绍龙：

今天就这样了，你们表现不错，晚上可以加一个菜，吃六分饱。

小敏和父亲高兴得互相看了一眼。

马绍龙走出了过道。

我脑子半天转不过弯，马绍龙走了之后我的眼睛还呆呆地望着过道。小敏走到我跟前，用手在眼睛前面晃了晃说，你都听到了吧？

我又不是聋子。我回过神来。

那你打算说点什么呢？要不了几天他们也会问到这儿来。你母亲和你也可以学一下我和父亲，那只是一场讯问，照着他们想听的话说就行。小敏说。

她说完笑望着父亲。她父亲也点点头，说，起码能吃六分饱。

他说"起码能吃六分饱"的时候，脸上露出那种想要说服我的意味。我心里突然就起了怀疑，怀疑先前他们的审讯只是做戏给我们看，为了哪一天我和母亲也照着这种样子互相揭丑。也许小敏那天之所以那么高兴，就是因为马绍龙邀请她去做这种专业表演，到关押我们这类人的地方，去表演刚才这种问答。她是想通了才去的，他们喊她去商量的头一天晚上她还有些犹豫，第二天她就想通了，决定要去过她想过的日子了。你听听，她说"照着他们想听的话说就行"，这是一句多么专业多么不露痕迹的牵引，难怪在回答问题的时候她还故意问一些在我们看来很有胆气的话，这一切都是为了让我们听到马绍龙的解说而又让她在我们这儿继续获得信任和尊重。马绍龙说了，我们要热爱这儿，要把自己脱粒成一颗全新的种子，这儿什么都好，什么什么都好，就是这个意思。只要我们同意还可以吃六分饱，六分饱是比城民还高的待遇，就空荡荡的胃来说相当诱惑。我又难过又生气，又想跟她说话又不想理睬。

我们……

我们已经并不十分需要粮食了！母亲抢了我的话。她继续说，我儿子也不会时常感到饥饿，我就奇怪了，同样作为不在世上的人，你和你的父亲怎么就如此贪恋世上的食物呢？

我把目光转到小敏身上，对此我感到很难过，虽然早就预感到我心爱的姑娘早已不在世上——在背着她行走的路上就已经知道了。我低下头又重新抬眼望着她。

所以我们要过全新的日子呀！你不是已经很厌烦在废墟上没完没了地走吗？小敏望着我。她的话说得狠，一下子就把我的老底掀开来。

我们几个人互相看看，都没再说话。

之后，我有点伤心，于是很急促地问小敏，你为什么要跟他们合起来欺负我们呢？

小敏想了一下说，为了不受欺负。

她说完就和父亲走了。好像很怕跟我们继续说话，也或许没有必要再说。

这是一座受诅咒的城市。我心想。

它把一个美好的姑娘变得如此虚伪。我又想。

母亲在一旁坐着，靠在小房间后方那面墙壁上。你歇一歇吧，想那些做什么！她对我说。

我们要逃出去！

那你逃出去呀。

我正想着办法呢！

你吼有什么用？你是在吼你妈吗？

不，妈妈，我吼给我自己听。

如果你是个自由的灵魂，谁也关不住你。母亲把这句话说得很淡定，咬字却很模糊，像是在说梦话。天已经黑了。不过也不知道是不是真的天黑了，这儿的白天黑夜都是他们说了算，不过也还好吧，在外面天还一直黑着呢，天还无法自己黑自己白呢。

我坐在地上，我觉得眼睛犯困，但是心里还不想睡着。

我睡着了。

和先前某次一样，我醒来才知道自己睡着了。

有人拿着石头砸门，天知道这是在哪儿。母亲也砸门，旁边还点着一盏灯。我是被他们吵醒的。

你不过来帮忙吗？母亲说。

我糊里糊涂地揉眼睛。这是哪儿？

逃出去的路上呀……这儿的迷宫。母亲回答。

我心想她在哪里找到两个帮手，刚这么想就看见其中一人扭过头来，是小敏。真稀罕，她居然会在这儿，她不是应该在忙着表演吗？更稀罕的是她父亲也在。

怎么……

我只冒出这两个字就不知道说啥。

没有你的帮忙我还拿不到地图呢！小敏说。

我帮忙？

是呀！

我不信，我怎么可能逃出关押我的那间小房子。

你母亲不是说了吗，如果你是个自由的灵魂，谁也关不住你。小敏的父亲说。

我就是听到你母亲这句话才回来的。我感到羞愧。小敏说。她边说边走过来坐在我旁边，伸手扯了扯我的衣袖。我很感动昨天晚上你对我说的话，虽然那都是些骂人的粗话，说得却十分真诚，我不恨你。昨天晚上我倒是恨你的。

恨？我说了什么？我问她。其实我不该开口，这样问的意思好像我对昨天的事情有印象，而且，让别人重复一遍挨骂的话也不合适。

你说，是这个城市把一个美好的姑娘变成俗气的……

什么？

荡妇……是你说的，这个城市把我变成一个荡妇，当你冲进马绍龙房子看见我低声下气地拽着他的胳膊祈求明天不要表演了，这个时候你就冲进来，你骂我作践自己，骂我害人害己不知羞耻，然后你就和他扭打起来。我真害怕你会受重伤，我为你流眼泪，虽然你恶狠狠地骂了我。你本来是要把马绍龙的脖子扭断的，你是这么对他说的，要把他的脖子扭断再将脑袋扔进垃圾桶。可是你没有成功。你到现在还很疑惑为什么没有成功吧？你的手为此受了伤，被马绍龙一口咬掉一块皮。

我伸手看看，果然掉了一块皮。

你不知道原因吧？

不知道，我什么都忘记了。我说。

因为这儿的人都是没有脑袋的，不，不是这个意思，我不知道怎么给你形容，反正，他们每天都有一颗新的脑袋。你扭断了也无所谓，他可以回去重新装一颗。就像换衣服那样，把头取下来重新装颗一模一样的，每个人至少配备了三颗脑袋，我看见的马绍龙是有三颗换用的脑袋。他去工作的时候换一颗稍微重一点的，这个脑袋里装的都是工作的记忆，他直接调用就行。他下班之后或者时逢周末，就换一颗空荡荡的脑袋，里面什么都没装，就像个傻子一样，往那儿一坐或者一躺就是一整天，什么都不想，也什么都想不起。只有需要谈恋爱聊天交朋友的时候，他才把另一颗脑袋换上去。你为什么皱着眉头，你不相信我说的话吗？

我不知道。我说。

我突然想起来了！我说。

昨天晚上的事情吗？

是啊，昨天晚上。昨天晚上我和他打架的时候，他真的像个傻子！

你记起来就好。

想不到他会变成这样。难怪他们自己人有些也逃跑了。一定是嫌换脑袋麻烦，或者有的时候忘记了，把本该在家里用的那颗空荡荡的傻脑袋装上去忘记拿下来，就这样顶着它去上班，肯定吃了不少羞辱也惹恼不少同伴。

那你倒是猜对了一些，他们有很多人为了省事就一直顶着本该在家里使用的脑袋工作，这样不累呀，脑子也不沉，让别人看到是这个人在工作就行，反正从外表看，谁也看不出脑子里有没有装东西，所以才造成那部分没换脑袋的人压力很大，要做更多的事情。

可事情不是那么简单，做好了也未必得到赞扬，因为空荡荡的脑袋往往缺乏分辨还坐在紧要的位置发布重要指令的能力，这导致很多人无法忍受，才选择席卷了大部分东西逃走。说起来马绍龙算是个认真的人，他确实如他所说的热爱这座城市并且忠于他的工作，每天换脑袋换到脖子疼，换到起茧子也从未想过不换。他本来已经给我弄来两颗脑袋，我只是一直没有换，所以现在我还用着自己的脑袋呢。

估计他们已经分不清哪颗才是自己的脑袋了吧？我听得吃惊又好奇，忍不住问。

确实认不出原来的脑袋。马绍龙说，他不清楚自己原来的脑袋会不会在返修的时候已经被扔进垃圾桶——有时候也需要返修一下，比如耳朵不太听得进话，眼睛看不到远一点的东西。小敏撇了一下嘴，做出可惜的样子。

小敏的话如果在很久以前说我肯定不信，但想起他们摆在墙头的太阳和月亮，我就信了。他们的新城市确实建造得和过去的城市不一样，也许他们的梦想不仅仅是换脑袋。

也许他们不仅仅换脑袋。我重复了心里想的这句话，把它说出来了。

小敏以为我是在和她说。她说，肯定还有别的，反正我觉得不习惯，现在我倒是愿意在外面的废墟上走，去那儿等待，我父亲说的话我也信了，我们在外面的天地总有一天会好起来。

我说，换脑袋有什么好呢？一个人不能吃这样东西，换颗脑袋就能吃了，一个人不会杀人，换颗脑袋就能杀了，人们什么都可以做了，事情就混乱了。马绍龙以前是个好人，换颗脑袋他就能把老朋友关起来。

是呀，是有你说的这种样子。

所以你才离开那儿吧？

你现在变得更聪明了。不过我们最紧要的是砸开这堵墙。小敏说。

我就起身帮忙砸墙。母亲说这是从前的出口，也是我们必须要走的捷径。大门那儿有人看守，必须砸开这道从前的侧门。

母亲什么都知道，就像她之前来过这里。她很卖力地举起砖头。

我从前那种悲观情绪又出来了，这道门砸不开了。我这样对他们说的时候才发觉并非为此难过。我是为了小敏，我们之间的关系因为马绍龙变得很尴尬，我不知道她回来是不是想和我重修旧好，并且，我还能接受吗？

你能接受吗？小敏问我。

我忘记她能看穿我。

不知道。我摇头说。

你先不要想这些。小敏说。

我突然看见她在用钥匙一点一点抠墙土，这钥匙好像是用来开启关押我们那道门的。

原来是你救了我们。我说。

她停下说，是呀，我跟你说过的，春天来了，春天来了总有办法出去。

小敏的父亲说：

我们要学会动脑子才行，尤其困在这样的地方，尤其面对这样的人，我们过去那种讲道理的方法在这些人面前行不通，过去我们说，狗咬人，难道人也要去咬狗吗？我们认为人不能咬狗，所以我们被狗咬了，我们失去了身上最美观的一块肉，让我们变得丑陋，永远贴着一片伤疤，现在我们必须学它们的样子，也咬回去，谁说咬回去就不是好方法呢？我们表现得很好吧？就好像和他们跳进了同一个染缸，大家身上都是一样的颜色，说一样的话，吐出一样的气味，所以我和女儿才会拿到钥匙。怎么样？虽然自由的灵魂哪儿都困不住，但是在一间铁铸的笼子里，也必须拿到一把开门的钥匙。我们过去就是不用脑子才被他们夺取了一切。你以为我真的不长记性吗？会真的来这儿投靠吗？我还得感谢那几个酒鬼呢，是他们告诉我你们到了这里。我还喝了饯行酒，那场面想起来还有点悲壮呢。他们向我致歉，说他们当初说的那些全是屁话，想不到我们那座城市的人还有像我这么勇敢和聪明的，我也是听了他们说的话觉得腰杆直起来了，就好像比从前高了许多……

是高了许多。我抢话说。

小敏的父亲张了张嘴没吭声，看上去是被我突然抢话搞得忘记后面要说的。

砖头在墙上砰砰砰，砸了很久很久，也许春天都过去了，也许外面又是寒冬。

他们很卖力，就像疯了一样，就像梦游一样，就像老天爷醒来惩罚他们这样干一样，我发现他们真的恨不得用脑袋去撞墙。

他们用脑袋去撞墙了。

他们让我也用脑袋去撞墙了。

我觉得脑门生疼，我感到绝望。我很容易悲观也很容易绝望。干脆我们也留下来吧？我说完就疲倦地躺在地上，永远都不打算起来的样子。

有砖头砸在我的脑门上！是小敏在打我。我突然想起很久很久以前，我和父亲躺在废墟下，我们的房子倒了，把我们压在废墟下，有一块砖头就是这样砸在我的脑门上。之后我就看见父亲突然从旁边站起来走了。他是从我身边离开的，全身都是血，就像他用自己的血水给自己洗了一遍衣服和澡。你自己照顾自己吧。我要去看看我爹的房子有没有塌。他是这么和我说的最后的话。我对他点点头，我说，你去吧，你去忙你的事情。我们父子二人就是这样分别的，并不是母亲告诉我的那样，也不是我想的那样。我其实一直想念父亲，在心里很深的地方——在废墟那么深那么荒败的地方。

我觉得自己眼角湿答答的，并不是小敏把我的脑门砸出血了，而是我在流眼泪。

你在想什么？小敏问。她放下手里的砖头。

什么都想起来了。我说。

我和他们一起砸门，重新用砖头，因为小敏的父亲找到一根铁棍，让这堵墙再也不像之前那么坚硬了。它破开了一个小孔，之后就完全是一道圆门。

我们出来了。我们站在城外了。城内的灯光落了一部分在墙外，我们看见彼此脸上那高兴的样子。

太好了！小敏说。

接下来我们去哪里？我问。

我发现我又是过去那种傻乎乎的说话口气。不过我也清楚，我的脑子比之前平静也比之前聪明。

你能原谅我的做法吗？不，你能理解吗？我说的是我和马绍龙，只有混在他们当中我才能拿到钥匙。小敏说。她又是之前那个和我谈恋爱时期的姑娘了，说话轻声细语。

我没有立刻回答，心里非常乱。我承认她比我勇敢，也比我聪明，比我拿得起放得下，更比我懂得如何选择自由的捷径，可我拿不起放不下，我像个口径很小的软弱的空瓶子，风大一点就会把瓶肚子吹得胀起来，吹得里面回声很响，风停了瓶肚子里的回声还没停。我就是这种性格。

给他点时间。我母亲笑着安慰小敏。她们两个的关系又像从前那么好了。

小敏点头，眼巴巴地看着我，好像我欠她什么或者抢她什么。

一路上没有人说话。没有人说话也好，我什么都不想说。天当然是黑的，没有亮光。我以为母亲和小敏的父亲一直在旁边走着，即便我们互相看不见。其实他们已经离开了。是小敏告诉我的，我母亲和她父亲各自走了，他们要去闯荡，继续在废墟上行走。路上只有我和小敏两个人。

我们就在这儿等车吧。小敏说。

我四周看了看，凭感觉，这是从前等车出城的那个站点。远方有一盏灯在闪烁。地上没有雪，雪已经下到半空了吧，很冷。小敏主动抓住我的手，她看我没有反对就干脆将我整个胳膊搂住。我觉得心跳得咚咚响。不知道是不是太冷的缘故，我把她揽在怀里，是怕她冻着还是怕自己冻着，我搞不清楚，也许都怕。毕竟在这条路上只有我们两个。从前我一个人在这儿等车的滋味一点也不好受。

车来了。她说。

我们上了车。车子里面的人都换了一批。至少在我们能看见的范围内，坐着的全是陌生人。五龙和他的弟兄们已经不在这儿了。

是那个城市里逃出来的那批人！小敏低声对我说。

我不知道她怎么认出来的。反正她有她的办法吧。

你们好！他们说。

我和小敏都被吓了一跳。我们还没有去坐那两个属于我们的位子，还站在车门旁边，没有想到这些人全部站起来和我们打招呼。

好，好呀……你们好……你们好……小敏来不及反应，吞吞吐吐。

没想到他们都变得这么有礼貌。小敏凑近我的耳朵说。

你们不用担心，我们要重新做人了……

你们不相信吗？

不要害怕，我们不会抢东西，在这儿抢东西有什么意思……我们已经不是那种人了。

不要害怕，来吧，坐到你们的位子上。

他们你一句我一句，全是安慰和热情的话。我和小敏不知道如何表达自己，只能一边笑一边走，坐到属于我们的位子上。他们也坐回自己的位子。现在大家都只是张着眼睛看我们，不说话。

终于我鼓起勇气问，你们怎么到车上来了？之前那帮人呢？我指的是另外那些同伴，因为焦躁，受了苦难，脾气都不太好，当然，也有几个……坏人，他们本来要去那个城市，后来没去成？

现在去成了，都去成了。一个年轻人回答我。

这位年轻人说得没有错，他们都去那个城市了，以他们如今的性格，有争斗的地方才觉得有意思。一个老人对我说。

是这样的吗？我疑惑。我想起那座城市里修建迷宫的人，现在说起来，倒还真的有点熟悉感。

没错，就是他们，现在他们在那儿受着罪呢！老人说。

怎么会这样呢？会有人愿意去那儿受罪。

嘿，就有人愿意去那儿受罪。你都想不通他为什么要这么做，他也想不到自己会那样做。人的心思太复杂。你只是想不通为何那些善良的受难的人现在要去那座城市跟那些剥夺过他们的人做朋友——企图跟人家做朋友。可是他们在那儿心甘情愿修高墙呢。他们把那儿所有的侧门都堵住了，不是吗？以防止当中一些突然清醒的人想要逃出来。他们干得很卖力。

是。我说。

那就是了。老人冲我点头。

我们算是逃出来了。我说。

老天爷给每个人都留了一个狗洞。老人扁嘴笑。

那有什么好操心的，老天爷给人好吃的，也让人去死。刚才跟我说话的那位年轻人也抢着说。他这句话倒是蛮有意思，但不像是接着我们的话说，像是他自己心里想着什么事，突然就说出这句话而已。

后来人们就不说话了。除了车子一会儿像狗喘气，一会儿又像受惊的野马，除了它的声响没有别的。

我们坐在这儿怎么办？车子会不会停呢？我又开始担忧这个问题。说起这事情我就难过，又不能不上车。母亲不赞成我和小敏去废墟上游走，她觉得车子早晚会有停歇的站台，总会有些城市如小敏父亲所说，像种子一样从废墟里长出来，等到那个时候自然就有站台了，我们也能下车去。

我和小敏的位子仍然靠窗，我们都看着天空，天上还是黑沉沉的，什么都没有。也可能太阳和月亮正在发芽，在黑暗的背后。

树

寄

　　侯小风醒来发现自己躺在一棵树的枝条上，树大而枝叶茂密，像一张密集的绿色大网，只有他能穿过网子居高临下观察树下的人，而他们却看不见他。这一夜睡眠很好，往常他失眠到半夜，天亮才能勉强睡一会儿，次日必定眼青面肿。此刻睡眠充足，神清气爽，侯小风欣喜万分。

　　眼下他虽然懒得纠结是怎样来到树上的，脑子里却一直在打转，思考着昨晚的事情。

　　昨夜他走进一家旅店，身上的钱不多了。旅店的老板见他面生，又或者是看他像个赖账的人，与他纠缠许久，最后又是押身份证，又是拍照留存，脱了他一百五十五块钱的大衣挂在厅堂椅子上（书中才有的情节也让他遭遇到了）暂时替他保管。之后，他才如愿住进了一间非常不错的豪华单间。

　　来的时候他就打算好，要好吃好住，绝不亏待自己。从前亏待自己的都要趁着这次旅行通通补回来。说不定这是此生唯一一次旅行，往后估计没有这样的机会了。

然而此刻蹲在树枝上，他的心里却充满犹疑：一次旅行能拯救什么。

他想起那个年轻貌美的姑娘，他喜欢她，可她冷冷淡淡，眼神鄙夷。现在仿佛听到她在说："好不容易出去一趟，以为你能走多远呢！"

脑子乱哄哄的。旅店老板的样子又浮现出来，又听见他说："一周内要把欠我的钱汇过来！你这个人真奇怪，明明可以住便宜的不用欠账，偏偏要住这么贵的。"

侯小风想到这儿，晃晃脑袋，使自己清醒。

"真是没有想到。"他自言自语。

要知道今天早上会在树上醒来，昨晚又何必闹那一通。现在摸着口袋，一毛钱不剩，大衣也丢了，身份证也丢了，还欠了钱。侯小风越想越不划算，摇头拍脑。之后，他仔细查看树下环境，完全不是昨天见到的那个地方的样貌。鬼才知道这是怎么回事。

侯小风一会儿紧张一会儿淡定，紧张的时候他想从树上下去，但怎么也下不去，淡定的时候心里一点也不着急，他摸着树干和枝条想：这环境还不差，管他娘的那么多呢！他在树干上拍了一掌，树叶应声掉落几片。等他完全平定心情，便下决心哪儿也不去了，所有的事情都抛开，要舒舒服服地在树上睡一觉，乘此机会过几天清静日子。在哪儿不是玩呢。

午后，他在枝条上睡了一觉。梦中听到有鸟飞来，睁眼却望不见一只。到了傍晚，阳光就从树上彻底消退，树上的夜晚来得比地面更快，树枝将夜色全部揽进，光却留在了外边。地上的路灯不能直接穿照到他所在的位置，也只好早早地笼罩在黑暗当中。好在他能听一听树下的路人偶尔谈论的几句话，不过也只是细微地听到一点声音，并不能听懂他们的话。他们的口音奇怪，之前在任何地方都没有听谁用过，传进他耳朵的仅是一片细微的嗡嗡声。

侯小风感到无聊了。这棵树的好处是不会令人失眠，坏处是白天太短，夜晚太长，他平常有晚睡的习惯，现在却不能不改变习惯。

他躺在昨晚睡觉的那根树枝上，头枕着双手，眼睛往上一抬，见到树顶上一个亮开的豁口，这肯定是随着夜晚一点一点分开的口子，原先并未察觉。

"太奇怪了！"侯小风为这个发现吃惊不小，但心里十分高兴。

他正打算找点新鲜事情打发时间，不想这么早睡。

这棵树相当古怪，豁口看上去像一张嘴。他双手捏住脸，怀疑昨天晚上是被这棵树吞进来的，但这种奇异的想法瞬间就没有了。他的精力全都集中在那个神秘的豁口上。

风从顶口灌下来，像秋天的风，带着熟透的果实味道。侯小风心里还在盘算要不要上去看，肚子已经饿得不行，整个白天滴水未进，他觉得喉管都要粘在一起了，可能没有力气爬到那儿去。

"上来吧，侯小风。"

一个清脆的姑娘的声音从树口上传下来。

侯小风眼睛大睁，看不见什么人，但觉得声音非常耳熟。他顺着树干爬上去，眼看着一小段距离，却费了很多时间。不过他总算是站在了豁口边，一阵更大的风吹翻起他的头发。侯小风吸了一口气，在找那位说话的姑娘。

"谁啊？刚才谁说话？"他小声问。

没有得到回答。

树木在风里摇动，枝条茂盛而且面积很宽，像是处于一片草地当中。上空一片薄薄的月亮，不圆，光芒十分暗淡，像是被一团棉花盖住，是人们形容的那种毛月亮。周围时隐时现的灰云像随时准备落雨。

"是哪个？刚才是哪个喊我？"侯小风觉得自己的声音更小了。

树枝一晃一晃地打在他的手上，树叶像扫把一样赶着他的衣角。就在他准备收起双手往下滑的时候，那姑娘又说话了。

"你往这边看呀，嗨，傻子。"

侯小风扭头看去，望见自己的同事小田。

"是您啊！"他觉得自己的心都要跳出来了。

"连我的声音都听不出来吗？"小田向他招手说，"再往上抬一步你就找到台阶了。"

侯小风不敢相信，这棵树往上又是一片新天地，他往上抬了一步，果然触着了台阶，再往上走，就真的到了一片草地上。小田站在一所精巧的房子门口，穿着他最喜欢看到她穿的那条碎花连衣裙。

"您真的是在叫我吗？"他不敢相信这位姑娘的态度会变得这么好。她可是一向不愿多看他一眼的，对他的追求是更视而不见，连平日礼貌的招呼都显出几分厌烦，而现在她竟然变得这么热情。

"难道这儿还有另一个人吗？"姑娘反问。

侯小风激动万分，摇头。

"你以后就不要您啊您的，让人以为我欺负你。"

"不是，我……"他也搞不清怎么回事了。小田的口气像是在对他撒娇。突如其来的变化令人无法应对。他们之前不是闹了一通矛盾吗？他对她已经失望了，觉得这个年轻貌美的姑娘仅仅有一副好看的外表，内心却极端刻薄无情。她喜欢公司里最帅的那个小伙子，他比他有钱，比他会哄女孩子高兴。他觉得这个姑娘和别的姑娘没什么不同。而他侯小风要的绝不单是外表好看，要和他灵魂相通才行。至于他追求什么样的生活——这不是一两句说得清的——对方都能理解和支持。可是小田不会，至少昨天之前，他认为她不会。

眼下她怎么出现在这里呢？她应该住在城里十三楼的豪华单间。对于那栋楼，侯小风印象深刻，他曾经在那儿唱情歌，假装喝多了酒，把十楼以下的住户全都闹醒了却没有将歌声送到十三楼。她离他太远了。

"侯小风。"小田伸手在他眼前晃了晃。

侯小风立刻回过神来，对着她笑。笑得有些茫然。

"你不认识我啦？"小田也很奇怪。

"不是的，我觉得……你怎么在这儿呢？"

"这是我家。我不在这儿在哪儿？"

侯小风更感到脑海空荡荡的。从未听说她家在这么个奇怪的地方，并且眼前这态度，那么好。难道从前生活在幻觉里吗？

"进屋坐吧。妈在等我们呢？"

"妈？"侯小风觉得奇怪，"你妈不是……"

"嘘！进屋再改口不迟。小声一点，我妈不喜欢别人大声讲话。"

侯小风脸上热辣辣的，心里却在回忆，记得以前在某次闲谈里说起，她母亲早就不在了，但脚步却紧跟小田。即使之前闹了矛盾，现在她的转变又把他的心软化了。

一位白发老妇坐在墙角的一只笼子里。那笼子精心编织，看上去一点也不透风。老妇只伸出一张脸，眼睛圆圆地盯着侯小风和小田。侯小风初看到时，吓了一跳。

不等侯小风说话，老妇就拍了拍笼子说："随便坐。"

侯小风心里还很害怕，觉得这妇人对待客人的脸色不好。

"妈妈，我把他喊来了。"

老妇点头但不说话，上下打量侯小风，把人看得不知怎么办才好。要不是侯小风平日在公司上班，少不了老板甩给他的那些脸色和冷眼，现在只怕早已两脚发软。

"妈！"小田加重声音。

"好啦，短命鬼，我晓得你的意思。"她看了看小田，对侯小风说，"你说说看，你是不是真的喜欢我的女儿。"

侯小风没有想到会是这个问题，问得这么直接。他转眼望了小田一眼，从前那种痴心又回来了。他坚定地说："是，并且永远不改变。"

老妇很满意他的回答，拍着笼子说："那就这么定了吧。"

小田也很高兴，像是早就盼着这个答案。

侯小风还有很多疑惑没有解开，但是管他呢，世上有多少东西是解得开的呢？何况小田在听到母亲的话之后，她的手立刻伸过来挽住了他的胳膊。

老妇困极了的样子，歪着头靠在笼子边，有气无力，闭着眼睛说："你们出去吧。"

小田一边拉着侯小风往外走一边说："她怕风，而且得了怪病，只有躲在那儿她才觉得好受一点。"

"谁会把自己困在笼子里还觉得好受呢？"侯小风说。

"所以说是得了怪病嘛！"

"谁给她准备的笼子啊？"

"她自己。"

"不可能啊。"

"她自己！"

"不可能嘛……"

"有什么不可能？"小田站住脚，认认真真说，"全都是一样的。她们那一辈的人到了这个年纪都会给自己准备这样一只笼子。我们这儿的风俗。这是规矩。"

侯小风不知说什么好。既然是风俗又是规矩，还有什么好说。

"以前不知道你还有这么一间房子呢。"他想转换一下话题。

小田很不高兴他这样说，嫌他管得太多了，并且这句话没头没脑。

为了打消她的不悦，侯小风只好闭嘴。

两人走到房子背后，望着那轮毛月亮把云彩截开，又被云彩吞掉。地面上长着一些蔬菜，侯小风先前闻到的果实味道可能是从这儿传下去的。

"你来这儿多久啦？"他问。房子看上去很旧了，像是祖宅。

"我妈妈一直住在这儿。"

"我是说你。"

"记不清了。可能有几个月了吧，也可能昨天来的。我这人记性差，你知道。"

侯小风点头。她要是记性不差的话，怎么可能忘记那么多事情，她喜欢那个帅气的男同事，爱得死去活来，听她的邻居说，她差点从十三楼跳下去。而现在却突然转变了和他在一起。仅仅过了几天时间，他认识的小田就成了另一种态度。眼下她的手还挽着他的胳膊，多不真实。

"你在想什么？"

他赶紧摇头。

"我知道你在想什么。"小田说。

"我们不要在这里吹冷风了，去那边认识一下其他的人吧，反正你早晚是要认识他们的。"小田起身。

侯小风这才注意到，除了她的房子，远处还隐约可见别人的房屋。只不过这些房子都隔得太远，一眼看不清。

顺着蔬菜园往远处走，月亮像一盏灯跟着移动，灰薄的月光照着那些房子，很多个造型独特但说不出是什么地域风格的房屋出现在眼前。

侯小风刚站稳脚，想查看有什么人在那儿活动的时候，所有房屋里的灯都亮了。

许多人走了过来，他们面带笑容却不免迟钝，盯着侯小风半天才从嘴里吐出一句："你就是那个新来的人吧？"

侯小风点头。这些人神色奇怪，不过可以看出来，他们对他没有恶意。

"我带他来看看你们。"小田说。

"看看是可以的。"他们回答。

一帮人互相站着说话，是侯小风先前在树枝上听到树下路过的人所说的那种方言。他听不懂。

"如果没有什么事的话，我们要干活了。"他们说。

小田急忙做手势，让他们自己忙，不用招呼。

那些人就全都跑到自家的蔬菜园里除草去了。

"这是怎么回事呀？"侯小风搞不清状况，"这些活白天不能做吗？"

"白天太热。他们怕热。"

"为什么呀？从来没听说哪个地方的人是晚上干活的。"

"你不要这么看着我。这是我妈妈的老家，我到这儿的时间比你多不了多少，也是才知道有这种风俗。"

侯小风觉得她在说谎。这根本就是她长大的地方。一个人在哪儿长大，就会把哪儿的风色都长在脸上，即使她将来去了别的地方，也抹不掉她脸上附着的故土特质。之前他不能理解小田身上透露出来的势利和冷漠，如今到这儿完全理解了。这个地方即便处处可见蔬菜园子，也仅仅只能见到这些了，除此，连一棵树都长不起来（小田告诉他的，也是来的路上就着月光看到的），遍地的草深得可以将人埋藏。如果一个旅人来这儿，他肯定喜欢眼前的情景，风吹他的脸他会感觉心情舒畅，一个久居的人在这儿，心情就不一样了，他会感到无尽的落寞，深草永远裹着他的身子，风吹在他的脸上只会觉得一片茫然。

小田肯定费了很大的功夫才从这儿离开，到城里找了一份糊口的工作，然后，她因为见识了城里不一样的风色，才想过另一种生活。谁会愿意在黑暗中劳作，推开正常的睡眠，并且年老之后将自己的余生装进一只笼子？所以，现在他懂了，她坚持要和那个帅气的男生好，是因为那个人有足够的家底可以成就她另一种人生。并且他的家住得很远，她会跟着那个人走得远远的，回一趟家会非常麻烦，而这是最好的理由，她几乎也就不用回来了。可是侯小风不行，他的家就在这座城市的边上，两个小时的车程就能将她送回原地。她之前盘算的肯定是逃离这片地方。他感觉到，至今她的脸上还有恐慌的神色，是那种无法逃出宿命的委屈。而现在，她竟然肯舍远求近，就搞不清是什么缘故了。

"我会带你离开这儿的。"侯小风说。

他的话刚出口，原本正在干活的那些人就突然直起腰，把手里的活甩开，凶狠地望着他。侯小风吓了一跳，本能地解释说，他的意思是，这儿风冷，准备带着小田回她的房子里去。他们听后才又继续干活。

小田的脸上倒是因此多了一丝喜色。她像是对侯小风另眼相看似的，非常谨慎而小声地触着他的耳朵说："我也想离开这里。你带我到树上去吧。我们哪儿都不去了，就在那里隐居。"

侯小风觉得她这个想法太有意思，也很心动。如果能和喜欢的人在一起，住在哪儿有什么关系，何况自己确实挺喜欢那棵树，那不仅仅是能治愈他的失眠症那么简单。说起来那棵树足够大，在树上造一间房子肯定不成问题。麻烦的是，怎样弄到吃的喝的。

小田似乎看出他的心思。对他说，完全不用操心吃喝的问题，他们可以趁着白天这些人睡觉的时候来这儿拿，想拿多少都可以。

侯小风偷看了那些人一眼，发觉他们也悄悄地看他，像是一直在监视他的举动。他们不像表面上那么和善，态度越来越不好。

"你不用怕。吃喝的事情包在我身上。"小田又说。

侯小风摇头，表示不会让她一个人来冒险。

大概过了两个钟头，他们在那儿实在看得无聊了。侯小风平时睡觉的生物钟到来，眼睛蒙蒙的，脑子昏沉。他本来想喊小田赶紧走，他困得不行了，但不知怎么，话也说不出来，力气全无，只好顺势往地上一蹲，双手搂着膝盖就起不来了。

"你送他到屋里休息一下。"

他听到那些人对小田说。

之后，他就感觉自己被小田（也可能是别人）扛在肩上往什么人家的路上走。肯定不是小田的房子。她听见她在和一个小孩子说话。那个孩子把他们带进一间房子，然后对小田说："就放这儿吧。"

侯小风感觉自己躺在一张竹子做成的床上，冷冰冰的。

"你去烧火。不要烧太大，免得呛着你的奶奶。"小田吩咐那个孩子做事。

"你怕他飞走吗？为什么你不去烧火！"那孩子口气很坏，明显是瞪着小田说的，"哼，按照辈分，你得喊我一声爷！"那孩子说完这句气话，总算走开了。

过了一刻钟，屋子亮了起来。侯小风感觉背底下暖和许多。

"好啦，侯小风，睁开你的眼睛吧。"他听到旁边一位老妇的声音响起。等他睁开眼睛，在墙角看见一只笼子，笼子的那道小门里装着一张老妇的脸。这张脸非常陌生，但总像在哪儿见过，当然不是小田的妈妈，她不是这种样貌。

"您知道我的名字吗？"他壮着胆子问。

"当然了。我们这儿的人都知道你的名字，有什么稀奇。"

侯小风想，可能是小田告诉他们的。毕竟他曾经那么惹她心烦，一定是跟这些人诉苦来了。

"小田出去了。"老妇说。她看出侯小风在找人，又细声问，"你是不是真的打算和她在一起啊？娃娃，你可是想好啦？"

侯小风弄不清她为何这么关心他。心里想了一下，找不到恰好的回复，磨蹭半天才说："我想好了。"

老妇叹了一口气，十分惋惜地表示，事情恐怕没有这样简单。这儿的人是不会轻易放走小田的。小田生来就属于这个地方，谁也不能带走。小田这么好看的人，就更不可能放她出去。并且这儿的姑娘没有谁愿意嫁到外地。反正侯小风的愿望注定要落空。她说，看在难得有这样一场见面的缘分上，劝他及早放弃这个想法，否则只会自己找伤心。

侯小风听了一阵，觉得没什么意思。他好不容易和小田在一块儿，为什么要放弃。

这时候小田走了进来。

老妇靠在笼子的小门上，无声无气，朝小田病恹恹地挥挥手眨巴两下眼睛。

"怎么……奶奶刚才还好好的，和我说了许多话。"

"瞎说呢！李奶奶从未开口讲话。"小田把最后四个字咬得很轻，凑到侯小风的耳边说，"她是哑巴。"

侯小风奇怪地望着小田，不知道为何要这样说。李奶奶本来就和他说了话，怎么会是哑巴。

小田无法当着李奶奶的面跟他解释。她和那些邻居一样，弄不清李奶奶的耳朵是不是真的聋了。反正十几年前，她的确害了一场大病，从此说不出话，变成了哑巴。但是人们都怀疑她的耳朵还有听力，并且因为那场大病，人也变得神经兮兮，喜欢下雨天跑到人家的窗门外偷听，这里的人都不敢大声说话，更不敢说她的坏话。她的脾气非常暴躁，虽然和别的老人一样，遵循着古老的规矩住在笼子里，但是只要到了下雨天，她就什么规矩都要打破，挨家挨户去偷听他们讲话。只要有人说她不好，她就会冲进屋子，将所有的东西砸得乱七八糟。她的力气很大，发起火来连青壮年也拉不住。到这儿居住最早的人就是她，她的辈分最高，所有人都曾受过她的关照，这儿的土地和播种的用具也是她分给他们的。

"你别瞎说了。"她现在只能这样阻挡侯小风说出别的话来。

李奶奶靠在笼子里，像是受了极大干扰似的，皱着眉头。

"我们不要耽误奶奶休息了。"小田说。

侯小风只好跟着出门。他走到笼子旁边的时候，特意转眼看看李奶奶，发觉她的眼眶里像是窝着两滴泪水，面色悲伤。

到了先前那些人劳作的地方，人们还在低头忙活，小田挽着侯小风的手轻脚走过去，虽然这些人做出没有发现二人离开的样子，但侯小风依然察觉到他们也悄声悄气地注意着他们离开。

"我感觉那些人对我有敌意。"走了一段距离之后，侯小风说。

小田安慰他，千万不要这样怀疑，这些人只是面貌有点凶，人很好。

侯小风不便与她争论。

他们推门走进房间。小田的母亲早就等在那儿了。屋里亮着一支细小微弱的蜡烛。

"妈妈。"小田喊她一声。

"嗯。现在你出去找点吃的吧。他留在这儿。"

小田听了吩咐走出房间，把侯小风留在了屋里。

"你怕我吗？为什么发抖？"

侯小风也不知怎么会手脚发抖，他心里并没有感觉到有什么害怕的。

"我可能生病了。"侯小风只好这样说。

"看来你并不适应这儿的环境。吃完饭赶紧回你的地方去吧。大概李奶奶已经跟你说过话了，我看得出来，她的话还写在你的脸上呢！"

他立马抬眼望过去，她怎么会知道这些呢？而且，她为什么没有说李奶奶是哑巴。这个疑问只能捂在心里，他不敢多问。

"你不知道的事情还多着呢。这儿除了李奶奶，就是我的资历最高。你也看见了，我和她的年岁是差不多的。"

"是。"他点头。

"虽然我是小田的妈妈，来这儿也比较早——小田是最近才来的，她对这里的规矩知道不多——现在既然你们要在一起，就必须征得所有人同意，光是我的意见还不行，你必须得到所有人许可。眼下看来你并没有得到他们的好感。看看你的脸，黑成什么样子！你对他们不满？好，我看出来了。劝你少生一点闷气，多动动脑子。既然他们还在试探你的诚意，那就过些日子再说你和小田的事吧。你先回去吧。"小田的母亲算是好言相劝的样子。

"可是……"

"别可是了！"

她果断阻止他的话。

侯小风垂头丧气，不晓得怎样替自己辩解。这儿的规矩也太多了。

小田走了进来。

"你们说什么呢？"她笑着问。

侯小风急忙摇头。小田的母亲也不作声。

所谓的饭仅仅是一筐白萝卜，切成一小段一小段的。每一只碗里放几块。

侯小风从来不爱吃萝卜。

小田的母亲掀开笼子，从里面走出来。她的个头比侯小风还高，只是人比较瘦，两个眼眶都凹进去，鼻梁很塌。侯小风想不明白，这么大的岁数，竟然还有小田这么年少的女儿。她们看上去像祖孙。

"吃吧。吃完饭赶紧离开。过了十二点，这儿是不允许生人出现的。"小田的母亲叮嘱他，并且递过来一双筷子。

侯小风只好抓住筷子，即使一点胃口也没有。他偷看小田，发现她也像是只听母亲的安排，对这个要求没有反驳。

"吃完饭我送你出去。"小田见他没有动筷子，只好这样说。

侯小风不想吃。但是小田的母亲一直盯着他，他只好夹起一块萝卜放进嘴里。仅吃了一块萝卜，说来也奇怪，他觉得自己很饱了。

饭后，小田的母亲又回到笼子里。

"我知道你想说什么。"小田送他出门时说。

侯小风有点伤心，事情变化得这么快，原本以为和小田终于可以在一起了，现在又被莫名其妙地赶出来。

"等你习惯了这儿的环境，再和他们商量。你的手脚一直发抖，这样下去可不好。"她又说。

侯小风跺了跺脚，摇晃两下，除了手脚确实偶尔颤抖以外，没觉得哪儿不舒服。

他忍住心里的辩驳，手轻轻放在小田的肩膀上。

"你回去吧。"她扭开身子，像是故意把他的手躲开。

侯小风走到树洞口，身体往下一缩，滑了下去。

底下又是空寂的黑，脚下的路灯亮着，行人偶尔经过，也不再说话，只传来细微的脚步声。顶上的树洞已经闭合，可能风小了下去，叶片将它堵住了。

侯小风胡思乱想一阵，疲倦地睡去。

次日天亮了很久，他浑身酸痛地醒来，一睁眼看见顶上的豁口开着，惊喜万分。这时候上面那些人肯定都在补觉。

"上去看看吧。"他想。

刚挪动脚步，底下就有人扯着嗓子喊他。

"侯小风！我知道你躲在上面。你赶紧给我下来！"是公司那个帅气同事的声音。他竟然也跑到这儿来了。

"哼！你这个……"侯小风心里不痛快，却立刻止住说话，他不想任何人知道自己躲在这里。尤其是这位同事。

"侯小风，旅店老板已经说了，你不用还他的钱，你赶紧去拿了衣服跟我走吧。"那位同事好像也拿不定主意，不确定侯小风是否真的躲在上面。他围着树走了一圈，又大声喊了几句。

"您真的确定他躲在树上吗？"

旅店老板也走了过来。那位同事赶紧过去问店老板。侯小风从叶缝间看下去，那二人面色焦急地对望着。

"当然了。我的眼不瞎。"店老板说。他在生气。

侯小风看他们着急的模样，忍不住心里发笑。

"那就怪了。"

"对了，您贵姓啊？您是他的同事，能不能替他把钱还给我啊？"店老板放下怒气，讨好地问。

"您别这么说啊，我和侯小风是在一起工作，但我们的交情还不到替他还钱的份上，老板，您自己赊账给他，这个麻烦不能连累我。您还是自己喊他下来还钱吧。"

"不是，我说您……"

"您可以叫我刘青。"

"好吧。如果这样的话，我也帮不上您的忙了。这棵树是我们这里的先祖们栽下的，按照规矩，谁也不许爬上去。包括我们自己也是不能上去的。要不然我早就把他抓下来了。"

"什么规矩这么神奇。不就是一棵树嘛。"

"这你就不懂啦，"店老板怕惊扰了什么似的说，"它不吉利。爬上去的人没有一个下来的。不是他们自己不想下来，就是想下来却下不来。"

"算啦算啦，你把我绕晕了。"

刘青虽然嘴上一副不在意的样子，但是急忙用手阻挡店老板，防止他继续说。对于这个举动，侯小风看在眼里，心里忍不住嘲笑。刘青最胆小。这个人除了脸蛋长得好看以外，胆气还不比女人。

"您如果回去的话，可不可以给他的父母捎信，让他们过来还钱，请……"店老板是撵在刘青屁股后面离开的，他边走边请求。

"他父母已经死啦！"刘青头也不回地说。

店老板刹住脚步，半天才晃动，慢腾腾地朝前走。

侯小风看着二人远去，站在原地歇了一口气。

他爬到树顶，脑袋刚冒出来就被一阵腐草气味的风给吹眯了眼。等他再次睁开眼睛，望见的是一片枯黄的草地，许多破烂的衣服乱七八糟地落在草皮上。这像是城里人专门用来投放垃圾的场地。当然，应该是很久以前用来投放垃圾，现在已彻底废弃。草地上看不见一所房子，蔬菜园更是没有。

侯小风呆在原地，想想昨天的场景，对照眼下的模样，越看越糊涂。他不死心，抬脚走到草皮上，四处乱转，企图看到小田的身影。

他的脚被枯草扎出血，流在红色的土面上。扒开草叶，土壤红得像血。他从未见过这种土地。

侯小风张着嘴，有气无力地坐倒在草皮上。

"现在你死心了吧？年轻人啊，我给你说过，这儿的环境你是受不了的。"

侯小风左右看看，突然见到说话的人。

"李奶奶？"他急忙起身。

"坐吧，不要站起来。"

侯小风赶紧蹲在地上。他浑身越来越酸痛，手脚发颤，两眼发昏。

"娃娃，你是不该来这儿呀！"李奶奶非常遗憾的口气。

"为什么这儿……"

他话还没说完，李奶奶赶紧让他住嘴，不声不响地坐了很久，她才说："这儿本来就是这样的。只不过处在晚上，你什么也看不清而已。你尽量不要说话。反正总有一天你会知道，你的声音在这儿留下得越少，你今后的日子会越轻松。趁你还不是这儿的人，也没有留下多少痕迹，他们暂时发现不了，赶紧离开。我已经跟你说过了，小田不会跟你走。这儿的人不会同意你把她带走。"

"如果我留在这儿的话，我就是这里的人了。我可以不带小田离开。李奶奶，请您相信。"侯小风嘴里这样说，心里却很悲伤。这儿过于荒凉，留下来日子不会好过。

"不。你不是这儿的人。你还不是。"

"我早晚会是的。"

"嘻，我过的桥比你吃的盐多！最烦你这种嘴壳硬的。"李奶奶敲着拐杖。

侯小风这才注意到她手中的拐杖。这根拐杖越看越眼熟，突然，他无法忍住伤心，号啕哭开。"奶奶！"他吼出两个字，拽着李奶奶的手跪在地上，同时拿满是眼泪的双目盯着拐杖。这根拐杖是他亲手做的。

"好啦，我知道了。你总算有点眼力。"李奶奶说完，扯开他的手。

"您怎么在这里啊？我不知道为什么之前认不出您，奶奶，我……"

"好了，不说那些了。你父母都好吧？"

"不。他们已经不在了。奶奶，我现在一个人住在城里，是个孤儿了。"

"难怪呢！我说最近搬到那儿居住的两个人十分眼熟。这样说来我就没有看错。"

"奶奶，您在说什么？"

"你不要问这些。"李奶奶放下拐杖，想了又想，像是决定什么大事的模样说，"我跟你讲啊，千万要牢记！往后不要跟小田来往。你该回到城里去，如果暂时不愿意回去的话，就回到树上去吧，毕竟那是你自己选的，还好我从前已经给你观察过——我就知道你会这样选——以你这种性格，在那儿避一避也好。什么？你没有什么可以避的？我知道你是来旅行。都一样！总之你是不满意城里的日子才跑这么一趟。这样也好，至少我们见了个面。我之前没有想过还有这种缘分。现在你不用担心了，只要想着树的顶面还住着我——你的奶奶，你的亲人，就不会觉得是一个人住在那儿。你要是准备在树上建一所房子我也不反对，离我近一些也好，城里确实远了一点。放心好啦，虽然你不能再到我们这儿来，但你的声音多少留了一些在这儿，想念我的时候，还是可以在这儿和我轻松对话的。当然我这样说你会越听越糊涂。大致的意思你还是懂了吧？"

侯小风摇摇头，觉得奶奶在说胡话，人离开之后，他的声音怎么可能会活在这片土地上，还能进行对话？不可能，一定是说胡话。

像她这种年龄的老人在城里时常走丢——奶奶就是走丢的，这是父母活着的时候告诉他的。那时候他还很小，又生着一场重病，很多事情后来记不起。现在她说这番话时，看上去神色恍惚，肯定又是脑子不清醒了。不过他内心深处却不排斥奶奶的说法。父母走了之后，他真是觉得他们的声音还活在世上。

"你这个孩子，太笨了。"奶奶又说了这样一句。

侯小风突然想，要带着奶奶和小田回城里居住。

"你别想那些。我知道你在想啥。我是不会回去的。小田也不会。"

侯小风搞不清奶奶为何坚持要留在这里。忽然想起昨天的事，想起奶奶说，她是这儿资历最高的人。难道她放不下这些？如果是这样的话，就不好劝说。可什么事情能比亲情重要？既然她资历最高，说话有分量，只要她同意的事情谁还敢有话说。

"奶奶，您跟我回去吧。我也不住在树上了。我们回城里去，在那儿有更大的房子，环境也好，我们彼此有照应。"

"那不行！"李奶奶打断他的话，"我有我的活法。何况我现在已经不是你的奶奶了。"

她的转变让侯小风吃惊。

"我现在有自己的孙子。虽然他只是我领养的孙子。这些年我们相处得很好，我是不会把他丢在这里的。再说城里的生活我已经过够了，难道你没有过够吗？如果你没有过够，你不厌倦，你就不会出来搞什么旅行，又怎么会被逼到树上来？这儿看上去不好，但我不厌倦它。"

"我也不知道怎么到树上来了，奶奶，但绝不是被逼，是莫名其妙第二天醒来就在树上躺着。"

"那就更证明你的现状糟糕透顶，连自己都无法避免落入穷境。"

"不是这样的，奶奶，您听我讲……"侯小风并没有想好怎样说。

"反正都一样。我要回去了。"李奶奶敲敲拐杖。

侯小风扯住奶奶的衣袖，希望她不要走。可他根本留不住。

眼泪还挂在脸上，风不停地吹着红色的土，有的枯草被连根吹起，掉在侯小风跪着的双腿上。"你回去吧。"他听到这样一个声音，像是奶奶的又像是小田的，却找不到人。枯坐了一会儿，他失望地顺着树干爬下去。

晚上。等他伤心睡去再醒来的时候已经是晚上了。

树下有小孩子在游戏，他们在唱什么顺口溜。侯小风往下看，正好看见其中一个，十岁左右，他也在看侯小风。

"你要是现在想下来的话，我可以帮你啊。"那个孩子说。

"你能看到我吗？"侯小风吃惊地问。这个孩子竟然可以站在树下看到他，并且说的话他听得懂，其余孩子的话他却一个字也听不明白。

"这有什么难的。"孩子说。只是一转眼，他已经爬到侯小风所在的位置了。

"我会说很多种话。"他坐稳了之后说。

"你怎么敢上来？有人说这棵树不吉利。"侯小风想吓吓他。

"就是我说的呗。"

"瞎吹牛！明明是那个店老板说的。"

"是我告诉他的。这棵树也是我栽的。"

侯小风嫌弃地瞪他一眼。想不到这么小的孩子吹起牛来眼都不眨。

两个人对望了一会儿，侯小风心事重重，想起白天那片荒凉之地。

"你知道树上有个地方吧？你肯定知道。"侯小风说，眼睛抬得高高的，"就是那儿。"他指着。

"我当然知道。新修的。看到地上站着的那些水泥柱子没？都是用来撑住那个地方的，免得塌下来。"

侯小风仔细瞧了瞧，才注意到那些柱子。

"你是说，上面那些地方是假的？"

"也不假。是他们修的不假。但现在各管各。"孩子说。

"我怎么看不见你说的那些柱子了？"侯小风再仔细去瞧之前看到的那些柱子，却一根也望不见了。

"你别管那些了。你就说要不要下来吧。"

"不。"侯小风说，"我要下来用不着别人帮忙。"

"你又在想小田？"

"大人的事情不要问。"

"哼，大人！按照辈分你得喊我爷。"孩子嗤之以鼻。

"小娃儿，你脾气很不小啊。这么点儿大就想当人家爷爷。"侯小风随口说的后面这句话使他想起李奶奶的孙子，他也是这么和小田说话，声音似乎也相同。于是盯着孩子看了看，也没看出什么熟悉的地方。他在那天晚上只听到孩子的声音，没有见着人。

"别废话了，你要不要下去？"

"为什么我下去一定需要你的帮忙呢？我自己就可以。"

"你自己恐怕难。"孩子嘲讽地说。

侯小风往下伸伸腿，抖得像触电了似的。这种毛病是出门之后才有的，难道是瘫痪的前兆？他不敢想。

"你信了吧？没有我还真不行。"

"我再等一会儿吧。"

"你要等小田？她不在那儿啦！他们把她藏起来了。我们这里人手不足，不会放走任何一个人。"

"'我们'？你就是那个和小田闹嘴的小家伙，我奶奶收养的孙子？"

"是的。"孩子擦了擦脸，"不过她不是你的奶奶。是我的。"

侯小风不想与他争论这个。

"我再等你一会儿。如果不死心就等等看呗。小田是不会来的，那个树洞也不会再开。如果不是我奶奶让它打开，那些人就会死死堵住洞口，根本没人上得去。"

侯小风低下头，将两只耳朵贴在左右膝盖内侧，干脆不听他的了。

"好话不当宝。"孩子又闹他一句。

顶上的树洞是闭合的，脚下路灯熄灭之后，夜色一层层加深，再被树叶包裹，便成了比黑暗更暗的场所。侯小风坐在树枝上像一块夜的补丁，偶尔翻动身子，睡着了。而那个孩子，精神抖擞地在树上跳来跳去。侯小风还没有闭上眼睛的时候，聚精会神地看他在眼前晃动，具体看不清身影，却能感觉到带着风声的脚步。或许正是这种脚步声将他带入睡眠。在梦中，响动并未消失，孩子的跳跃变得更轻盈，有时似乎还发出鸟一样扇动翅膀的响音。他想睁开眼睛看个明白，又实在无力。

"送他走吧。"

这个声音像是李奶奶的。

侯小风觉得自己正在做噩梦，一头栽向深渊，耳边有风声，心子悬着。之后，眼皮上的光线逐步变亮，过了一小时或者更短的时间，就完全处于白晃晃的光线下。他突然睁开眼，望见屋里熟悉的一切。这是他城边上的家，墙上还挂着旅行前的涂鸦：一只巨型水鸟。

这倒更像是在做梦了。

可是楼下车流涌动，摊贩们叫卖早点，窗口吹进一股强风。侯小风从恍惚中彻底清醒。

他习惯性爬起来走到窗边，伸头朝楼下张望，找寻摊子上爱吃的食物。原地晃动脚步时，突然想起昨晚双脚抖颤，浑身无力。他本来计划天亮之后回城里看病，谁料一睁眼发觉躺在家中。

正在为发生的事情感到惊怕时，门锁转动，走进来一个中年男人。这是小区的管理员。旅行之前侯小风拜托对方为他照管房子。

"啊，辛苦给我看房子了！"他走过去握住管理员的手。

"好啊，醒了就好。昨天你的租车钱是我垫付的。你喝了好多酒。

经常一个人喝那么多酒吗？"

侯小风听他这样一说，心里疑惑不解，自己并没有喝酒呀。

"听司机说，是一个孩子把你从树上弄下来的，用绳子捆着把你吊下来，然后拦了他的车子，付一半车钱，让他连夜把你送到这儿。真是厉害，如今生活水平好了，小小的年岁就能长一副大人身板。"

"是这样的吗？啊，我一点印象都没有。"侯小风吃惊地问。

"喝那么多肯定不会有印象。我说的不假。是我把你扛上楼的，剩下的一半车钱也是我给的。你看看，租车的凭条还在这儿呢。"

侯小风拿了凭条，看见出发地正是那个旅行地。

之后的几天，他四处去医院看病。双脚已经不抖颤，什么病痛也感觉不出，但依然不放心。医生们当然要认真对待，让他在各种仪器上进行检测，最后的意见却是：没有检查到病变现象。

这个结果让他不敢轻信。之前差点从树上抖颤着掉下来。谁能比他更了解自己的状况呢？他认为双脚正在病变，许多人就是突然瘫掉的。只能说现在的医生医术一代不如一代。真失望。也真令人害怕。

他跑的医院更多了。几乎城里所有的大小医院，包括诊所，都跑尽了。

好在这段时间他放下了所有的工作，像众多患病的人那样躲在家中休养。白天，他拄着拐杖，在房间里小步走动，只要听到门口有路过的脚步声有力地传来，他就十分羡慕，并同时痛苦地望着自己的双脚。这样的日子过了大约一个月，其间没有会见任何朋友，也不出门，吃的食物全都从网上购买。快递员将东西放在他指定的门边，他再趁着无人的时刻偷偷拿进来。他的这种生活习惯渐渐被周围的人察觉，尤其是那个管理员，他可以直接在摄像头那边发觉一些怪异的举动。半夜，他们中的一些人就会偷偷来到门口，侯小风可以感觉出那种屏气吞声的谨慎，很显然，这是来打探他的动静了。他隐约从朋友打来的慰问电话中——他和外界的联系就只是通电话——知晓，人们已经开始对他议论纷纷，并且周围的邻居之中有人胆小谨慎，怀疑他不是患了怪病，就是去外边染了什么恶习，比如吸毒或者突然加入了某种黑暗组织，躲在房间里谋划有害众人的事情。

管理员隔天就会跑来敲门，拿出他关切的语气试探侯小风在做什么。

侯小风心里痛苦极了。他深深地怀念住在树上的日子，怀念小田居住的那个地方，虽然那儿荒凉，那儿的人似乎更冷漠，那儿的风色使他双脚不能自由，人们好像也互不关心，但却少了眼前这种群居麻烦。眼下他的生活真是一团糟，他知道邻居们正在筹划，鬼鬼祟祟打探，他知道，那个管理员已经培养了一个行事小心的眼线，在他对面的房子里住着。小区房就是这样一栋挤着一栋，要想把一个人的私人空间完全剥出来，很容易做到。

他不能跑去跟管理员理论。人们有权利怀疑任何一个人并且维护自己和更多人的平安。他只能挂上深色窗帘。这是目前唯一可以阻挡外界干扰的防线。

又过了一个月，是个晴天的早晨，窗口上空飘着大朵亮白的云彩，侯小风心情畅快。恰好这时候刘青来敲门，他便丢了拐杖，开门放他进屋。

刘青给他带来的不是什么好消息，而是老板的辞退信。

"你被解雇了。"刘青说，"你别这样盯着我。不关我的事。现在顶替你位置的是小田。当初她是你的助理，直接升到这个位置也是老板的意思，老板说她比较适合接手这个工作。"

"小田不是在她老家吗？"

刘青摇摇头，说小田一直就在公司上班，而且自从侯小风请假之后，她的工作能力一天比一天强，得到老板许多次表扬，现在简直是老板的心腹了。有什么好的项目，老板都会亲自和小田沟通。并且，刘青摆出一副不知当说不当说的样子，在得到侯小风点头之后才开口说，老板做出这个决定，一大半的原因出自小田。她在这期间已经有意无意地说起侯小风，特别是在会议中，更直截了当地提起，像侯小风这样的人，恃才自傲，太过于自作主张，不与周围人合作，虽然个性能战胜许多东西，能带来许多奇迹般的成果，但显然侯小风并不是特别有才能的人，他的性格也属于平庸者中的神经质，他以往那些小小的创造成果就是来自他偶尔神经质中超水平的发挥，那也仅仅是偶尔才有的幸运。一个真正有才能的人，是不需要靠着痛苦激发的那一点灵感的，而是长期不懈的努力加天生的灵气。这样普通实际上却更可靠的人，公司里除了侯小风之外，差不多都是。她认为，让侯小风继续坐在那个位置不太妥当。何况他一走就是一个多月，把工作完全丢开，完全不顾及因此给别的同事加重的负担。同事们听了小田的话，都觉得有道理。老板更是连连点头，反正最近小田说什么，老板都爱听。

"小田不是在她老家吗？"侯小风又问了一次。不过他心里想的是，小田肯定是这几天才回的公司，一切都是刘青在这儿胡说八道，很可能小田甩了他，心里有怨恨。被老板辞退的事情与小田绝对没有关系。

刘青想了一下说："我没有听谁说她回老家了。她也没有跟我们说。现在我和小田的关系已经不是从前那样啦，有些事她不会跟我说的。以前小田喜欢我，围着我转，现在她的眼界更开了。我之前去找你，就是想让你赶紧回来上班，要不然工作就丢了。现在我也帮不了你了。"

"你哪会那么好心。"侯小风心想。他可是亲耳听到刘青和店老板的谈话。刘青这样的人，根本不会想着帮一个与他关系不到位的人，他只是想要看看热闹罢了。

晚上，他果断地跑到小田那栋楼，扯着嗓门又朝十三楼喊。十楼的住户故意泼下一盆冷水。过了一会儿，小田突然从楼道里出来，踩着红色高跟鞋，一身艳色长裙。

"落汤鸡了啊。"她忍不住好笑的样子。

"卖什么呆呢？有话就说。"她表示很忙的意思。

"你也是才从老家回来吧？"他试探道。

侯小风盯着眼前的小田，跟前几日在她老家见到的完全两样。

现在穿得太花哨，说话也是另一种腔调。当然，小田一直就是这种装扮，当初正是因为这身时髦的装扮才使他魂不守舍。只不过前几日他见到的小田，穿戴素净，又是另一番味道，现在想来，那清淡的装扮倒更合眼，与他更亲近。

"我两三年没有回去过了。"小田说。

侯小风觉得她说这句话时脸上有点奇怪的味道，本来盯着他看，一下子扭开视线，好像她在故意逃避什么。

过了一会儿，小田又很奇怪地打量侯小风，用精怪的语气逼问他，意思是，为什么对她的行踪那么上心。这几年她已经跟他说得很清楚，他们之间是不可能的。希望以后不要在楼下喊话，弄得邻居们以为她是什么人，面子上过不去。

侯小风想不到小田说话这么绝情。她是完全将在老家发生的一切都推干净了。但是，她为什么要在那儿装得和他情投意合呢？想来想去，估计是恰好遇上这么一张挡箭牌，不愿意留在那儿，就要找个可以脱身的理由。侯小风想起当时说要带她离开，她感动的样子。真不愿相信自己只不过是一块跳板。现在她出来了，也就不需要继续跟谁纠缠。

他越想越难过，望着小田，嘴里有话要出来，到牙齿那儿又咬碎了吞掉。

"听说……你在公司里取代了我的位置。"他终于忍不住。这话说了等于彻底撕破脸。

"侯小风，你的脸皮真的很厚啊！自己做不好事被炒鱿鱼，怎么随便诬赖人？"

侯小风想了想没说话，觉得自己像一只老孔雀，对她开屏，可她站在他的后面。

小田鄙视地横他一眼，转身走了。她对他的嫌弃已经不是嫌弃可以形容的。

回到自己的房间，擦干头上被泼的冷水躺在床上，侯小风回想着小田的话，那句"你的脸皮真厚啊"一直漂在脑海。

他确实脸皮厚。谁的脸皮不厚呢？所有的东西都是靠着这样的厚脸皮获得的。在世上活久了就会摸索出经验，任何东西都要放下面子才能获取好的走向。她永远不会知道，曾经，一个言语迟钝，被人定义为"傻子"的人，经过了多少时间的磨炼才混到如今这番模样。她不会清楚一个孤儿的处境，在冷风呼啸的夜晚，独自坐在窗边，啃着一包过期的方便面。他还没有学会怎样生存的时候父母就早早走了。在那段时间，他捡了很多条流浪狗，在父母留给他的那间房子里，和它们一起居住，与它们说话，学它们说"汪"，也教它们说"人"。直到被人举报，说他可能是做屠狗生意的，那些狗全部被清理走，他才如流浪狗一样流浪到城市中心，又经过流浪狗般的生存体验和训练，他熬了过来，有了现在居住的这所房子。可是他的房子至今除了一张床、一些厨房用具，再无其他。有时候他也犹豫，要不要再捡一些流浪狗回来。但一个人总不能老是重复过去的生活，并且如今这样的状况，已经没有时间再喂养一大群狗。邻居们也不会同意的。

追求小田，是要获得另一种人生。一个人拥有一套房子，不能总是养一大群狗。他这样决定之后，才有了无限勇气跑到小田的楼下扯着嗓门喊。看上去他是在喊小田，实际上是在喊他的另一种人生。侯小风相信以自己的真心，一定会获取姑娘的欢心。可就在刚才，时间过去不足一个小时，他被十楼的住户泼了一盆冷水。

他打了一个喷嚏。又一个喷嚏。

旅店老板没想到侯小风会亲自来还钱。接过他手中的钱时，不免有些感动。只不过这次见到的侯小风整个人瘦了一圈，不，是大病一场的样子。

"我现在可以拿走那件衣服了吧？"

"当然可以。完全没有问题呀。"店老板赶紧过去拿了衣服，扫掉上面的灰尘，又顺手将之前写的那张龙飞凤舞的欠条当面撕毁。

"你的身份证。"店老板客气地说。

侯小风伸手去接，却没有马上接过来，而是想着什么心事地说："你先帮我存着。"

侯小风走出旅店，想不好去什么地方，便不自主地来到那棵树下。

这时候店老板也撵了上来——他肯定偷偷注意他的行踪——大喘气说："难道你还要爬到树上去吗？"

"哎呀我跟你讲，这棵树不吉利的。要不是看你实诚，我也不好和你说这些。"他转头查看四周，见无人注意到这边，才放低声音说，"这上面死过人！"

侯小风只是皱了皱眉头。

"你不信吗？哼，那几个人也是不信。最后是我们这儿的人抽签决定谁上去把他们背下来。谁愿意主动上去呀！都臭了！我也背过一回。你还是安分点吧，不想饿死在那儿的话。"

"我还没问，上次我是怎么到上面去的呢。我明明住在你的店里。"

店老板脸色一变说："这我怎么晓得！说不定是你自己爬上去的。反正你现在听我是对的。"

"你这样说我倒非要上去看看才行。有些事我还没搞清楚。一个朋友住在上面。你知道那个地方的吧？树顶上。"他对店老板说。

"知道。"店老板一口回答。

"那就不要拦着我了。"侯小风抿嘴笑笑。

"你见得到她再说这种话吧。"店老板很着急的样子，"我敢说你已经发现树洞是朝着两个方向的，你一旦走错，往后就总是接着错，这是很奇怪的，说了你也不懂，而且我也说不清楚。但我知道那儿其中的一边荒无人烟。那几个人肯定总是走错方向，才会困死在上面。"

"我不会的。"侯小风咬咬牙。

"哼，那几个人也是这样想的吧。我敢说。"

侯小风不说话。

"兄弟，我瞧你现在这模样，一定是受了什么气。但不管怎么样，肯定不至于是天大的灾难，你只是想象力丰富了一点，对生活中遇到的某些事情看不清楚，想逃避，我说得不错吧？"

侯小风还是不说话。

"如果是这样，你住在树上也解决不了问题，在哪儿受的麻烦应该在哪儿解决。什么？你很厌倦目前的生活状况？说实在的，我也厌倦这儿的生活了，但是，不要以为你姓侯住到树上就能变成猴子。什么都改变不了。你住到树上也变不成猴子。赶紧回城里去吧，时间长了一切就淡了。"

"你跟我说这么多也没有用。我还是要上去看的。"侯小风说。

"嘻，晦气！请老天爷保佑你吧，最好别那么快从上面掉下来。"店老板摇摇头，很失望自己浪费一番好心。

侯小风醒来已经是傍晚了，清凉的空气，脚下暖和的路灯以及顶上的树洞，这一切眼熟的景象使他根本不在意先前店老板说的那些话。他在树杈上睡了半个下午，心情比在地面的时候清爽许多。树洞是开着的，开得非常圆而且小，像个虚造的月亮，他只是目不转睛看着，要是从前他会立马穿过树洞去找小田，现在却不想上去了。

侯小风突然又想起李奶奶（他的心里还是不太习惯喊奶奶，总觉得她和记忆中的奶奶不太一样了）的话：一个人离开了，他的声音还活在世上。

那是不是说，比如小田，她只是声音还留在她的老家，本人已在新的地方过上完全不一样的生活，连性格都变了。想起她妖娆的裙子，她的高跟鞋，她说话时高高扬起的眉目，她嫌弃的眼神……

侯小风越想越害怕，对于自身处境也开始怀疑，说不定他根本只是想象中的来到树上过着传说中的潇洒生活，他曾经在哪本书上看到一句话：一个人想要自由就会住到树上去。他大概是被这句话带入情境的。也就是说，真正的自己还在城市里找下一份工作呢。他掐了掐自己的脸，没有觉出疼还是不疼。

侯小风脑子胡思乱想停不下来，望着树洞，心里慌张不已。

现在只要朝上面喊一声……可以喊一声的话，小田可能会出现。如果一切都像最初想的那样，心爱的姑娘愿意和他住在树上，在这儿建一所小房子，那一切都好办了，一切都可以抛开不多想。只要朝着上面喊一声。

可是夜色更深了，像一块无边无际的石头。他要喊的话全部堵在喉咙。

大约十一点，路灯熄灭了。侯小风享受着这片黑暗。他的手在树枝上拍了一下，感受到一股真实的凉意。这让他很高兴。

如今再次身处暗夜之中，侯小风已经不像第一次那样觉得它黑得伸手不见五指。他可以看见黑夜里的东西，就像生了夜眼的马，看久了还能看见树叶上轻微蠕动的爬虫。一只虫子在黑暗的树叶上赶路——这特别引起他的注意。他看见的事物越来越清晰。

"来树上是对的。"他自言自语。

"早应该来这儿了。有几个人死在这里，有什么关系？人迟早都要死。他们一定不是困死的，他们只是想通了，有的人要精神活着就在树上活着，有的人要躯体活着就在树下活着。"他自言自语。

"树下的人怎么会知道树上发生了什么。现在，处于黑暗中，看似可怜孤独的人，他们怎么会知道他看见了什么然后甩掉了什么。他看见一只赶路的虫子，就像看见他自己在地面上荒凉的一生，他们怎么会知道。"他自言自语。

再次爬到树上是一生中最正确的决定。没有听店老板的话是对的。

他陷入了更深的幻想当中。夜风掀起一片叶子打在他的脸上。

就在这个时候，顶上传来小田的声音："你总算回来了。"

侯小风想了想说："是的，我回来了。"

只能说，自己心里确实放不下小田。听到她的声音时，侯小风早把之前的怨恨抛得一干二净。

"我现在也搞不懂你了。你一会儿在城里一会儿在这里。你的态度也不一样。我还能相信你的话吗？对了，你什么时候回来的？我怎么觉得到哪儿都能遇上你？"

他的脚劲不错，实际上是，连他自己也没搞清楚怎么一下子爬上来的，话还没说完已经站在了小田身边。

"反正你在哪儿想见我，就一定能看到我咯。不说这个。听店老板说，你找我有事？"

"你认识他？"

"认识。我们这儿上上下下没有不认识的。"

"你们这个地方，底下的柱子能撑多久呢？那些东西迟早要腐朽倒塌。你还是要到城里去。那时候你的态度又变了。"侯小风也不知道自己在说什么。

他看见小田脸上委屈的神情，忍不住走过去握住了小田的手。

但是对方一把抽走了。

"我妈来了！"她惊叫一声。

侯小风还在发呆。紧接着，他的两边的膀子就被人卡住，被抬了起来。

来的不只小田的母亲，还有另外两个村民，都是身强力壮的汉子，不费什么功夫就把原本已经瘦弱不堪的侯小风抬起来飞跑，只是转眼间，他已经坐在了显然是小田母亲事先为他准备的那张竹椅子上。之后，那两个人不吭声地走了。

小田的母亲钻进笼子，在小门中摆出脸，很生气地说道："我还得亲自去请你！"

侯小风急忙摇手。

"你不用解释。我知道你去哪儿了。虽然我当初说，你和小田的事情要邻居们都同意，光我答应还不行，但既然我一开始没有排斥，你就不能擅自离开。你这是逃避我的决定吗？我知道你回城了。自作主张！我只是让你在树上等待，等候我们的意见。还没有人敢背叛我的话呢。你一定是找到靠山了吧？是那个姓李的婆子吗？她一个人就代表了我们所有人的意见吗？她真管得太多了！"

"没有，不是这样的。"侯小风说。

看来李奶奶确实受人排斥。小田的母亲脸上满是不服气。

"没有最好。我们这里的规矩很多，既然闯进来了就必须遵守。"

他急忙点头，心里却不服气，就是个人造的村子，装那么多神秘好没意思。这儿的人个个都可以去唱大戏。

小田"啪"地给了他一巴掌。

"我就知道你不想留在这儿！那位店老板说得对，你根本不是来找我的。瞧这不服气的脸，还没成为我们这儿的人呢，就敢甩脸色！"

侯小风没想到第一次挨打是落在女人的手中，还是自己喜欢的人。捂着嘴，想打回去又不敢。但他居然打回去了，天知道怎么就打了出去，打在了小田左边的脸上，她像受了大伤似的，嘴里吐出一口血。

小田的母亲哭叫着想要冲出笼子，却只是摇晃几下，又安静下来。"算了，"她说，"家丑不能外扬。小田，赶紧轰他出去，不要让那些人看到，都不是省油的灯，以后会笑话你。"

侯小风坐着不动。他完全蒙了。他是真的没有想出手打人。

"我没有想打你，但我也搞不清楚怎么打了出去。"他站起来解释，盯着自己的手掌。

"你心里想就打了呗。"小田的母亲语气拖沓，失望地说，"这样也好，是你自己把路断了，不是我们。"

侯小风被赶了出来，是小田亲自将他撵出来的。

他独自走在黑路上，不知怎么走的，走过了下到树上的那道门，朝着另一个方向去了。等他头脑清醒的时候，已经站在了之前到过的那片荒地上。

那儿站着一个人，是李奶奶。

"来得很准时啊。"

侯小风没有听出她的意思，也不管她为何站在这儿。反正现在有人能和他说几句话就好。

"倒霉了吧？"

李奶奶肯定是笑着说的，他听得出来。

"你要是听我的劝，回城里安分一点别再跑回来，哪会受这种闲气。这儿的规矩多，我早跟你讲过。"

"我没有打她。"

"你心里想打就打了呗。"

"怎么你和她妈妈是一个口气！"

"嘻，胆子不小了！现在连尊称都不用了。口气相同有什么奇怪。要是你仔细听，这儿所有人都是一个口气，甚至面貌都差不多，至于生活方面，只不过比地面上又多了一些规矩和不一样的习俗。"

"是这样的吗？"侯小风心想。

"就是这样的。"李奶奶说。

侯小风心里紧了一下，觉得自己就是一把筛子，什么话都藏不住。

"我早就让你不要来这儿，你就是不听。"她狠狠地看他一眼，"你根本不适合在这儿住。看看看，我一提起这个你的腿就使劲发抖。你害怕那些笼子吗？"

侯小风点头说："我才不会把自己装进笼子里呢。"

"难怪了，"李奶奶说，"你害怕那些笼子的心思被她们看穿了。"

侯小风说不出话。

"这就是小田的妈妈为何突然变卦的原因，然后你挨了一巴掌。"

"反正我以后不会来了。"他伤心地望了一眼李奶奶。

"你想通了就好。那姑娘和你明显不对路，她的心思深，你的心思浅，混到一起你要吃大亏的。小田已经答应她妈妈，永远不离开村子。现在她已经尝到甜头，那帮人很听她的安排。看她老娘的心思，是要培养起来做这里的主人呢。我才不稀罕，但是我要好好出一口恶气。明天晚上我就去砸烂她家的窗子。"

李奶奶说完就走，她居然丢下拐杖，腿脚利索，一转眼就看不见影子。侯小风想伸手捡起拐杖，发觉那不过是一节快要朽烂的普通棍子。

回到树上时，路灯已经亮了。

他想绕过树枝坐到原先的位置，却发现李奶奶的孙子已经将那个位置占住。不知从哪里找来一些被单，将树干缠了一圈，两边打了吊子，是个吊床的模样。

"好啦你别再往这边走了，中间的枝条我都修剪了，你过不来的。以后你住树那边，我住树这边。你还打算回城里吗？"

侯小风摇头。他不打算回城。

看看脚前，中间一大段距离的树枝都被砍掉了。

"你怎么不回上面去？"

"跟你一样啊，高不成低不就呗，哈哈。"

侯小风睁大眼睛，很气愤这个抢了他位置的少年用这种语气和他说话。不过上次受了人家的恩惠，腾个位置报答一下也说得过去。

"我说笑的。以后我们就是邻居了。吵架没有意思。你不用操心我的事情。我是来树上体验生活的，看看这儿与上面和地面有什么不一样。听说很多人遇到什么麻烦，都会别出心裁，找到一棵树然后住下来，然后老死在树上。这儿看起来不上不下的，倒也贴合某种心境。我来看看它有什么魔力。"

"不是老死。那位店老板说，是饿死，或者病死，总之是困死在这里。再说了，你才多大点儿年岁，体验什么生活。像你这种年岁的孩子，最好回到你奶奶身边，我可没有闲心照顾。"

"你怎么也和他们一样，尽说瞎话。我不是小孩子了，不要再用这种愚蠢的眼睛看我。我听说了，你不相信小田。我早知道会是这样的结果，算你还有点小聪明。别解释啦，我才不会相信你是来找小田的！"

"我是来找她的。"侯小风说。

"才不是这样呢。要我说穿吗？你那些过去的事情可瞒不住我。不信？那你听着，看我说得对不对。"

侯小风找了根舒服点的树枝靠着，做出"听你瞎编"的样子。

"你只是通过那群曾经饲养的狗，看到了人世悲凉，感觉到生存的困惑。我说的是，对，先前说过了，你无法摆脱恐惧。在那些狗被全部赶走之后，你的恐惧更深，无法与同类和解也无法与他们继续相处，这不是你投身闹市就能解决的问题，这种早年的伤害已经植入身体，无法复原，所以才元气大伤跑到这棵树上，落在这个夹缝当中。什么？我是怎么知道的？我当然知道。想搞清楚你的事情很简单呀。好啦，你不要再'孩子、小娃儿、猴崽子'这样喊我。

瞧瞧你，小老头，脑门上的皱纹像链条一样锁着你，要是再不抓紧时间坐到那根树干上，你就会从这儿掉下去，那就应了那位店老板的话，不是老死，而是夭亡。"

"我不懂你在说什么胡话，就算你不是孩子是个小老头也不该用这种腔调和我说话。我做什么事情不该受你的管束。何况，要是像你这样说的话，你不也和我一样吗？你也住在夹缝里，不，是吊在那里，看起来更糟。"侯小风很不服气。

"我和你不一样。我吊在这里是因为我把自己当成一只猴子。"

那孩子的话越听越古怪，语气急躁，随时准备发火的样子，听起来是那个店老板的声音。这个发现令他吃了一惊。难道这儿的人真的像李奶奶说的那样，用相同的音调和语气说话吗？

侯小风想走过去仔细看看那个孩子，可双脚不随心愿，就像他的双手总是在以为等来好运的时刻突然制造麻烦，他就这样朝着反方向走开，像个老实的臣民遵守着上面制定的规矩和忠告——他确实感到两脚抖颤，手上无力，视力昏昏，随时会掉下去。

过了一会儿，侯小风在树的这边，听到那边传来的声音小下去，顶上垂下一点微光，看见小小的黑影在树叶间荡来荡去，确实像一只猴子。他可能真的是店老板。每个人都有爬到树上的想法，只是有的人不顾一切爬了上来，有的人上来又很快逃走，有的人只是灵魂在树上游荡。

他不知道自己是怎么回事，在树上的这一个，是灵魂还是声音还是自身。

侯小风裹紧衣服，还好他在上树之前取回这件大衣。眼下这就像他最后的羽毛。他抱紧这些羽毛，也搂紧树干。他可不想从树上掉下去。

金
蝉

　　月亮还是昨天那个一模一样的，太阳也是，但月亮比往年大上好几倍，太阳没什么变化，仿佛还小了一点。

　　月亮也会发光了。虽然我的判断时时遭到人们反驳，他们不相信甚至憎恨我这么说，可月亮确实有了它自己的光芒。

　　我说：月亮会发光，您仔细多瞧几眼就会看到我们身上的一些光芒来自月亮而不是太阳。

　　他们就说：您去死吧曾尹成，您都能看到月亮发光了还留在这儿找鬼吗？不要每天神神道道搅乱我们的日子。

　　我就再不和他们说话了，路上相见就和瞎子相见一样，互相看也不看一眼。

　　我此时一个人独自坐在离家很远的山顶看我的牛在草地上吃草。我在这儿给它搭了牛棚，为了每天有动力来坐上几分钟便将牛关在此处。从未有人打算偷牛，就像要远离一片不祥之地似的，除了我每日到此。他们说这儿是禁地。有人说我之所以神神道道，就是每天来一趟禁地造成的。他们背地里说我坏话。

管他呢，就当什么都没听见。

我今日只觉得比昨日更饿。我的饭量在增大，体重也是从前的两倍。说来又会令人反感，我把这儿的野果全都摘来充饥，每当我吃饱了这些果子回到与人们聚居的地方便不再做晚饭时，人们就十分生气；他们说——当然不是直接看着我说，而是站在离我远点儿能让我听见的地方——可以不吃晚饭但为什么要编造谎言呢？那不祥之地除了石头会有什么好果子，我们最厌恶的就是这个人从不说一句实话。

我已经许多年不和他们说话了，懒得争辩。

月亮的光变得更淡时太阳就彻底关闭它的光芒，落在地上的亮光是夜晚来临之前的样子。我收了牛关在圈中，用手拍拍它的屁股对它说，你要好好地待在这儿啊，我明天再来看你。牛就冲我叫一声，它是在回我的话。

回家时路上落了雨。一落雨什么光也看不见。我摸黑回家。

第二天醒得很晚（我极少睡过时），被敲门声惊醒的。

在家吗？曾尹成您在吗？

我对这个声音很陌生。我在想要不要继续装作没有人在家的样子。我屏住呼吸。

您在家的对吗？曾尹成。

我屏住呼吸。

您若是不在我就回去了。

我屏住呼吸。

看来确实不在家。

我悄悄下床走到门边，通过门缝看见那人并没有走。我被他吓一跳，我的两只眼睛望出去的时候恰好撞见他也凑近门缝往里看。

我只好打开门。

打开门才发现门口站的是个孩子，七八岁光景。他搬了我院中的凳子站在上面才勉强够到缝隙大一些的门缝。

找我什么事？我说。我都懒得问他怎么一副成年人的嗓子。

他嘿嘿笑说，我找您有事，曾尹成，想请您帮我一个忙。

我能帮什么忙？我又不认识你。

您不认识我有什么关系，我认识您就行了。请您将我留在身边，也就是说我以后要和您住在一起了。

为什么？

因为母亲把我赶出来了。

为什么？

因为母亲说我是您的儿子。

她是在开玩笑吗？！

她没有开玩笑，我确实是您的儿子。

我脑袋"轰"的一声，觉得两只脚在发抖，要站不稳，感觉和小时候谁丢牛粪砸了我一下一样。我这辈子还没有碰过女人，哪儿来的儿子？

你不要胡说八道了。我说。

我有名字的，我的名字叫曾渔。母亲说您和她是在打鱼的时候相识的，后来就有了我。

真是，真是天大的笑话。

既然你是一个孩子，那为什么你的声音这么老？我说。我也不知道怎么问出这样一句没有水平的废话。他声音老不老跟我有什么关系，我该问他怎么确定我是他的父亲。这些年我独自住在西边，虽然还在村中，但随着原先那些挨着我住的人将房子搬开，我就差不多是独自占了一片地方与谁都不来往。这儿的姑娘更不会喜欢我。

母亲时时逼我来认您，可我不想来。他说。他没有直接回答我的问题。从他的谈吐和举止就能看出他是个相当聪明的人。

他的话居然引起我的兴趣。

那现在怎么办？我问他。

要么您将我留下来，要么我走。他回答得干脆。

我摇摇头。我不同意你留下来。我说。

曾渔就走了。他没有半点继续恳请我将他留下来的意思。只是走去几步远又回头与我说：要是有一天您遇见我母亲，您就跟她说我已经来认过您了。

我愣住。难道我还会遇见她？

他走后我坐在门口寻思很久也弄不明白这是怎么回事。父母在世期间确实为我说过一门亲，对方赶巧了也是打鱼为生，住在离我们这儿挺远的一条大河边，可我从未见过这家姑娘，父母去世以后这家人再也没有差人来看望过。我的未婚妻早已另嫁他人。我是听人说的，她嫁给一个打鱼为生的男人。难道那男人辜负她了吗？即使这样也不会来找我，我们根本就是陌生人。这孩子的母亲是我那未婚妻吗？我想得头都痛了。

之后，我越想越觉得荒唐，心里却怎么也放不下，进屋端着镜子看半天，还很年轻的脸，只是从这脸上突然发觉先前那小子确实跟我的长相很有几分相同。我吓得将镜子都摔碎了。想起要去山头看望我的牛，摔碎的镜子也懒得清扫便急匆匆出了门。

牛早已饿得哞哞叫。天知道它怎么也和我一样贪食。待我走近它身旁，发觉它比往日小了一圈。

这一天当然不好过，我都是在发呆和胡思乱想中度过的。

之后连续半个月，我依旧在发呆和胡思乱想中度过。有一天早晨，我因为终于淡忘了那孩子的事情，心情又变好了，一大早去山头看牛。现在唯独使我牵肠挂肚的只有牛。它患了一种怪病，一天比一天小，才一个月时间已经瘦了大大的一圈，跟个山羊差不多大了。我真害怕有一天它会消失在我面前。

我到山头时月亮和太阳都照着草地了，我的牛小小的一头，在草地上卧着吃草。它很懒。

我走过去低下身才能拍到它的屁股。

你可要好好的啊！我说。我在草地上趴着看它吃草，看着看着，天哪，我看见什么了！

您是谁？我问。

我看见前方向我走近的一个人——这个人他是……他是我自己，

我是知道自己长相的。我看见这个人就像从前照镜子一样，可这不是镜子，这是在山头的草地上，我看见活生生的我自己向着我走来。我被他吓得魂都飞了。

您忘了我吗？他平静地问。

我不知道要怎么回答他的话，我很害怕，直挺挺地坐在草地上，情绪还没有缓过来。

您不要害怕，您难道害怕面对您自己吗？您瞧瞧，我和您是一模一样的，我就是您自己呀！请不要担心，也请不要以为我在说疯话。他说。

这么说就更令我害怕了。

我出什么事了吗？我只好这么没头没脑地问。也不算没头没脑，要不是出了什么事我会撞见我自己吗？在从前那些日子我可从未想象到有一天撞见自己会比撞见鬼还令人害怕。一定是禁地的缘故。看来人们不来此地是对的。

不过，我已经四十五岁了，虽然还是一张年轻的脸，年纪却不小了，再惊恐的事件也顶多让我害怕几分钟。

您过来坐。他喊我。

我就过去坐在他身边。

这么说来，您也叫曾尹成？我问。

他点头：是的，我没有别的名字。他有点悲伤地回答我这句话。

我出什么事了吗？我又问。

我不知道。他说。

那您来做什么？

我不知道。

那您总该有个目的啊！

我不知道。也许您在这儿，我就不由自主到这儿来了。也可能是我妻子时时逼迫我来见您。虽然我一点也不想和您见面。

不想和我见面？

是。难道您想和我见面吗？我可是看到您刚才吓得不轻。莫不是您还想着将从前的自己一个一个全部找回来吗？找不回的。既然那天早上您从房子里走出来的时候，房子的每一边都站着一个人——您自己，您自己朝着各个方向走后没有互相回头看一眼，这些出走的人就再也不会想着回头。他们早就已经过上不同的生活了，就像我，过得和您不一样。我虽然是您分身的部分，却不是您自己了。我已经跟我的女人过了十几年快活平静的日子，只是这些年她对我有了意见，她看穿我不是一个完整的人，逼着我来与您相见。她希望您还有那天早上的能力，像穿衣服那样把我们散落各处的一个一个穿回去，这样我们就和从前一样，是一个完整的人。说来有点儿诡异，我不知道您听没听明白。我的意思是，您那天突然之间分散成好几个一模一样的人，在她眼前若无其事地走了。她是亲眼看见您……抱歉，我要实话实说……像老蛇蜕皮那样打开房门向前走时，边走边分散，那些分散的部分瞬间成为一个个和您一模一样的人——比如您现在看到的我，完完整整的，外表丝毫不差，在她身边不作停留就匆匆走远了。我就是您尚未对她完全淡忘的那部分组成的，我留在她的身边，她反正也看不清我到底是您本身还是您分散的那一点点残余。我回去的时候她吃惊的样子还没有改变，站在原地，张着惊异的嘴巴半天合不拢，直到我走近眼前她才茫然地望着我。对于那天早上的事情她一会儿记得一会儿记不得。不过最近她似乎又想清楚了，所以让我必须找到您。

抱歉，您在说什么鬼话？我听得糊里糊涂。

我知道，您觉得我是个神经病，在说胡话。您将那件事忘记了。

我确实不知道您在说什么。虽然我们两个长得一模一样，可通过一番谈话我觉得，我们并不是一个人。

当然，我真希望我们不是一个人，这样我的人生才会有意义。我们分散的部分最好永远不要相见，各在一方各自生活，脑海里有什么想象的地方就仿佛自己真的在那个地方。我现在也不清楚我是不是凭着想象来到您这儿的。

我不知道如何接他的话。

您不用太吃惊，也许哪一天您会撞见来自各个地方的您自己。只是那些人恐怕和我一样，都不是自己想来见您，是他们偶尔过得不太舒心的时刻才会贸然跑来向您诉一诉苦，毕竟您是我们的根系。看看时间也不早了，我还要赶着回去吃我妻子做的晚饭。她是个勤快又美丽的女人，总在日落时分将晚饭端上桌子。您一定也是因为这样才留恋她吧？既然我今天遇见您了，就干脆跟您说个清楚，不管怎样请您以后不要来打扰我们的生活。

打扰你们的生活？您可放心啊，我根本不认识您的妻子。难道我从前打扰过谁的生活吗？

您打扰过，只是还没有见到她的时候我就将您堵在路上了。希望以后不要再做这样的蠢事。而且，我也不会与您合为从前的自己，我已经是独立的一个，为了让您更加明白这个关键，我决定将名字还给您，从今往后我改叫曾不成。这是一个新名字，意味着我是一个新的人。当然无法拔掉从您身上分来的姓氏，我出自这个源头，但我保证与这个姓氏再无半点感情。

说完他就起身走了。

望着眼前的小牛，我真想让它告诉我，到底刚才这个和我长得一模一样的人在说些什么鬼话。小牛早已吃饱了卧在一边吹风。秋季的风凉得不行，吹得人浑身发抖，我赶紧去牛棚找了件衣服披上。

夜幕降临了。

我打算这段时日不再回家，就住在牛棚。牛棚夜里通风，趁着还能看见一点亮光，我在草地上找了些干草将棚子周围堵了一下，棚子里暖和起来。

这一天晚上我连连做梦，梦见在一间黑洞洞的屋里怎么找也找不见出去的门，我被困死在那间黑屋里团团乱转。屋外有个女人在喊我，声音很细：曾尹成，曾尹成，您就再忍忍吧，等明天太阳出来我就放您出来。我就对那个女人吼：快放我出去，这个地方我一天都不想待了。女人就在外面冷笑说：那就不要怪我心狠，这门我是特意为您做的，您动它也动，没有我的允许它永远也不会停下来让您找着，我就不明白您为什么不好好待在这儿，非要这里一趟那里一趟像得了失心疯。我对她说，我就是得了失心疯，想让我一辈子待在这儿的想法赶紧断掉，我就是要这儿一趟那儿一趟，往日我出去了还会回来，现在我不回来了，我发誓，只要我走出这间屋子我敢保证再也不回来！我还跟她说，我受够她了，受够她像老天爷那样想左右我的自由。我就更加卖力地在房间里跑来跑去伸手找门，怎么找也找不着，但我没有开口求她。我恨她。她站在屋外就像用受了一辈子气的肚子在跟我说话：好好待在屋里吧！

我是满心焦急醒来的。

醒来时面前站着一条狗。可我没养狗啊，不知道它哪里来的。

我起身去旁边看我的牛。

牛不见了！！

我疯了一样四处寻找，一直到天亮都没有找着。

狗一直跟在我的身后，我出去找牛的时候它也跟着出去，我回到牛棚它也回到牛棚，我坐下来休息时看它，它也正看我。

我突然发现这狗长着一条牛尾巴。天哪，莫不是……我赶紧凑过去抓住它的尾巴看了又看，狗很高兴，不停用头蹭我，从那眼神中透出好像要对我说点儿什么。

难道你就是我的牛吗？我自言自语。

狗很高兴。我放开它尾巴时它急忙用尾巴扫我的手。这是我的牛的尾巴。我的牛哪怕一根毛发我都认识。

你是我的牛？！我差点儿跳起来说。

狗很高兴。它在我的手臂上蹭了又蹭。

　　为什么会变成这样？我想。我伤感不已，不敢相信又不得不信，直觉告诉我这条狗就是从前那头牛变来的。千真万确，在我眼前发生的不是幻觉。近来遇到的事情让脑子根本转不动。也许昨天那个改名叫曾不成的人说的都是真话，我做的梦也确有其事。

　　怎么办呢现在？我望着狗说，视线锁定在它的牛尾巴上。我太熟悉这条曾经长在牛身上的尾巴了。

　　狗当然和牛一样回答不了我的问题。它只是汪汪叫了两声。

　　牛变成狗以后，饭量倒是减少了，不过它已经不吃草了，它要和我一样吃野果子，偶尔也去捉只老鼠打牙祭。

　　我带着狗在牛棚住了半年，半年间我没有遇见一个人，但每天夜里我都做着一样的梦：在黑屋里找出去的门。

　　那个叫曾不成的人也时时在我脑海里游荡。不。实际上不是他在我的脑海里游荡，而是他的妻子，我总是想象曾不成的妻子是个什么样的女人。不。实际上我不是在想象她的样子，而是在怀念她。我心里总是放不下这个不知具体面貌的女人。我知道她很美，我知道她就是我夜里梦见的那个屋外的女人。我夜里恨她，白天醒来却在怀念她。我想去看她，可我不能去。曾不成说，我不能去打扰他们的生活。现在想来他确实相当了解我的心性，知道我终有一日会忍不住前去。

　　我跟狗说：也许我以前确实去看过她，只是后来我要将她忘记便忘记了。曾经她属于我，和我一起生活，至于曾不成说我是当着她的面用很复杂的方式将自己分散逃走，像什么呢，像金蝉又不完全像，金蝉脱一只壳而我脱无数个。这些都不在我的烦恼之中，我只是突然有点儿烦恼现在她属于曾不成，那个从我这儿分过去的想要独自成立的人。我已经不能说他就是我自己了。他是在过他自己的日子呢。可那个女人是我的。我想念她。

狗摇摇牛尾巴。它的意思是说：您想多了。

我又跟狗说：我总是做梦。我回去看她不是真的要彻底回去，既然她喜欢曾不成就曾不成吧，她挑中最值得喜欢的曾不成就算了吧。我也认。但她必须帮我一个忙。

狗摇摇牛尾巴。它的意思仍然是说：您想多了。

我并没有想多。有的事总要归在一条路上。只可惜从前的事我一点也记不起来，找不到回去看她的路。我该怎么回去呢？

月亮变得比从前更大，而且一直那么圆，太阳更小了，早晨醒来第一眼看到的永远是西边的月亮。月亮白天也出来，在明朗的天上它比从前更招人喜欢，它的光不热，和阳光一样明亮，但不会晒伤人的肌肤。

这是新的一天。我早晨醒来推开牛棚后门准备出去散步，实际上也不算后门啦，不过是个洞口罢了，狗先钻出去我随着也钻出去。在我和狗的眼前就是那个永远那么浑圆的月亮。它白天夜里都在天上，从西边跑到东边，又从东边跑回西边。它好像一天比一天大一些，它要占满整个天空吗？

狗抬眼看了看表现出十分无趣的样子，看来它并不喜欢月亮，竟然低头吃地上的草。我以为它不吃草呀，这么久来我是第一次看见它吃草。难不成有一天它还会变回牛？我激动，但也希望这样的事情还是不要发生了，我喜欢它是狗。自从它变成狗以后我就更喜欢它的狗样。

你最近挺闲啊，跟个咸蛋似的。我摸摸它的狗头说。

狗甩开我的手。自从它变成狗以后脾气就逐渐增长，与从前那温驯的牛样是不同了，不仅是外在的不同，性格也变化不少。它敢给我甩脸子，就像现在这样，我摸它的头，它就将我的手狠狠甩开。

我又摸摸它的头。

我一本正经对它说：我们去找她吧，好不好呢？

狗立刻就扭头看我了。我知道，这几天它之所以给我脸色也就是看我每天在牛棚背后看月亮，无聊透顶，胡言乱语，吃完了睡睡完了吃，如果它不是我亲养的狗估计早甩爪子走了。现在听我这样一说，它十分高兴。从眼神里就看出它的高兴。

我也很高兴自己终于下了决心。

我们选了个阴天赶路。不知道如何去找她，我的脚却一直在向前走。

很茫然啊。我忍不住对狗说。

狗不理我。

狗在前边甩着它的牛尾巴。我母亲曾说，一条牛尾巴遮不住牛屁股。她要是还活着就好了，就能看见一条牛尾巴遮不住牛屁股但遮住了狗屁股。

想起这个我突然想笑，于是笑着对狗说：你这条尾巴很显胖啊。

狗还是不理我。

走了许久我才明白，其实并非我的脚领着我走在这些陌生的路上，而是狗，是狗在带路。也许它曾经随我一同回去见过她（差一点见上），它的印象中还完整地保留着这条去看她的路。

我和狗路过一座村庄，村庄里正是春天，人们正在水田里拔秧苗。很多个漂亮的姑娘啊，她们扎着马尾，挽着裤脚，她们抬头看我和狗路过。她们笑，我也咧嘴笑。我觉得我是在笑，也许笑得不是那么好看，我一笑她们就不笑了，她们的笑就像梦一样醒来了。我就低身牵着狗的牛尾巴，我的狗也很配合，它倒着走路。

啊哈哈哈，那个骚包！姑娘们说。

我才不管她们呢，她们高兴就好，她们再将笑容送给我就好。多少年啦，我一个人独居，心里空落落的，今天是我见人最多的一天，见到美丽姑娘最多的一天，今天是春天，秧苗青青的，水田是新的，姑娘们也是新的。我很高兴啊。我感谢我的狗，它始终配合我的手势，我要表演这样一个吸引姑娘眼球的游戏，它就倒着走路跟在我的身后。我提一提狗的牛尾巴，狗就跳一跳，虽然它已经跟我走了很远的路，跳跃动作相当有难度，但它还是跳了又跳。

啊哈哈哈，他是个傻子吧！姑娘们说。

无所谓啊，我和狗都不将她们的嘲笑放在心上。今天是春天，秧苗青青的，水田是新的。

我们路过她们了，村庄落在身后了。我放开狗的牛尾巴。啊，好失落，我刚才那昂扬的心绪这会儿坠入谷底，像被谁抢走所有家当猛然成了一个穷鬼。

我失魂落魄。

狗失魂落魄。

我和狗互不理睬但继续赶路。

还有多远呢？我问狗。

狗没工夫搭理我。

还有多远呢？我问狗。

狗直接跑了起来，我急忙追着它。在这条路上我什么也不熟悉，这些树木都是从未见过的，我只能依赖我自己……不，我只能依赖一只狗。只有狗能带我回去找到从前的爱人。

路上有乌鸦叫。晦气！我急忙朝路边吐出一记口水。狗在前边跑得只看见牛尾巴。要是我能变成狗兴许能赶上。

狗不见踪影了，我索性放慢脚步，既然这样就让它去吧。如果它是一只有良心的狗，在前面某个地方肯定会等着我。

前边就是悬崖了。我坐下来休息，做好将要翻过悬崖的准备。我的狗是怎么过去的？天晓得。

我掐断身旁一些花朵的头，前几日这儿肯定下了雨，花骨朵儿里能喝到几滴水，清甜的，也有微苦。我不确定它们有没有毒。等我差不多喝到解渴的时候，面前的花朵已经堆了高高一层。

可以赶路了。我想。

突然听到有人说话。凭感觉这话是说给我的。只听一个男声说：您要去哪里？

我抬眼一瞧，从悬崖处下来一个人。和我长相一模一样的人。起初我还以为他是曾不成呢。他不是曾不成。

您是哪位？我问。问一个和我长得一模一样的人是谁，怎么说都别扭。

我就是您。他说。

您不是曾不成。我说。

当然不是。他说。

他坐在我旁边，不知他哪里来的自信，看样子就是个游手好闲的人，恐怕一天到晚都在林子里像鸟一样鬼混。

我就是您想的这样一个人。他说。

我想的？

是啊，您不是刚刚才这样想吗？

我就不敢接话了。既然他是我，我心里想什么又怎能瞒住。

那您在这儿干什么？我又问。

跟您见一面啊。他边说边扭头去看别的山上那些陡峭的悬崖，仿佛他的目的就是去攀爬那一座又一座的悬崖，眼神很平静，也很无所谓。

看样子您不是真的想跟我见面。我说。

这倒不假。他说。

他起身仔细观察那些悬崖去了。

他走远了。

就打算这样走了吗？我站在他身后想问又不便开口。真是个怪人。

我翻过悬崖，到了悬崖的另一边。悬崖那边也是茂密的树林，只是我在这儿又遇见一个人。这个人也是和我长相一样，身上的装扮非常朴素，头戴斗笠。

看样子您刚从那个春天常驻的村子里经过啊。他笑呵呵地说。

我说是的。我先前从那儿路过。这儿怎么回事？我问他。

这是夏天常驻的地方。他说。他扶了扶头上的斗笠。

又不下雨。我对他说。手指他头上的斗笠。

这么说来，您是见过他们两个了。他以自言自语的语气说完，在旁边掐了几片大树叶丢在地上，然后坐在树叶上。

您这是要回去吧？我劝您还是不要回去了。他又说。

为什么？我说。

您并不真正想回去，好不容易逃离了过去的生活，怎么可能还真心要回去，您只是午夜梦转，突然有些冲动罢了。为了不伤害您自己，也为了不给她重新带去伤害，就这样吧，到此为止，前面的路您不需要走了，到此为止。现在您返回您的住地也花不了多少时辰。说句难听的话，这些年我们各自活在别处，要不是您最近总是想着回去，我们也不会被逼着与您相见。

被逼？谁逼你们？

是您逼我们。只要您想要回去，而我们不想回去的就必须要征得您的同意。只要您坚定地不胡思乱想，我们就不用来。

我没有胡思乱想。

您有。您其实一会儿想回去一会儿不想。只要您不能停下脑海里那些纷乱的想法我们就无法安生，要知道我们说到底是被您牵制着，属于"要回去"的那部分只要活跃起来，那个属体就必须来见您，而您刚才攀越悬崖时突然不想去了，我才被逼着出现在您面前。您也看到我这个装扮，我在地里忙活呢，虽然辛苦，但我的生活原本过得挺自由的。我就是您身上"不愿回头"的那一个。现在我出现在您身边那就告诉您我的想法吧，我可是不愿意回去的，曾经我们是一个人，看在这样的情分上，我先前才会奉劝您不用回去，现在仍然重复刚才的说法。您此刻掉头回去的路上还会经过春天常驻的村子，如果您乐意的话还可以在那儿小住。

我总共遇到三个人，只听您这样阻拦我。

我是为您好。另两个逼不得已和您相见，而他们其实根本不想和您还有什么联系。

不。我不能听您的。

那就随您的便了，曾……您叫什么？啊对，曾尹成，您瞧瞧，我算是真的从您这儿脱离了，连您名字也记不起。我的想法您是明白了吧？

我知道您的想法。

好的，希望您不要给我带来麻烦。

我会给您带什么麻烦？

没有麻烦那最好了。可我还是很担心，所以您现在只需要对我说：您走吧，我们永远不要再见面了。这样说了我才会完全放心。

往后您真遇到什么麻烦也是您独自的事情，您会独自一个人承受，我作为您亲口说了"永不相见"的一个，就不必承受通过您带来的更大的坏心情。虽然我肯定也无法完全摆脱这种心情，这是上天注定的，只要我们这些人的根基——您，受了什么祸害，我们就像受了诅咒似的跟着莫名其妙地难过，严重的人会更加悲伤甚至厌世，这样一来，我们这些在您看不见的生活于别处的人就会死去，您当然不会有所察觉，不会察觉身上有些东西正在死去。您对我们的感觉就像拥有很多件衣服，只需要看看今天是否穿了衣服没有裸体走在大路上，而不会在意衣服本身，记不起具体有哪些颜色和样式，偶然看见它们其中哪一件裹在您身上，还会感到茫然，怀疑是不是属于自己的。所以还是赶紧说了我要您说的话吧，别再浪费我们两个宝贵的时间，如果您要继续赶路前去的话。

为什么一定要说这些呢？我本来也不认识您，还有别的那些长得和我一样的人我也不认识，要不是你们带着我的脸和身型出现在我的眼前，我保准一个也留不下印象。

您必须要跟我亲口说了那句话才行，这样我才能真正从您这儿脱离，至于先前那二人对您无所要求，是因为他们强大，通过自己的努力已经完全摆脱了您的牵制。我确实没有那么厉害，您看到了，我就是个普普通通的人，生活中需要许多指引和帮扶，是个柔弱的人，从前在您那儿根基就是柔弱的，如今分成独立的个体也仍然摆脱不掉这样的命运。您就亲口跟我说吧，这样我就能自由自在去过我的日子了。

我这样说了您就能脱开我，去过自由的日子吗？我说。

是的。他点头说。

我突然感觉到一阵伤感从心里升到头顶。我住在原来那个地方的时候从不与人来往，也就从未体验过什么人背弃我。

好吧，您走吧，我们以后不要再见面了。我说。

不是"以后"，要说"永远"。他认认真真地逼我，错一个词都不干。

您走吧，我们以后永远都不要再见面了。我重新说。

他就走了。临走取下斗笠给我鞠了一躬，像是跟死去的人告别那样。我站在原地愣了好一会儿才想起来要继续赶路。

我的狗去远了，往前走很久不见它的踪迹，也许它也背弃我了。想到这儿我喉咙里堵得慌，一慌神便将眼泪逼落。我一边走一边伸袖子擦眼睛，才走没多远便狠狠跌了一跤。林中走路不看路是要吃大亏的。

到了傍晚，天气还很热，也就是说我还没有走出这座夏天常驻的村子。等到身上一阵凉快时，我听到前方传来水声，有人在水边嬉戏的那种水声，心情瞬间就明朗起来了。

加快脚步，最后几棵树被我甩在身后。

眼前豁然开朗。一大片宽阔的地方。夜晚似乎永远也不会来的地方，太阳刚刚落下去，月亮也不在天空，但地面上的事物都还在清晰之中。一大片水塘就在我前方不远。有个孩子在那儿跑来跑去地嬉笑，他独自一个人玩得很开心呢。

我加快脚步走向水塘，走近那个孩子。

那孩子背对着我，但肯定知道身后有人，只是装着并不知道有人靠近。我几乎要伸手拍着他的肩膀了他才转身面对我。

他面对我，我就被他给吓着了。这不就是先前那个孩子吗？那个自称是我儿子的家伙。

真巧啊。他说。

是。是很巧。我说。

他的声音比从前还老一些，样子却比之前更年轻，天知道我遇到的都是些什么人。要不是当着他的面，我真想揪一下自己的脸看看是不是在做噩梦。

这么说您是决定好了？他问。

什么？

就是回家见我的母亲呀！

你的母亲？

是。

你的母亲是谁？

就是您要去见的那个女人。您是不是把她的名字忘了？

你说的是那个……

……对啊，是那个渔女。

他抢了我的话。

我点头说是，就是去见那个渔女。我不知道她是不是我的妻子，印象中我们没有见过面，有人跟我说她是我的妻子，我离开她后把所有的事情都忘记了。

她的名字也忘记了吗？他问。

我哑口无言，被戳中要害。我确实不记得她的名字。

那你知道吗？我问。这简直是句笑话。

我也不记得了。他说。想不到我的笑话被他接成一句更大的笑话。谁会不记得自己母亲的名字呢？

我确实也不记得了。谁会真正记得自己的母亲呢？他说。

我们就互相看着，他先前还很欢快的脸瞬间变得严肃又忧伤。

不好意思，我要赶路去了。我准备起身告别。

好啊，您就走吧，反正又不是第一次离开我。他坐在水塘边，用一根树棍一边拍着水塘里的水，一边生气地说。

我确实不记得他是我的儿子。我想。

您走吧。他催我。

我就走了。我把这个自称是我儿子的人丢在了水塘边，走远之后回头看，发现他低头不看我，但总感到身后一股目光爬在我的两个肩膀上。

我到了一座秋天常驻的村子，现在不需要谁来提醒我就知道这是秋天常驻的地方。

没有看见一个人，连人的声音都不曾听见。只有树，只有房屋，只有穿插在这些房屋之间的小路，只有人们栽种的花草长在路的两边，已然成了野生的花草了。

我在这些房屋之间观察了许久，其间推开好几扇窗户和房门，除了从外面飘进屋的落叶，就只有一些古旧的家具和蒙了灰尘的餐具，怕是很久没有人打理了。这儿只有房屋还活着，人不知去向。我连续吼了几声确定无人居住在此。

周围没有庄稼，但能看出一些土地还残存着曾经播种过庄稼的痕迹。

我算是体会到什么叫"人去楼空"了。秋风不停地在这些房屋之间流窜，能让这儿还有活力的声音，就是这些秋风了。

虽然天色已黑，我也不打算在这儿留宿。

我是在村口遇到我的狗的。

你这个狗东西！我踢了它一脚。狗很委屈也很暴躁，用它的牛尾巴狠狠甩了我一下，甩在我的小腿肚子上。

长脾气了呀你！我说。

狗就收起它的牛尾巴，不声不响地跟在我旁边。看样子它其实并没有消气。

难道你还怪我走得慢？我说。

狗就使劲摇动尾巴。它的意思是说：你就是走得慢。

我就不作声了。跟狗有什么好计较的。何况现在能重新遇上也好啊，证明它没有背弃我。

气温突然降了下来，我穿来的衣服根本抵抗不了寒气。还好山中有干枯的野草，而且我有经常进入山中游玩并露宿野地的经验，迅速编织一条披在身上阻挡冷气的披风不在话下，这儿不缺干草，我便暂时歇了脚步准备编织抵寒的披风。我给狗也编了一件，将披风的下摆打一个结，狗穿的就不能算是披风了，而是一只袋子，将狗头露在外面。

这是我见过你最好看的样子。我忍住笑跟狗说。

狗也转了转圈子，对这件新衣服很满意。它抬眼感谢我的时候眼里已经没有一点儿不高兴，我们之间的不愉快算是彻底化解了。

接下来的路很难走。天上早已开始大片大片落着雪花，途中积雪也越来越厚，有的地方甚至会踩入大坑之中，好几回我的狗被陷得连头也看不见，我急慌慌摸了几下才将它从掩盖的雪中提出来。

不能再走了。我跟狗说。

狗很坚强，它几次迈着细腿跑到我前面，这样我就只好跟着上前。我可不能一个人独自走在这条厚厚的积雪路上，茫然无亲实在可怜，万一出了什么意外，至少我的狗能陪着我。

我二人……不，我和狗……我们走近了一座村庄。真幸运，这是个人烟旺盛的村子，因为在饭点的缘故，每个烟囱都在冒烟。

我闻到了饭香。我跟狗说。

狗说：汪汪汪！

你也饿了吧。我伸手摸摸它的头。

狗说：汪汪汪！

你叫什么呀？这儿有你的熟人吗？我拍拍它的脑袋。感觉到它好像是冲着什么熟悉的人在传达喜悦之情。它的牛尾巴也跟着高兴起来了。

它脱开我的手兴奋地向前跑去。

大雾将我的视线蒙住了。狗隐没在大雾之中。

曾小狗、曾小狗！我喊它。这是我新给它取的名字。从前它叫曾小牛。

曾小狗一点儿声音也没有传过来。

你不要掉大坑里了！我一边冲前方吼叫，边跌跌撞撞地跟着向前赶去。谁料大雾也跟着移动，始终将前方七八步远的景物通通给蒙住了。

曾小狗一点儿声音也没传来。

该死的王八蛋狗！谁要是相信狗是最忠诚的，他一定是疯了！我忍不住咒骂，想来它又将我丢在这儿不管了。自从它变成牛不牛狗不狗，脾气也是牛不牛狗不狗。当年还是小野牛的时候就真不应该收留它。我原先村里那个坏老头当时说了一句好话，他跟我说，那头牛不是好东西啊，可别上了当。我还不信他的，认为他说的是一句居心不良的话。

曾小狗！我狠狠加了声量。

从前方总算传来一点儿响动。仔细听了一下好像是折断柴火的响声。

再向前走了几步看见有屋檐从雾气中冒出来，再近一些便看到迷蒙在雾气中的大门了。大门口确实有一个稍微瘦弱的男人坐在那儿弄柴火，雪花洒满他的背脊和头发，他的脚上没有穿鞋。我的狗居然就在这个人跟前趴着，像饿极了等着人家赏赐骨头。

要死的！我气急了冲上去又照着狗屁股踢了一脚，也顾不上看它身边坐着什么人。

那人低着头嘿嘿笑了两声。

狗被踢得滚到一边去了。它也哼哼两声。这回它倒是为了挣表现似的没用牛尾巴还击我。

你是谁？我踢我的狗你笑什么笑！我是真的很生气了。

眼前男子突然抬起眼睛。我一眼便认出他了。

你是那个小孩子？我惊讶道。他竟然长成大人了，像风把他吹大的。

是啊，我就是那个孩子——您的儿子。他说。

可别乱讲话。我急忙制止。

他很得意地丢开手里的柴火说：我就是您的儿子曾渔，不管您承不承认。

他停了一下看看眼前的大门，又看看我说：既然您路过我的门口，好歹要请您进去喝一杯酒的。

你的门口？我瞧瞧四周，这儿没有大河啊，并不是我妻子的故乡。

是啊，就是我的门口。我现在一个人住这儿了。他很忧伤地说，语气都变软了。

他为什么不跟自己的母亲居住在一个地方呢？我没有问。

我跟着他进屋了。

他给我满上一杯酒，自己却将瓶子里的酒全部喝光了。真是奇怪的人。他虽然请我入了座却不乐意陪着，抄了条凳子坐到墙边去了。

接下来，他对我的态度就是冷眉横眼的。

我的狗也跟着进屋坐在我旁边。我将它踢开了它又靠近脚前。不要脸。我横它一眼。

那个人一声不响，闷了好一会儿才冷冰冰地对我说：怎么，您嫌弃我的酒不好喝吗？

我急忙喝了酒。不知道为什么，现在他说什么我都不敢反驳，像是欠了他什么，话也不敢多说了。

您的牙齿还好吗？他又冷冷地算是跟我扯闲天。

我受了宠似的赶紧说：好好的。

谁料我才说了这句话，伸手摸了摸牙齿，发现除了最里面的座牙还在，门牙一颗也不见了。我竟然一点也不记得它们什么时候掉落的。这吓我一跳。我才四十五岁呀，怎么牙齿到了这种地步。我惊讶地望着他。

他嘿嘿笑。笑得那么冷，笑得好像我是个还不起他钱的坏蛋。

我低了头，心里十分难过也很埋怨我那些悄悄掉落的牙齿。

您现在为什么要回去呢？他问。

我没想到他会这么问。难道不是他母亲要他来与我相见吗？如果是这样的话，他母亲的意思一定是要我认下自己的儿子并且早日跟她团聚。

为什么我不能回去呢？我说。

不能。他坚定地望着我说。

不要问为什么。他更坚定地望着我说。

我就缩下要冒出嘴的话，不转眼地等着他说理由。

他说：从前您是被牛牵着走的，到了您的那个新地方，您的牛就去当野牛，而您就去当野人，在那个谁都不愿意去的禁地上，您倒是过了好几年符合您心意的好日子，只是苦了我的母亲。到了这把年纪您终于老了才突然想起她，怎么，现在您的牛不再是牛了，它变成了狗，于是又牵着您这位老掉牙的人回去吗？世上哪有这么便宜的事，您想走就走想回就回。

我不知道如何为自己辩解。我的牛确实变成狗了。要说它从来就是一条狗，它屁股上却挂着一条牛尾巴；要说它从来就是一条牛，它那狗头上的双眼却讨好地看了看我又看了看我的儿子。我确实不记得回去看我妻子的那条路如何走，我是被狗牵着走的。

我母亲不会见您的。他气愤地说。

会的。我说。

他就瞪了我一眼。一手提着我的狗，一手扯着我的袖子，将我和狗都赶了出门。他堵在门口。

我也生气了，将他先前整理的那些柴火一脚踢开。

他就哭了，我没有想到这么大一个人眼泪说下来就下来。

您就是这样一个人，您瞧瞧您自己，暴躁，粗鄙，不管不顾，从不问我需要什么，从不给我依靠，生我下来却从精神上将我抛弃，让我模糊记不清您的样子，让我一生都在重塑您的样子，您就是这样一个人。我求人教我读书识字，因为有人跟我说，读书识字能让我理解那些不能理解的东西，可我读了那么多书，仍然想不通您为什么是这样一个人。

我不知道他在责备些什么。

我不是你父亲。我说。

您确实不是。从您刚刚喝下那杯酒以后，我们的关系就算是终结了。

他到底在说些什么？

您根本没有当父亲的心，所以您本身是不是我的父亲已经没有意义了。您快点走吧，早早地离开我的门口。他说。说完转身进屋，将大门关闭了。

他疯了吗？我心想。

我拖着狗的牛尾巴往前继续赶路。天哪，要是先前我稍微再表现出一点脾气，那莫名其妙的家伙估计要打我一顿。

我加快脚步，虽然大雪将路堵得越发不好走。

我的狗也饿极了。我算是喝了一杯酒，它可是滴酒未沾。早知道我就给它也喝上一口。我的狗在发抖。

后来我才知道狗并不是饿得发抖，也不是冷得发抖，它是太老了。天晓得它变成狗以后衰老得如此快。我伤心地摸着它的头、它的爪子、它的背脊，手一路滑遍它全身，发觉它的骨头比石头还要硬，但又非常细弱，骨头上裹着一层皮——也就是说，再硬的骨头只怕我稍微一用力就能将它从腰背中间折成两半。我深深感觉到它时日不多了，恐怕无法陪我走到我妻子身边——啊，我不知道她还算不算是我的妻子。

我搂着狗。

这回你是丢不下我了。我对它说。像是安慰我自己，也像是在嘲笑它再也不能随心所欲想去哪儿就去哪儿。我将它背在背上，孩子似的找了根树藤从它腰上勒一圈再系在我的肚子上。走了很久终于到了一条河边，我不知道这是不是那条河，河对面有几户人家，房子早已被积雪覆盖，房顶上没有炊烟，也没有人从房门里出来。河边如何冷清，河对面那些房屋就如何冷清。

我已经将狗从背上换到面前抱着。它勉强睁开眼睛看了看我，又将眼皮合上了。

河水已经冻了一半，仅仅最中间位置还有水流在冷冰冰地流动。河面上罩着冷雾，我就朝着被更多雾气笼罩的前方走，现在没有狗领路，只能胡乱地向着好走的路走。既然有人说路是圆的，那我一定可以走到她居住的地方。

您是曾不成吗？一个人突然堵住我的路。

大冷天的您怎么不回家在这儿瞎逛？也不看路。您差点儿撞到我了。他又说。

我这才看清眼前是一个披着蓑衣的中年汉子。

您好。我说。

他诧异地望着我，上下打量。

您不是曾不成？他说。

我摇头：我是曾尹成。

好像听说过这个名字，但想不起来了。他说。

我们一问一答聊了一会儿，寒风将我吹得要冷死了。他急忙将身上的裹衣借我披上。

既然他认识曾不成，那曾不成一定就住在这附近。莫不是我已经到了地方？我高兴地伸手拍拍狗的耳朵，狗的耳朵冷冰冰的，有些僵硬。

它已经死啦。中年人像是忍了又忍才将这句不愿意说出来的话说给我听。

它已经死了？我很茫然。

您不知道吗？

不可能啊，它刚才还睁开眼睛看了看我呢。

您怕是看花眼了，它的样子恐怕死了不止一会儿。中年人说。

不应该啊！我更茫然地说。低头看看我的狗，它的整个僵硬的狗脸上都被积雪覆盖着，只有我搂着的脖颈下面还有些温和，就好像它只是死了一部分，被积雪覆盖的部分确实已经死了，而贴在我身上的部分还活着。

您还是找个地方将它葬了吧。中年人十分惋惜的语气。

是啊。我说。

狗死不能复生。他说。

我就将狗放在雪地上。

在这儿刨坑吗？中年人问我。他只是问一问罢了，自己早已定了主意。他在雪地上刨坑，一看就是擅长干粗活的料，很快将坑挖好了。

您自己放它进去吧。狗死不能复生。他说。

　　我就按照他的意思将狗放入坑中。按道理我该哭它一场，毕竟我们一起走了这么远的路，我见证它从牛变成狗的过程，这一路我们相依为命，如今它死了，我是该好好伤心一把，可是没有哭出来，心窝里能伤心的那片地方好像被风雪冻住了。

　　就这样吧。我抓了一把雪搓手，将几根留在手上的狗毛也搓掉了。

　　您倒是通透。中年人说。十分欣赏我的语气。

　　什么？我随口问道，假装不知道他要表达什么。

　　您很坦然地接受生死，有大彻大悟的智慧啊。中年人说。

　　当然了，您这个年纪的老人一般都比我们这些中年人想得通。他又说。

　　他这句话令我反感。什么叫"您这个年纪的老人"，我和他年岁不相上下。不过我确实挺显老，在途中喝水的时候我曾看见过自己过早衰老的脸，还有那些脱落的门牙。好在我即使掉了门牙也不影响与人交谈，我的话对方总是能听懂。也就不跟他辩解了。人的年岁大小根本不是一件值得放在心上时刻计较的事。

　　我们两个一起将土掩盖在狗的身上。事情干完之后我突然无所适从，身边连只狗也没有了的日子我也是头一次遇到，心下升起一股浓烟似的寂寞的感觉，也不想继续往前赶路了，站在坑边望着河对面几户人家的房子。

　　您要过去借住一晚吗？中年人说。

　　不了。我说。

　　那好吧。他说。

我解下身上披着的蓑衣还给他。

按照我对我们这儿老天爷的了解，您最好还是先在此地歇一下，前方风雪更大，雪还会下很久的。他说。

我向他致谢，却仍然坚持不过去借宿了。

您也看见了，河这边什么都没有，我敢保证您走不出三十步那儿的雪就会令您拔不动脚。如果您不嫌弃可以住在我家。我家就在对面，靠山脚的那处房子是我的，旁边是曾不成的房子。他说。

曾不成？

对啊。您认识他？说起来真巧啊，你们长相简直一模一样，我先前就认错了。

您是说，这儿就是曾不成的村子啊！

是啊。

那太好了！

大爷，您……

我不是您大爷，我是曾尹成。

曾大爷……

您还是快走吧，我要忙我的事情了。我说。我假装继续往前赶路，把他甩在身后。

中年人朝我喊了两声，提醒前方的路已经不适合我这个年岁的人去走。我一边走一边偷偷观察中年人是否已经离开，确定他离开之后我才停下脚步。也真是无法再向前走了，走出去还不足三十步我已经拔不动脚了。

我向后退了回来，又退回葬狗的地方。为了将来大雪过后还能认出狗的葬身之地，我特意在它的坑上堆了许多高高的石头。这是那中年人走后我独自完成的。我把身旁雪地之下能翻出来的石头都翻出来码在狗的坟头上。我坐在狗的坟跟前，望着那中年人远去的背影。雾气虽大，但也有风将它们吹薄一些。

对面时时传来狗叫声，这会令人想起刚刚死掉的狗，会怀念，会想把它挖出来重新看看是否真的死了。但目前更重要的是如何在这样冰天雪地之下找个容身之所。这边确实没有一所房子，尽管不远处就有几个山包，但离河边太远，我要随时注意河对岸的一切就必须住在河边。我一遍一遍去远处山中找到粗壮的木头，在雪地上拖着它们来到河边，又找了干草，又搬来石头，这些事情干完已经是第二天下午，不知道怎么有这么大的决心和力气，也不知道这样的雪天夜里到底有多冷，因为不停来回于河边和山包，身心处于奔波之中，我很幸运没有被冻死。搭建一所简单窝棚的材料我都准备完了，接下来就是搭棚子。搭棚子我是一把好手。到了深夜，我的棚子已经搭好。感谢那个中年汉子临走时给我留了一盒火柴，要不是火光照着，我的棚子也不会这么快完成。

我现在躲在棚子里，只将两只眼睛从挡风的干草中伸出去看河对面的动静。河对面静悄悄的，狗早就睡着了。

我想念死去的狗。

我对狗说：明天见。

早上醒来我又给棚子加了一层干草，也给狗的坟堆上加了一层新土。

午时，太阳好不容易才从云层里面跳出来，只是雪仍然在下。阳光只照在雾气上面，靠近河面的上空还是迷茫的一片。

忽然，我看见河面上有人走过来，这才注意到河面上其实有两三根木头拼接的桥。昨天那中年汉子过去，我还以为他是踩着冰面过去的。

来人怕是要瞧瞧我这里是个什么情况。河对面突然出现一所房子总会引起注意的。

我等着他来。

来的是个老妇，头发完全白了，走路却是一副好精神。见到我咧嘴一笑，问道：曾不成啊，你怎么在这儿搭棚子呢？

她是把我认错了。

我是曾尹成。我说。

啊，你是曾尹成，怎么你又回来了呢？她说。

老人家，您认识我啊？

当然认识。

我从前是住在这儿的对吗？我指着河对面问她。

是。她说。

老妇低头沉思。

您怎么了？我问她。对她有一种说不上来的亲切感。

我没事，我只是在想你为何还不快点离开这儿。她看了看我又焦急地看看对面的屋舍，好像担心什么人将我发现。

为什么要我离开呢？我是特意回这个地方来看看的，听说我从前一直住在这里。为了回到这儿我的狗也冷死了。

我不好意思说我回来看我的女人。

老妇听后看了看我葬狗的石堆，又看看我新建的窝棚，突然没好气地说：你不会真的想回来，你回来做什么呢？那间屋子你出来了就不用想着回去。我敢肯定，你回去只会重新被关起来，曾不成会把你关起来的，你要知道他现在和你没有一点关系了。

看来我从前的事情都在她们眼里，都还在她们的记忆里。

见我不吭声，老妇又说：从前我们这儿的人没有一天不羡慕你身上发生的奇迹，我们祈祷像你一样拥有这份好运和能力，像种子一样撒出去，有无数种去路和生活，这样我们就可以去很多个地方过着不同的人生，不用长年累月生活在大雪覆盖的地方。我们要想见到泥土就得将积雪掀开，可是刚掀开就被大雪盖住了。你是唯一一个逃出这片地方的人，今天你怎么要回到这儿呢？真让人失望。你妻子并不真的盼着你回来。她聪明智慧，早已看透了，她知道一个人要控住另一个人所有的灵魂是永远做不到的。你"砰"地推开大门见鬼了一样分成好几个逃走那天，我们就知道一个人心里住着无数个不同的自己，我早就跟那些年轻人说过，让他们也变得不同，可那些人没有你这样的资质，也不够勤奋，也没有时间思考。他们被关在屋里思考的时候，无一例外全都在打瞌睡或者偷偷吃外面带进去的东西，从窗缝里偶尔吹进去一股小风就会让他们高兴得要死。他们只会喊饿，在房间里说得最多的就是"给我吃的"。他们没有想着像你一样逃出来。有一天我跟他们说，你们要像曾尹成那样让自己的灵魂在见风那一刻开花，他们说我是神经病。啊天哪，瞧我说到哪儿去了！我是要告诉你，赶紧离开这个地方。与其说之前是你留下曾不成，还不如说是你妻子挑了她最满意的。不要想着回去找你的女人了，你回去会有一大帮人伤心，第一个伤心的人就是曾不成。相信我，有时候你自己并不能完全了解自己，但我了解你。

我皱着眉头听，听她越说越激动，而我越来越糊涂。我想插嘴都没有机会。

她说：算了，你要留下来就留下来吧。我真恨不得留下来看热闹，看你被曾不成关进那道门的倒霉样子，但我只是路过，现在我要走。这个地方一刻也不愿住了。

曾不成不会把我关起来的。我说。

嘿，等着瞧吧！

老妇用拐杖戳了一下地上的土，抽出拐杖抖掉雪和泥土就向前走了。她面目严肃，眼睛盯着前方，一双脚在雪地上走起来比我还轻松熟练。

老人家，您要去哪儿？我急忙追问。

出去转转。她说。

可是前方不能去啊。我张口就说。

没有什么不能去，看你白婆婆是怎么去的！她说。她没有回头地将这句话扔给我就继续向前走了。

太阳已经不在任何一处照着，只有雪和雾气越来越多，我必须将覆盖在棚子上的积雪推到旁边，很快旁边就堆起高高一层，仿佛是特意修建的围墙。

老妇再也没有回来。我以为她会像我一样走不出三十步就要返回。

河对面又来了一个人，是上次见面的那个中年人。

您还没有走哇？他特意经过我门前和我说话。

您修的这个雪围墙还真不错。他露出赞扬的语气，转着圈子仔细看我是怎么将积雪推到离棚子远一些的地段建成围墙。

看上去挺坚固。他拍拍雪围墙说。

当然。我说。我很自豪地告诉他，我是用石头一点一点将它们夯结实的。

您真有闲心。他说着便伸头往里边看，我急忙闪到一旁，让他有更好的角度观看我的棚子。我自信建棚子的本事。中年人大概也觉得我的棚子建得比他的房子好看，看完十分不好意思地将脑袋缩了回来。

他准备走。什么都没说就准备走。

您要去哪儿呢？这个天气可捞不着鱼。我多嘴一问。他是我到这儿遇见的第一个人，我愿意和他多说几句，可他不愿意跟我多说，而我此时特别希望有人跟我说话，于是莽撞地堵住他的去路。

您还是进屋坐坐吧。我说。他就被我抓着衣袖请进屋了。

您坐。您随便找个地方坐呀。我尽量用很温和很热情的话像对待老朋友一样对他。

他扭身看看，周围一个凳子也没有，就只好站着。

您叫我来做什么呢？我还有紧急的事情要办。我的邻居们还等着我回去呢。

是啊，我叫他来做什么呢？

我狠狠地搜了搜脑子里的想法才想起，叫他进来是想让他打听我妻子的事。我老老实实将我的目的告诉他。

这么说来，您是要去找她？中年人吃惊的样子。

是啊。我是这个想法。

您还是不要去了。她不会见。

为什么您和白婆婆的说法一样呢？我不能理解。你们不是我的妻子如何能替她做决定。

您说什么？白婆婆？

是啊，在您来之前我跟白婆婆还说了好一会儿。

怎么可能，白婆婆早上已经死了。我到这边就是要去山包上给她找点儿干草，以便将她的尸体用干草裹一遍再抬出去埋葬。我现在急着去办的就是这件事。

我确实刚跟她说完话。难怪呢，难怪我觉得她说话怪怪的，原来今天早晨她已经死了。您要找干草的话就快去吧，中间那座山包脚下的洞子里还剩下几捆，我也不知道是哪些人留在那儿的，我就是去那儿找的干草。

行吧，那我就走了。

中年人就走了。

我特意跑到雪围墙外面朝前方看了看，才明白那白婆婆为何能向前一直走，而我不能。原来她已经死啦。

我回到棚子里觉得好无聊。听见中年人扛着干草从围墙外面走过去，过了一会儿，河对面就传来许多人的哭声和孩子的嬉闹声，他们是在跟白婆婆做最后的告别。再有一会儿，河对面平静了，天色也黑下来。

无边的困意席卷我，饥饿也席卷我。这段时间不知道是谁在关照我，总有食物放在围墙门口。我是靠着那些食物活下来的。我问那中年汉子是不是他偷偷给我帮助。不是，他说不是。

我决定偷偷躲在围墙一侧观察是谁给我帮助。我看见了，是曾渔。他已经是个中年人了。为此我特别吃惊也突然很伤感。

趁他放食物的当儿，我急忙走去抓住他的手。

曾渔。我喊他。

曾渔抬起一双眼睛，满目都是嫌弃的神色。

怎么他一边帮助我一边要仇恨我呢？我不明白。

既然您都看到了，那我也没什么好说的，看在我母亲的分上，我就当是做了一件善事。可现在您亲眼看到了，那这件善事我也不想继续做下去了。您以后好自为之，我要走了。您自求多福，希望老天爷永远不抛弃您。

曾渔说完就准备走。

我一把扯住他的胳膊，原本是要跟他说点感谢的话，却突然下手重了，将他胳膊扭痛。

曾渔顺手一挥，我就滚到雪地上。积雪底下的石块有的离地面很近，它们戳在我的肋骨上，痛得我气也出不来。

要不是看您老成这副鬼样子，要不是我现在已经不是个孩子，有耐心接受您从前那些愚蠢的往事，所以我才手下留情，否则您的腰已经断了。

我做了什么？真不明白这糊涂蛋到底中了什么邪。

人们都以为您是金蝉脱壳，在这片住地上只有最优秀和最幸运的人能获得这样的恩赐。可在我看来，您不过是变着花样出去浪荡，您今日去这里明日去那里，在您的脑海之中没有一处地方是您真正想要长住的，能令您安心的地方永远是未知，既然如此，您真不应该答应我母亲的婚事，作为儿子，我很耻辱地不愿承认我母亲是一个被您抛弃的可怜女人，她的一生都在羞惭中度过，却又无法完全摆脱您的影子。

他说这些是什么意思？我不明白。但我看着他悲痛的神情时心里有点儿……害怕……和惭愧。

您恨我母亲对吗？他突然问。

我摇头。

不。我其实并不认识她。虽然潜意识告诉我她是我的妻子，我也的确跟着我的狗来到此地，抱歉，不知如何才能说清，我不知道自己怎么了。我说。

没关系，有的人越活越清明，有的人越活越糊涂。您是故意要忘记往事。

我不是故意忘记，而是真的什么也记不起。

我懂了。有人狠狠活了一生最后一次才死，有人一边活一边死。您就是一边活一边死的那种人。您这样的人最可恨也最可怕。您昨天干了坏事，不，您前一秒钟干的坏事后一秒钟就会忘记。您生来就是寡义薄情，我母亲拿您没有办法才将您关进房子，她的初衷是让您好好反省，她是您的妻子却犹如您的母亲那样苦口婆心告诉您，一个人只有接受他出生的地方才会接受更多，可您却选择在她眼皮底下逃走。

不。不是这样的。我说。

怎么不是？他吼住我。

就算是这样好啦，但我现在不是回来了吗？

那又怎么样！

我是想说……我想说……

……说什么？您还有什么好说的。

我的意思是（我急得团团转，转着圈子摊开两手，想抓住曾渔的胳膊又怕他再将我甩开），我的意思是……

您还是别说了，我看您这个人根本没什么意思。

曾渔，你不要这样跟我说话，既然你说我是你的父亲，那就不能这样说话。

您没有资格命令我。

好吧，我没有资格。但你听我说，我的意思是一个人只有出去了才能接受更多——包括他的出生地。以往我确实不爱这个地方，潜意识驱使我回到这里，说来你不信，梦里我总是在一间黑屋里寻找出口，我现在回来是想让你母亲当面跟我说句话。

您还想让她说什么？

我不知道。也许我见到她的时候就知道希望她说什么了。

随您的便吧，说句实话，我其实一点也不想再来干涉您和母亲的事情了。她是个糊涂的女人，一辈子恨您，这何必呢，您是个不值得恨的人。以后你们的事情我不管了。

曾渔说完转身要走。

你要去哪儿？

回家。回我自己的家。他说。

我急忙抓着他的手，又下手重了。这回他将我狠狠摔出去，并且捏紧了拳头，眼里怒火中烧。我也生气，既然我是他父亲，做儿子的就应该听老子的话，有什么仇怨也不能如此凶狠地对待我。于是我从地上一下子爬起来，顺手抓了一把积雪砸在他脑门上。就这样，我们两个怒火中烧的人狠狠干了一架。他把我最靠边的那颗牙齿也打掉了。

你这个小杂种！我骂道。

你这个老杂毛！他骂道。

我们两个你一拳我一脚，打得地面上积雪飞扬。周围没有人给我们劝架，我们打累了才歇下来。不过他没有做过多停留，算是站在旁边喘了几口气就走了。临走往地上吐了一记口水，眼里全是仇恨。

我坐直身体，坐了一会儿起身将他留在墙脚的食物拿起来丢到河面上，那儿冰层很薄，就算我想反悔拿来填肚子也不敢。

这样过了三日，我身上被打伤打痛的地方才勉强好了一些。

第五天早晨，我打算去河那边找我的妻子。我特意梳洗一番，好歹要让她看到我在外面混了多年，并不是一副难看的惨样。

我不知道她长什么样子。好在那中年人曾告诉我她房子的位置。

在一所靠山的房子跟前我停下脚步。这就是她住的地方，我半点印象也搜寻不着。我不知道她的名字所以无法喊她。

一个女人的声音从房子里传出来，我才知道她可能早就看到我来了。她对我说：有什么话就在外面说，不要进我的门。

她的声音还很年轻，也很好听，也很冷淡。

我不知道说什么，一时哑口无言，心里却满是怒火。

曾不成呢？你叫曾不成出来见我。我说。总算找到一个借口了。

他死啦！她愤恨地大声说道。紧接着把门打开了，一个白发老妇出现在眼前。

你……

怎么？不认识我了吗？

我上下打量她，认不出她是谁。

我就是你的妻子（她看了看我补充说：曾经是），这么吃惊干什么，去照照镜子吧，你又好到哪里去呢！她冷静地说道。嘴角挂着轻蔑的笑容。

我急忙接住她丢过来的镜子照了照，没发现自己是个老年人。于是对她说，我很好。

她忍不住大笑。

你是瞎的。她说。

我感到莫名其妙，望着她上下再打量。

再看我还是这个样子，而你仍然好不到哪里去。你回来做什么？她又问我。

曾不成呢？我问她。我突然不想跟她说话了。

我跟你说过了，他已经死了，你回到这儿的第一天他就死了。她有点儿悲痛地望着天空说。

怎么可能，我还活着呢！

你确实还活着，可你没有觉得自己站在这儿像个壳子？

壳子？

不是壳子是什么！

我不明白你的意思。你是在生我的气吗？

你别做梦了曾尹成，我早就看你是个陌生人。要说跟你还有点儿关系那就是曾不成，可如今你身上连这唯一的联系也死了。我们之间半点儿联系也没啦。你现在听懂我的意思了吗？

我没懂。我说。

我们还有曾渔。我突然想起并说出口。

曾渔？他已经不住在这儿了。我都忘了还有这么个儿子。他怪我一生不能抽离你的阴影，是个懦弱的人，巴不得离我远一些呢。

曾渔从来没有忘记你这位母亲，说来不怕你笑话，五天前我和他还打了一架。

你见过他了？

见过。我第一次见他还是个孩子，第二次是个青年，五天前见他却是个中年汉子了，有点儿苍老，差点让我以为见到一个生了病的老人。这种事我以前感到奇怪，自从我的牛变成狗以后，什么奇异的怪事我都能接受。只是可惜我那颗被他打掉的牙齿，要不然我现在跟你说话还能更清晰。你能听清楚我说什么吗？

能。但我不想听你多说半句。

我知道啊。我们根本不能容忍彼此。现在我看到你也挺生恨、厌弃，仿佛过去我就是这么厌弃这儿的一切，因为你将我困在黑屋里，所以更厌弃你，过去那种心绪好像都回到我身上了，虽然我想不起具体的事情，但特别厌烦看到你的这张脸。我忘记你的具体样貌，但你给我的那些坏情绪一点也没有减少。说句难听但实实在在的话，我恨不得现在一脚将你踢进屋里，也把你关起来，永远不要见到你才好。

我也一样，我每一天都在诅咒你怎么还不去死——曾尹成这个该死的货怎么还活着呢！我让曾渔去看你就是想确定你是不是死了，如果他能带回你死掉的消息就更好了。可惜曾渔对我们两个的事情焦头烂额，已经非常厌烦，躲得远远的，再也不回来了。我没想到你还会回来。你回来做什么，你这该死的老东西。

你诅咒吧，趁现在你还有力气和机会。

放心，我每一天都在诅咒，就在这会儿我在心中已经喊着你的名字咒了很多遍。

我忘了你的名字，不然我也喊着你的名字咒你。

那要怎么收场呢，现在？她说。

这样吧，你只要对我说：你走吧曾尹成，我们永远不见面了。我就马上离开这儿。就因为你当初没有跟我说这句话，使得我后半生飘荡在外面的心总像是堵着石头，害我夜里时常梦见在黑屋里寻不着出口。你只要说了这句话，我的一生就透亮了，就好像你给我开了门，我是正大光明从屋里走出来并离开这儿的。

不。我不会对你说这句话。你就不要妄想了。我就是要让你永远困在那黑洞洞的没有出口的屋里，就像你困住我一样。

好吧！我气愤地说。

我实在忍不住怒火，一把将她推进她的房门，然后迅速将房门关上并在外面锁住。我站在门口一阵一阵得意和高兴，就像报了仇一样高兴。她在屋里喊着我的名字咒骂，又突然声音软和，像是准备求情，只是自尊心和那要强的性子使她终于还是对我大发脾气：你这个该死的，我诅咒你每一天都被困在梦中那小小的地方，永远出不去！

那就这样吧，你永远别想出来了！我也大声大气地说了这句话。她在里边从不停歇咒骂，就像黄河水一样浑浊地冲击我。

突然，我看见曾不成站在旁边，他喊了我一声。

我回头看他时又看见另外两个人，其中那个喜欢攀岩的我能一眼认出来，还有另一个跟我长得一模一样的站在远一点的地方，之后又来了许多个，他们都很老了，尤其曾不成最显老。他十分委屈地请求我赶紧走，这样他们也就可以顺理成章地离开这个地方。

只有您离开我们才能离开。曾不成说。

为什么您有这种转变啊？我问。我是想问他怎么突然要选择离开这个地方，上一次他还警告我不许回来破坏他的生活。

没有为什么。我说不清道理，只是现在特别想走。曾不成很伤心地说。他自始至终没有看过一眼房门。

她说你死了。

是吗？那我更得离开了，难怪我怎么突然就不想在这个地方待了。啊，那我根本不需要您同意啊，那我走啦！

曾不成得知他死了的消息一点也不茫然，像是终于从我这里，以及从她那里得到解脱，就像完成了他这一生良心上的债务，完全像个孩子似的哼着小调走了。

这样一来就像她说的，我和她之间就真的没有一点联系了。我突然觉得茫然，她说我是一具空壳子，起先我并无感觉，现在感觉内心确实空荡荡的，疲累，一无所有，想将她放出来却更想将她关着。我周围那些和我长得一样的人在看到曾不成走的时候也全都走了。我就一个人空荡荡地站在她门前，大风从她房梁上刮下来直接打在我脸上。

河面又起了雾。趁着还能看清冰层下面那座木桥，我急匆匆过桥回到自己的棚子。

我一个人在河这边住下来。

我在河边住了很久，这期间再也没有一个人来看过我，曾渔，那中年汉子，包括对面的狗也越叫越少，好像他们都一茬一茬地老死了。我的女人从不差人来求情，她就是这样，这完全符合她的性格。我也从不去看她。原本我是要回来求她，谁料见了面只增仇恨。

现在我搞不清她死了还是仍然活在那所小房子里。如果她还活着，我敢断定她也在猜想我的死活，并且每天试着诅咒一百遍。

算了，不说她了，说她也没有用。她最后出门来见我是个什么模样我也忘记了。

我不清楚具体在河边住了多久，肯定很久了，大雪一直没有停止。唯一值得我高兴的是，我的狗的坟堆上长出一些狗尾巴草，是硬从积雪底下钻出来的，很快就将我的雪围墙包围，我走出去观察过，包围得很结实，只是很荒凉，尤其大雪纷飞而又从云层和雾气中透下几片阳光照在它们身上时，这样的怪天气，我会觉得内心无比悲怆。只有这个时候我才会忍不住看一眼河对面我妻子的房屋。我肯定她的房子也被杂草长满了，就像我的棚子身上盖着枯黄的草那样，从枯草之中又长出了新的草，只是这种新的草只平添新的愁。

我仍然在梦里那黑洞洞的房间寻找出口。人们说我曾经像金蝉脱壳，像种子一样撒出去，但其实我并没有摆脱什么。在隔着河的对面，我在这边她在那边，不，我在这边他们在那边，我不知道别人是不是孤岛，我只感觉我是孤岛，我身上确实如灵魂开花那样分散并远走过一些东西，但夜深人静时，我就像受了她的诅咒一样，只不过是一具空壳子在河边等着从各个远方回来的我们抱头痛哭，却不知道哭什么。

我有一次不小心掉进河里，差点儿沉下去，因为狗尾巴草长得太深太远令我看不清路，它们已将河这边的空地填满，不过，我仍然勇敢地又从河里爬上来。

隐

居

　　张叶飞来喊我去隐居，他说终于找到一个上好的地方。今天中午我还坐在院门口很惆怅地想：九月了，秋草都黄了。

　　秋叶落了我一院子。刚打扫完。

　　张叶飞是在我打扫完落叶进的门，他费了大力气才推开我的木门。

　　"都什么年代了，你这门该换了。"他第一句是这样说的。他接着才告诉我他找到隐居的地方。之前我们两个商量好的，找到适合隐居的地方就离开这儿。

　　"你必须去那儿看看，我好不容易找到的地方。"他跟我说。

　　我说我走不了。我可能犯了什么大事。

　　张叶飞想了想说："也对。"

　　他居然说"也对"。那意思我真的犯了什么大事？

　　我盯着张叶飞。

　　他在沉思，在回想我犯下的大事吧？

"你知道我干了什么错事吗？"

张叶飞摇摇头。说他不知道。他也只是觉得我可能干了什么错事，所以他和我一样的心情。

"你自己都不清楚。"他说，像是责备我。

我冲他摇头，表示自己突然间脑子很混沌。

就在前天夜里之后，整个村子的人都躲躲避避不肯与我说话了。只有一个胆大的孩子跟我说，前天夜里我出了一趟门。我出了一趟门，然后所有人对我的态度就变了？我记不清自己到底出门干什么，连出门这件事我也记忆模糊。昨天早上我从床上醒来身上全是泥水和血，我才隐约觉得我可能在自己不知道的情况下出了一趟门。至于出去干什么只有天知道。我醒来时手里握着刀子，刀子就搭在我的胸口上。我握着刀睡了一夜，不知道发生什么事。也许真的像那个孩子所说，他们的父母看到我干了一件骇人的事。从那以后人们就躲着我了。我的门坏了也无人帮着修理。之前黄三爷爷可是非常关照我的，他那木匠的手艺闲着也是闲着，他对我说。现在他躲我最厉害。

"我想了一下啊，白云飞，你应该跟我走才对。看在我俩名字都有一个'飞'字，又是从小一起长大的，我不忍心将你丢在这个地方。既然你犯了大事，躲出去才好。"张叶飞又说。

我说我不能就这么走了。我盯着张叶飞，心里不免羡慕他终于要去隐居。

"趁此走了又怎么样，反正他们也躲着你。"张叶飞拍着我肩膀，"再说你父亲也在那儿。此地过了秋天气候冻人，你还没有受够吗？

黄三爷爷不是说了吗，你父亲一直在那个地方等着你。"

"我忘了黄三爷爷的话了。"我说。

"那你总忘不了你父亲吧？"

"也忘了。"我说。

"不可能。你一直相信他只是临时出去散心，自从你母亲……"

"……不要提。张叶飞你不要再说。"我截住他的话。

当然，就算我不截住他的话，他也不会往下说的。

我母亲在我十岁那年死掉了。她是被人杀死的。据说她跟人闹了仇恨，非要打一架才能解恨。她哪是人家的对手。人家健壮如牛，父子三人联手，她弱小如……如秋天的树叶，势单力薄。一棒下去她就如秋天的树叶落倒在地上。

杀她的人手里还握着敲破她头颅的棍子。

杀她的人站在人群中，脸上还有杀死她也不解恨的恨意。

我也站在人群中，作为我母亲的亲生儿子，我被安排在最前边的位置——也许没有安排，我自己走到那个位置。我没有流眼泪。我被恐惧包围，被母亲头上的鲜血惊住。

人们跟我说，多看几眼你的母亲吧，她就要死了。

她很快就断了气。有人在那儿给她检查伤口。她是被杀死的，要仔细检查她的伤口，看看头骨如何碎裂，看看头骨里面伤成什么样子，他们要一一搞清楚这些，并要我看见。我站在最前边，眼睛有点儿昏，有点儿恶心感，可我不能呕吐。"那是我母亲的鲜血。"我当时可能这么想的。

她的头发被剃掉了，头皮掀起来，露出红的骨头，那些红色的手在我眼前晃啊晃。我觉得母亲的鲜血瞬间变成河水，在我眼前流不尽。我晕晕乎乎，觉得要呕吐，觉得漂在我母亲的鲜血汇成的河流上。"那是我母亲的鲜血。"这句话又使我忍住胃的不舒服。后来我只是盯着母亲，想象她曾完好的脑袋，她的长头发，她能说会道的嘴，她温暖的手牵着我的手，她的笑脸和苦脸，她的泪和委屈，又想起她给我和父亲编织的毛衣。

我其实也很害怕，看见她那残破得不成样子的脑袋，我心里颤抖，手脚冰冷，虚弱无力。但是人们仍然将我扶着站在最前边，最亮眼的位置。

"你好好多看她几眼吧。好孩子。好可怜的孩子。"他们说。

从那以后我就不愿意别人跟我谈论母亲。张叶飞也不行。

张叶飞见我阻止他的话，脸上有愧疚的神色。

"我只是……"他说不下去。

"我知道你是好心。"我说。我已经调节好了情绪。

"事情过去这么多年了。"他说。

"是啊。"我说。

"该让自己轻松轻松了。白云飞，我们去那个好地方隐居吧。还有……我还喊了谨言姑娘，她也同意了。"说到谨言，张叶飞还有点儿不好意思。

"好啊，这是好事。你终于追到谨言姑娘了。"

"那你去不去？"

我想去，但……

我想起昨天早上醒来那把带血的刀子。

最起码得先把刀子洗干净吧。虽然不知道哪儿来的刀，可也不能让它沾着血一直藏在我的床底。也许我并没有做什么大的坏事，不过是出去偷杀了谁家的鸡或狗。我想。

"你等我一会儿。"我对张叶飞说。

进屋取了刀，清洗完之后，我就朝着后窗将它丢出去了。

"走吧！"我对张叶飞说。

"你心情变得很快啊，高兴什么？"

"就好比你说的，该丢的丢，该放下的放下，该不想的不想。既然你找到那么好的地方，我还有什么可犹豫的。机不可失。我们马上就走。"

"这就好。"张叶飞也很高兴。

我们二人齐力一推，将木门打开了。

可是，我们看到了什么！

天哪，看不到天，看不到地，什么都看不到！

啊，只能看见我们的房子悬在空中！

我们仰头一看，天在头上，低头一看，地在看不见的深渊（我们推测地在看不见的深渊，其实什么也看不见。只不过天在头上，那地一定在脚下）。

"天哪！"张叶飞急忙紧紧抓住门框，额头已经吓出几滴汗珠子。

"是在做噩梦吗？"我也吓得双腿发软，急忙抓住另一边门框。

"不是梦，是千真万确的，见鬼了呀。"张叶飞说。

张叶飞声音都发抖了。

"那你怎么进来的？"我问他。

"我进来的时候都好好的呀！天晓得！"张叶飞带着哭腔。

我最恨他这副动不动就要哭鼻子的小娘们儿性子。我的害怕劲儿已经过去了。

"先回屋。"我说。

"我不！"他说。

嘿！这就奇了怪了！他竟然不回屋！

"那你要干啥？"我很好奇。

张叶飞满脸通红，看样子是把所有力气都用在抓门框上，铆着劲儿呢。

"总要搞清楚吧，我们就这么回屋等死吗？"他说。这回他可真是掉了眼泪。

"哭，哭你二大爷。"我说。

"白云飞，你不要动不动就骂我二大爷。我没有二大爷。"张叶飞说。往常他说这句话一定是带着笑脸，这回说起来哭得更凶。

"我最恨你这鬼样。"我横他一眼。

张叶飞也懒得搭理我，将头扭到一边，看看头顶又看看脚下，手把门框抓得更紧了。

"你像猴子一样挂在门框上也一样是等死。死得还挺胆寒。有什么意思呢？我们先回屋，至少屋里一切正常。你喝点儿水压压惊也好。"

"也对。"张叶飞说。

他舔了舔嘴唇。是渴了。

我们退回屋里。

院子还是那个院子，我房子的布局还是原先的布局，丝毫不变。我让张叶飞去厨房拿了一碗水喝，我自己坐在堂屋中想办法。

根本没办法。

有什么办法？

我要急死了。

我在堂屋中走来走去，忍不住狠狠跺了一下脚。谁知道这一脚下去房子狠狠晃了几晃，厨房里的张叶飞也吓得把水碗摔碎了。"出他妈什么事了？"我听他吼道。

这回我算清醒了。我没有做梦，但我身处的现实跟噩梦差不多。我的房子的确不知道遭了什么诅咒，居然悬在半空，上不得，下不去。走路重一些就能使房子晃摇。我摸清楚了情况也就不敢像先前那样跺脚。即使我现在很想一拳砸在墙壁上也不敢了。万一砸穿了墙壁，我都找不到材料修补。我处于与我房子一样的绝境中。

张叶飞从厨房里出来。

"刚才发生了什么事？风吹的吗？"他问。

"我跺了下脚。"我说。

张叶飞皱着眉横我一眼，意思是这种时刻还有心思开玩笑。

我哪有心思开玩笑。我他妈真的只是跺了下脚。

张叶飞走到堂屋中唯一的那把椅子上坐着。那椅子从前是我父亲常坐的，也是他亲手做的。

我只好蹲在地上。

"你想到办法没有？"张叶飞问。语气很寡淡。他早已猜中我什么办法也想不到。

"你不要用这种该死的眼神望着我，我要是有办法还急什么。"

"你总是有办法的嘛！"

"我有个屁！"

"白云飞，你不要动不动就发脾气。"

我实在不知道跟张叶飞如何说话了。这个蠢笨的家伙。要不是现在悬空的房子附近再无人烟，我就将他赶出我的房子。

张叶飞从椅子上挪开屁股，也和我蹲在地上。他倒摆出一副仔细思考的模样来。难不成他想到什么了？

"难不成你想到什么了？"我脱口问他。我忘记先前还很不耐烦。要说我跟他友情深到什么地步，那就是我即便烦透了他也会瞬间与他说话——前边争嘴打架，紧接着能一起干杯喝酒，就是这种亲如手足的情谊。

这会儿他见我又是一副好脸子，也嬉皮笑脸说道：

"办法倒是有一个。"

"什么？"

"就是往下面扔东西啊！"

我扭开视线懒得看他。

"你不觉得这是唯一的好办法吗？人遇到危险第一件事干什么？"

我懒得回答。

"喊救命，是不是？可这儿喊救命谁听得见？所以得往下扔东西。既然我们都确定地下就是……就是老家！搞不好我们是原地升到这个位置的，那就是在我们自己村子的上空，只是看不见它，那就好办了，直接丢东西下去就会有人发现，有人发现自然有人好奇，这么一所房子在身边平白无故消失难道不引人好奇吗？"

他说得也对。嘿。他居然会想到这么一出。看来我对他并不完全了解。张叶飞还是挺聪明的。

"只怕东西落不到地上就被大风刮走或偏了方向，飘到别的地方，谁还认得出？如果像你说的一样，东西落在我们自己的住地上，并且没有砸到人的话，那儿的人起码能辨认出那是我家的东西。落到别的地方不仅损失我的东西，万一砸伤和砸死了人，追究起来是拿你去问罪还是拿我去？"

"哎呀，白云飞，你是不是想得太远了？我们这时候该想的是如何逃出去。你想这么多干什么？你还要不要逃出这个鬼地方？"

"这不是鬼地方，这是我的房子。"

"可它悬在空中算什么房子？你见过谁的房子在这儿，啊，在这儿荡啊荡？"

"荡有什么不好。小时候我们都喜欢坐秋千上荡。你就当坐秋千了。"

"白云飞，你怎么又说胡话了。你跟我生气没用，还是好好动动你的聪明脑袋，想想怎么逃出去吧。"张叶飞起身，又不知去哪儿，想起屋子外面可比悬崖深渊恐怖，又坐回椅子上。坐回椅子上又跳起来，因他突然想起跟谨言约好要去隐居的地方。

"你不要担心。"我安慰张叶飞。

张叶飞气呼呼地去院子里坐着继续生闷气。

这能怪我？我也是踏出门槛才发觉遭遇了绝境。

"这一定是老天要灭了你跟我。"张叶飞在门口悲伤地说。

我听了有悲伤也有怀疑。我有这么大的面子能惊动老天爷亲自灭我吗？但也说不定。这么平白无故升到半空中，没有特殊的能力谁能办到。

要说谁有特殊的能力那就只能是黄三爷爷了。我曾亲眼见他随手一挥，就将我木门腐坏的部分一下子恢复如新，只可惜我的门总是过不了多长时日又坏了，所以黄三爷爷就经常出入我的院子。我也很欢迎他来。那时候我跟父亲意见还很不相投，儿子和父亲之间嘛，态度总是冷厌寡淡的，他越不让我干的事情我越干得欢，他越反对的事情我越争取，他让我向前我必转身。那时候他警告过我，让我不要跟黄三爷爷走得太近。我偏不。我不仅跟黄三爷爷走得近，而且还故意在他面前表现出对黄三爷爷的万分热情，就好比黄三爷爷才是我亲爹。我忘记他跟我说过的话："你千万不要让他看见我们的家。门坏了就坏了，不要让他修。你跟他走得近就好比你伸脖子给他掐着，他一直会监视着你的一举一动，你做出一点点举动都逃不掉他的眼睛。你会吃亏的。你记住我的话，见到黄三爷爷来了你就躲在房间不要出来，你不出来他也就抓不住你的把柄。你可一定记得我的话，要不然……要不然你会被关在这个房子里哪儿都去不成，你会像只笼子中的鸡，被挂在半空中上不去下不来，连打鸣儿的力气都没有。你可一定记得我的话。"他当时说得苦口婆心，只有亲爹才会用这种语气跟我强调。但我哪里会听他的话，我觉得黄三爷爷不同凡人，如果我能学到他的本事就好了。

现在想来，或许我父亲才是真的看清了黄三爷爷。也难怪他会一直躲着，只要黄三爷爷的脚步声从外面响起，他就躲在自己的房间不出门。最近两年黄三爷爷来得勤了，我才发觉我父亲早已离开他的房间，大概是从后窗跳出去逃走的。他在窗台上留下一张字条给我，仅两个字：快走。

现在我明白了，到了最后关头父亲还是愿意喊醒我。可我始终没有看透黄三爷爷。我以为他真是出于善心想要帮助我这个苦命的人。我知他有能力，却不听我父亲的忠告："那些能力都是用来对付你的。你不知道黄三爷爷和那家人是亲戚吗？"

"那家人"就是我母亲的仇人。

我以为黄三爷爷虽然是他们的亲戚，也未必会站在他们一边。坏人的亲戚总不会都跟着坏，好人的亲戚也未必个个都好。我是这么想的。

我遇见的这个黄三爷爷大概是跟着他们坏的一个。我怎么现在才想清楚呢。一个挥手能复新的人，也同样具备挥手能毁灭的本事。

此刻悔意绕在心头。我从地上起身，想跺脚怕房子晃摇，想出去散一散怒气也不行，我算是体会足了什么叫热锅上的蚂蚁走投无路。

就在我轻脚轻手坐到椅子上，想让自己稍微平静一下时，门外却传来两下敲门声。

我看见张叶飞惊得从院坎上跌落下去，扭头慌张地瞧着我，手指着门外："这……这……"

"去开门。"我镇静地对他说。既然知道是黄三爷爷使的坏（我敢确定是），那他必定要来告诉我为何这么对我。这是一定的。这敲门的声音怕是来传达他的意思呢。他肯定不会亲自来。

"去开门。"我又对张叶飞说。

张叶飞壮着胆子去了。

我也走到院中，两眼盯着打开的院门。

"是你？"张叶飞声音惊喜，门刚开一条缝他就脱口叫出声，随即便将木门完全拉开。

谨言站在门口。

"是谨言。"张叶飞扭头跟我说。

"看见啦。"我说。

谨言站在门口不进来。

"黄三爷爷叫你来的吧？"我冷淡地问她。

"是的，云飞哥哥，我黄三爷爷让我来告诉你，这阵子你就不要乱跑了。"

"果然是他。只有他能将我安置到这个好地方。"

"他说你这么聪明，肯定知道是他。"

"我倒没想到是你来传话。"

"黄三爷爷说，你该清楚我是他的亲戚，得真正喊他一声爷爷。我来传话没什么好奇怪。"

"是啊，我竟忘了这一点。不过你跟黄三爷爷的亲戚关系什么时候变得这么厚重了？原先你们可是不来往的。说起来也算不上亲戚，你们只不过都姓黄而已。是不是？"

"是。"

"那你怎么还肯替他跑腿，难道在你眼里张叶飞是可以随便丢在这个地方不管的吗？"

谨言瞅了一眼张叶飞，什么话也没有对他说。

张叶飞自己耐不住性子了，拉着谨言到一边问话，谨言也是什么都没说。张叶飞气得扭头看着我，也不知道如何办才好，于是牛一样地粗声出气，像是这辈子第一次也是最后一次需要这么用力地说话和发脾气。他朝着地上狠狠地坐下去，问道："你告诉我，到底出什么事了，你说！！"

他是抬头望着谨言说的。

谨言和我一样，也是第一次见张叶飞如此冒火。

她呆呆地望着他，望了好几秒钟，才突然回过神哈哈笑起来，指着张叶飞说："你也会发脾气啊？我还以为你天生就不会生气呢！"

她又笑个不停。

倒是把我笑烦了。

"你快住嘴吧。要么进屋来说，要么赶紧走。"我对她说。我说完才想起，她是怎么上来的？

"你怎么来的？"我问她。一边问一边扯着她胳膊拖进门，我自己伸头往外瞧，却是云雾缭绕的，白得发亮的云彩就飘在我家对面，跟之前一样，仍然是悬空的。

"我知道了，是黄三爷爷送你上来的。"我有点儿泄气。

"是的。"

"那你一定知道隐藏在哪儿的路，对不对？是有路通往我这个地方的，是吗？"

"是。"

"那你快告诉我们。"张叶飞迫不及待地抢先说。

"我其实并不知道。根本看不见路啊。我只不过按照黄三爷爷说的，尽管迈开脚走就行，至于路……"谨言摇了摇头。

"真的看不见？"张叶飞不死心。

"看不见。"谨言说。

她不像是说谎。

我更绝望了。这么说来，我真的要像谨言说的那样，必须按照黄三爷爷说的做，好好待在我的房子里哪儿都别想去。

"他总得有个理由啊，平白无故的，为什么关我们？尤其是……"张叶飞看了看我，有点儿惭愧地小声问，"尤其是我。我并没有做什么坏事。"

"你做了。黄三爷爷说你做了。你不知道我们那儿的大小事情都要听黄三爷爷的安排吗？他说你要待在这儿，你就安心住一段时间吧。反正这里其实也不错呀，你看看，你开门就可以看见云彩了，你以前不是很喜欢看云彩吗，现在不用抬头就能看见，甚至坐在门口伸手都能摸到它们呢。"

"你在说什么昏话呢，谨言，你怎么忍心让我处于这种境地？你不是喜欢我吗？前天我们还约好了，找到白云飞就去隐居。"

"你们现在就是在隐居呀，还有什么地方比这儿更好？"

张叶飞不敢相信谨言会用这种态度跟他说这么无情的话。他向后退了几步，仔仔细细看着谨言的脸，像是第一次认识她那样看着她。

"我只是来传话的，我的话传完了。"谨言说。

"还没传完呢。"我截住她。她本来想转身走。

"是呀，你不用急着避开我，把该说的话全部说完。至少告诉我们，他凭什么将我们关在这儿。"张叶飞也冷言冷语地对她说。

他是伤心透了才说这么……这么……我不知怎样来形容他此刻的心情。

谨言也做出爽快的样子，转身面对我和张叶飞。

"那就说清楚好了。"她笑着。

她笑着走到我的院坎上坐着，然后才动嘴说道："因为你白云飞做了一件令所有人害怕和痛恨的事。"

"我？"我不明白。我做了什么？

"我做了什么？"

"你杀了人，杀了三个。他们手里都没有武器，手无缚鸡之力，但你却将他们都杀死了。就在前天夜里，你顶着夜色追杀他们一晚上。他们跑啊跑啊，却还是被你抓到杀了。"

"我做过这样的事吗？"

"千真万确。"

"黄三爷爷说的？"

"不仅黄三爷爷，所有人都听见那天夜里你追杀他们的声音。你的声音都变了，但这隐藏不了什么，仍然能辨认出是你。哪怕不通过声音，只通过脚步声，也可以认出是你。"

"呵，也对，他们长期这么盯着我，别说脚步声，所有人在一起同时放个屁，他们都能从中知道哪一个屁是出自我白云飞的屁股。"

"那跟我有什么关系？"张叶飞急着问谨言。他都顾不上教训我又说粗俗的话。

"是你告诉白云飞那三个人回来了，也是你在前天晚上明明遇到杀完人的白云飞，见他筋疲力尽满身是血，硬说自己什么都没看见。黄三爷爷问你的时候，你是不是说什么都没看见？"

"我是这么跟黄三爷爷说的，可我确实什么都没看见呀，他手上有刀吗？没有！我没看见刀。他身上有血吗？没有！他只是出去喝了一顿酒，摔了满身的泥水，我还闻到他的酒气呢！黄三爷爷非要我说看见他拿着刀，身上穿着染血的衣衫，我确实没看见。没看见的东西能乱说吗？"

"你看见了。你只是包庇你的好朋友。"

"黄谨言，白云飞也是你的好朋友，你怎么会用这种态度对待我们？"

"张叶飞，你怕是想多了，我怎么会有这么心狠手辣的朋友。你可是看清楚了，这个人他杀了我的亲戚，你还说他是我的朋友？这么多年来他一直就没有忘记复仇，他还记着仇呢，即便那根本不算什么仇恨。他母亲的死是她自找的，是意外，是……"

"你滚！"我实在听不下去了。

"马上滚！"张叶飞也听不下去了。也或者他其实更怕我出手打黄谨言。毕竟不管怎么说，他心里仍然爱她。不管怎么说，一时半会儿他忘不了她。

黄谨言扬起脸，瞪了我和张叶飞一眼，急匆匆地走了。她其实也害怕我打她，毕竟在她看来，我身上有三条人命，是个亡命之徒。

张叶飞伸头往外看，我也伸头往外看，我们都想知道她是怎么回去的。什么也看不见。她一出门就隐在白云中，像是被云彩一口吞掉了。什么都看不清。白云什么时候将我的房子罩住的，谁也不知道。

"算了，歇歇吧。"张叶飞说。他摊开手，表示已经接受了现在的境况。

我对张叶飞感到抱歉，毕竟他是受了我的牵连才落到这个地步的。他有气无力地进了我给他安排的客房休息。他刚失恋，需要时间消化。

我没有进屋休息，而是靠在檐下的墙壁上两眼盯着院子大门。这道三天两头就朽坏的木门这会儿倒是好好的了，半点儿坏的迹象也不见，就是从前修补过的痕迹也不在了。云彩像烟雾一点儿一点儿涌进门，涌进门就不见了。也许在远处看，我是被云雾捆住的。

也不知张叶飞是太生气，气累着了，还是天生瞌睡大，居然打起了呼噜。呼噜声也太重了些，吵得我的房子都想摇晃。

第二天早上我醒来，张叶飞老早就坐在院子里。

"早啊。"我对他说。

"早。"他说。

昨天晚上他睡得恐怕不好，脸是浮肿的。我没跟他说他脸浮肿的事。我进屋洗脸，照镜子的时候发觉我自己的脸也是浮肿的。

我这人吃什么是什么，从不过敏。难不成因为房子悬空造成的？我想只能是这个缘故。管他呢。

张叶飞还哭丧着脸坐在院坎上。我对他说，屋里有椅子，坐椅子上不好吗？他不高兴坐椅子，说椅子太旧了硌屁股。

我这屋里的东西确实都旧了，除了那道明明很旧的院子大门，这会儿倒像是新的。我怀疑我的大门早就不在了，被偷换了，这道门是别人弄来给我装上的。

我进屋搬了椅子坐在院中，等太阳来照我。早晨的太阳是清新的，有新发芽的植物气味。可是太阳出来照在我身上全是热辣辣的感觉，我这才想起我已经不在地面上了，我又搬回椅子坐在屋檐下，这才勉强获得一丝凉快。

张叶飞还是坐在院坎上不肯挪窝，顶着太阳晒，我都有点儿同情他了。要是我有黄三爷爷那样的能力，我第一个将他送回他家。

这种惨境还是让我一个人来承受吧。

可我怎么就杀了人呢？我记不起来。不过，我确实醒来发觉手上握着刀子，身上有染血的衣衫，脚上有污泥，像是一整夜在外面狂奔厮杀。可我什么也记不起来。

房子突然摇晃，晃得我脸上的肉都在抖颤。

"外面有人说话？！"张叶飞腾地从地上起身。他已经奔去开门。

"你快来看！！"他开门后大惊失色。

我走到门边，张叶飞和我像两个门神一人一边把着门框。

外面一大群人，全是我们原先那个住地上的那些人，就连张叶飞的父母都来了。所有人之中，也只有张叶飞的父母脸上露出痛苦的表情，见到张叶飞后，张叶飞的母亲就忍不住眼泪了，哭倒在地上，声嘶力竭地喊道："叶飞啊叶飞，我总算见到你了！你怎么会落在这个地方啊！"

张叶飞的父亲脸有怒色，他用猛烈的目光盯着我说："都是你惹的祸，牵连我儿子和你一起受罪！"

"我惹什么了？"我冲张叶飞父亲摇摇头。

黄三爷爷始终站在最前方，脸上早就没我从前熟悉并尊敬的慈眉善目，而是一双狠辣的眼睛，一副要将我剥开示众的面色。

"我到底做错了什么了？"我忍不住问道。

"听听，你们听听，这个亡命之徒干了那么丧尽天良的事情还问出这样一句没心没肺的话。你们看清楚了，这就是你们宠着长大的白云飞。"

人群一下炸开了锅。他们七七八八地说着什么，我只听见两句："是呀是呀，算是瞎了眼看不清他的真面目。和他妈一个样！"

这跟我母亲有什么关系？

说起我母亲，我现在居然不恨那三个人了。我现在想去母亲坟前磕头，多少年了，我从未去拜祭过。

人群还在热议。他们对我指指点点，面含怒气，恨不得所有手指都变成利剑来戳穿我。

"看见了吧，白云飞，你的恶行人人痛恨，也令人恐惧。"

"黄三爷爷，我到底做了什么？你还没有告诉我。"

"白云飞，装傻充愣是没有用的。难道你不知道你杀了那父子三人吗？"

"你是说……"

"……你母亲的仇人！"

"我没有。"

"你有！"

"我没有印象。"

"你没有印象是因为你想逃避。你的确杀了他们三个。"

"黄三爷爷为何要冤枉我？"

"冤枉？你问问这儿所有人，我冤枉你了吗？那天晚上我们都听见你的喊杀声，所有人都透过窗户看见你追杀他们的身影。"

"是，我们都看见了，那天晚上你白云飞看起来就像一头野兽。"一位老者接着黄三爷爷的话说。他说这句话时躲闪着我的直视，很害怕我。

"你可听清楚了？"

"我听清楚了。"我说。心里泛起一种比吃了毒药还要命的苦痛。

"那你就要接受我们的惩罚。"

"我不接受。"我说。

"这就由不得你了。"黄三爷爷脸色变得更狠辣。

"我什么都不记得，这就表示我可能没有干过你们说的这些事，不能接受你们的惩罚。现在你们这样关着我是不合理的。"

"抬上来！"黄三爷爷说，朝身后招了一下手。

抬上来三个人，白布蒙着他们的面。

"抬过去给他看清楚。"黄三爷爷对那几个人说。

那几个人就抬着三个人走到我跟前。揭开白布，我仔细一瞧，忍不住哈哈笑了起来，是那父子三人不假，他们身上都有刀杀的洞眼，其中一人面色青紫还擦破了皮，证明死前摔青了脸，狼狈不堪，天哪，天理难容他们，总算天公有眼！

我止不住地哈哈笑。多年以来，仿佛长在心口上的一个结此时终于得解，母亲总算可以瞑目了，她的仇人们也死了。

"死得好啊！！"我说。

"猖狂！"黄三爷爷大声喝止我。

在场的人也七七八八地连声骂我。

"看清了吧？都是你杀的。"

"不是我。"

"你猖狂的笑已经告诉我们了，你杀了他们。"

"我只是高兴他们死了。谁杀了他们我不知道，但我很高兴。"

"白云飞，男子汉大丈夫，敢杀人就要敢承认。"黄三爷爷说。

"虽然我是很想亲手杀了他们，但我脑海里对此一点印象也没有。你不能随便栽赃。"

"那你可要看清楚这些了。"黄三爷爷说。他蹲下身，解开脚前放着的一个包袱，从里面拖出一些衣服，牵开两边的领子给我看。

啊，都是我的衣服！怎么会在他手中？

我想不通，我的衣服明明放在房间里，当时为了不见着它们心烦，我特意挂在客房的墙角。那天早上，我的确是穿着这些衣服醒来的。我记得我好像洗干净它们了呀，可黄三爷爷将它们拿给众人看，又拿给我看，我看见它们还是染着血的，还是那天早上醒来时我看见的样子。

黄三爷爷又拿出一把刀子，竟然也是我先前扔向窗外的那把刀。它身上还有血迹，我记得洗干净血迹了呀，可是……

"这些总不是别人的东西吧？"

"这些是我的。"我说。

"那就是了。人就是你杀的。一口承认不是更爽快一些吗？"

"我只是醒来发觉穿着这样的衣服，手里握着这样的刀子，别的事一概不知。不记得。"

"你会记得的。今天就问这些，改天再来问你。"

黄三爷爷说完，突然又是一场大雾将我和张叶飞视线蒙得严严实实的，什么也看不见，等到浓雾散开，人也看不见了。

又都走了，又只留下悬空的房子和我们两个。

张叶飞跌坐在门槛上，又怕摔下去，便蹲着挪进屋，关了大门。

过了三天，黄三爷爷他们不见来。说是改日再来问，又说我会想起杀人的事情，但我什么事也想不起。

不过，之前我看见张叶飞的脸有些浮肿，这几日更浮肿了，我自己的脸也肿得不像样。这是第三天的早上，我是为了迎接有可能突然到来的审问而特意洗了一把脸，这才发觉脸比之前更难看，有点儿像猪脸。原先正常的五官现在都变大了一号，看着既丑陋又夸张。并无过敏的东西呀，莫非身在半空中，人会逐渐变形？

我走出门，看见张叶飞靠在院坎上。

"想什么呢？"我问他。

张叶飞脑袋重得抬不起来的样子，头也不回，盯着门外说："还能想什么！"

"有一件事我想跟你说。"我实在不忍心不跟他说，他的脸变得和从前不一样了，同时我也想解开疑惑，难道他天天照镜子却没发现什么异样？

"什么？"他勉强扭了扭脑袋，仍然没有转过来面对我。

"不知道是不是处于悬空的原因，我们的脸变得和从前不一样了，变得很宽大肿胀。张叶飞，你没发现吗？"

"什么？"他完全扭过头，对我一番打量后，乜斜一眼道，"你说什么胡话呢！"

我急忙搬来镜子，给他照。

他照了照，摸摸脑袋和脸："这不好好的吗？"

"这也算好好的？"

"是啊！有什么问题？"

我就想不通了，是我的眼睛有问题还是他的眼睛有问题，又或许是镜子有问题。瞧他那说话的样子，也不像是跟我开玩笑，而且一个人在知道自己脸变得……不会吓得跳起来，不会感到害怕吗？再说，脑袋不感到重吗？

张叶飞一点也不害怕。我仔细观察他，他一点也不惊恐。

我倒是暗自害怕了好几天，起初我以为是我和张叶飞都患了什么毛病，会好的，所以照镜子的时候才会无所谓地说一句"管他呢"，可一到晚上却整夜整夜失眠。一是眼睛比从前大，无法正常闭眼，闭到一半就闭不上了，二是脑袋比从前重，想要侧身睡却怎么也抬不起头翻过去，只能仰躺着，仰躺着脖子受不了呀，就好比一棵细瘦的番茄苗结了个超出承重范围的果子，怎么也吃不消。每天晚上我的脖子底下都要垫上很多衣服，帮助我将脑袋上宽厚的脸托着。可是脸越来越大，垫脖子的衣服都不够用了。更可恨的是，最近哈欠打到一半就断了，无法连接成从前那样一个完整又畅快的哈欠。

"奇了怪了！"我说。实在想不通，难道只有我一个人看见脸出了问题？

"你真的看不见脑袋上……有什么不一样吗？"我又问他。

张叶飞把镜子塞给我。"神经！"他说，"你是不是关在这儿关出毛病来了！"

看样子的确只有我能看见这种怪象。

我想摇摇头，昨天还能摇头，现在摇不动了。我双手托着脸从张叶飞跟前走过去，在院子里走几圈，算是锻炼身体了。之前我在地面上的时候有跑步的习惯，现在不知还能不能保持原先的速度。说起地面上，我突然有点儿想念我的父亲。想起父亲，我便回头看了看他住过的房间，真希望他此刻就从房间里走出来。

第八天。

这是第八天了。

"第八天了呀！"我长叹着对张叶飞说。

张叶飞裹着毯子坐在院子中间。他将我父亲的椅子搬到院子中长时间地放着，早上一起床就拿了毯子裹身上坐在那儿。

"椅子都快被你坐散架了。"我说。

"反正也要烂了。"他说。

他居然瑟瑟发抖。

"你生病了吗？"我表示关切。

"下雪了。下雪了你看不见吗？"

下雪了吗？我推开院子大门，真是下雪了。大雪纷飞，只是院子中却一点也没有落进来。至于为何这个敞开的院落居然没有雪花落进，只有天晓得。

我敞开大门，退后几步，蹲在地上欣赏起落雪的美景来了。我记得母亲很爱落雪的天气，虽然冷，她却非常喜爱。我记不起母亲的样子了。一点也记不起。

"你快关门，我冷得很。"张叶飞在背后说。

管他的，我不冷。

我继续开着门，继续盯着门外。门外大雪纷飞，仿佛我在等待母亲抱着柴火归来。门外只有大雪纷飞，看不见一座山，看不见一棵树，看不见一个人，甚至，连一条狗也看不见。

我听见父亲说：还不进来烤一烤火吗？

我听见黄三爷爷说：门都坏透了，好好修一修。

我听见母亲说：白云飞，我给你织了件新毛衣。

我听见谨言说：云飞哥哥，我其实……

我突然醒过神来。醒过神来回想起先前脑海中闪过谨言的画面，心里一阵慌张。莫不是我也喜欢她？喜欢她是很久以前的事情了，现在喜欢她的人是张叶飞。

张叶飞瑟瑟发抖，冷得要生病的样子。

我急忙走去准备关门。

谨言突然出现，我还是关了门，把她关在门外。我走进堂屋，逃跑似的走得很快。

张叶飞在身后叫我："白云飞，我听见有人敲门。"

我对他说，你听错了，雪下得很大。

张叶飞就没有继续说话了。我回头看看，他低着头，将头深深埋在毯子里。院中虽不落雪，风却一阵接一阵吹进来。

我就不明白，为何这么冷张叶飞还要蹲在院子里。每次我一出门第一眼撞见的总是他。如果给我父亲看见，又要让我提防张叶飞了，说他是个不可交心的人。

父亲是个谨慎的人，不过他也太谨慎了。张叶飞是我最好的朋友，我们一起长大，情同手足。

我让张叶飞进屋坐，他好像没听见。让他在那儿吹一吹冷风也好。有些心里的麻烦事儿，还是吹一吹风散得快。

第十九天。

这是第十九天的晚上。这一夜我感觉脸比先前小了一点，睡眠突然就变好了。我总算能合上眼。可是一合眼，我就在睡梦中睁开了眼睛，双脚也不像立于梦境，而是站在地面上。我正在穿衣服，正在往后腰上别一把刀，然后打开我的院门站在门口，眼睛望着黑暗中通向树林对面的那条路。

我向着那条路走去，穿过树林，踩在还有些潮湿的草地上。前几日下了雨，土地还是湿的。有个地方有一片小水坑，挨着好几个水坑，我没有拐弯，直接从那些水坑中踏着过去了。裤脚湿了，衣服也湿了。在其中一个水坑里我踩着了石头，摔在里面，我从水坑里爬起来继续赶路。

月亮终于从云层里冒出来，我再也没有摔跤，刀子在后腰上被月光照着，我扭头看见发亮的刀把。我的脸很茫然，眼睛却始终盯着脚下的道路。

很快，在一条宽敞的路上，我看见了三个人。一个人走在前面，两个人走在后面。我迎面朝他们走过去。他们远远地看见我，想走另一条路，但是另一条路显然离家很远。"也许没事。"他们大概是这样想的，就朝着我继续走来。我也向他们继续走去。他们之前爬了山，去山上祭祖，这会儿都累了，走得很慢。是张叶飞告诉我的，这三个人回来祭祖。

哈哈！遇上了！近了！我靠近他们了！我脸上居然在流眼泪呀，眼泪像雨水落在地上！我走近第一个人，也就是走在最前方的那个人，我和他最先相遇，他看我的眼神有点儿狂躁，恐惧，嫌弃，不屑，骄傲，嘲讽，总之什么态度都有，从前如何看我，眼下仍然如何看我。他们看我才会用这些眼色，不多说话，毕竟我是健壮的青年了，看我父亲就不仅仅是这些眼色了，还有侮辱的话呢，他们中的父亲一旦跟我父亲再闹矛盾，必定指着我父亲说："老子杀了你老婆你不也就这样。"

现在我遇上的是他们中的年轻人。我不知道他是哥哥还是弟弟，反正不是那个父亲。不管他们是谁，都是杀我母亲的凶手，辱我老父的恶人。一个一个遇上更好啊，毕竟我势单力薄。当然，我不是一片秋天的树叶，我比母亲强壮，她生我时，我不过六七斤重，细弱的哭声，细弱的骨头，软弱的脑袋和脖颈，手脚无力，虽然耳聪目明却口不能言，现在不一样了，这些天生软弱的骨质在成长中一天一天强硬，我不是树叶，我是树本身。我向这个人走去，可我不停地落着眼泪。

我走近他时，他才感到危险。我亮出刀子时，他拔腿就跑，后面那两个人也拔腿就跑。于是我只好在后面追着他们喊："站住、站住、站住！"

我觉得声音都变了。不像是我的声音，像我母亲的声音。

他们在前方拼命跑，我在后方顶着夜色大步小步追撵。天空中月亮一会儿躲避一会儿出来，地上一会儿有光一会儿无光。

他们跑起来真快呀，也正常，他们是扛着自己的命在跑。

有时候我感觉他们已经在我眼前，被我追到了，于是我就挥动刀子，落在眼前的却只有树枝与树叶。我仍然胡乱挥动刀子。

后来我就累了，我就扛着刀子往回走。刀上染着血迹，衣服上也染着血迹，我的确杀了他们。谁知道怎么杀的，反正他们死在路上了，还把我绊了一跟头。

我在回家的路上遇到了张叶飞。张叶飞很吃惊我怎么搞成这个样子。不过他没多问，看到我的刀子也没多问，只是说，你怎么喝成这样？

张叶飞就走了。很奇怪，他居然边走边露出微笑。我也转身顶着月色回家，推开门倒在床上就睡着了。刀子握在手中。

突然，我在睡梦中听见有人在喊我，我一着急一睁眼醒了过来，醒来才觉得可怕，我想起了我确实杀了人，但就像梦里梦到的那样，我是迷迷糊糊去杀了人的。

"黄三爷爷来了！"张叶飞说。

我急忙起身，走到门口一看，黄三爷爷和上次那些人全都来了。谨言也来了，上一次她没来。

"谨言。"张叶飞小声地喊了一句。

谨言看了看我，脸上有点儿不高兴。

"你想起什么了吗？"黄三爷爷信心十足的样子，像是早已抓住我什么把柄。

"想起来了。"

"那就好，那就不用再说我冤枉你这样的话了。"

"我确实杀了人。"

"承认就好，杀人偿命。"黄三爷爷抱着双手，站在远处云中像一尊神。

"杀人偿命？为什么？"

"你还有什么说法吗？"

"既然杀人偿命，那父子三人为何活得好好的？既然杀人偿命……"

"你不要胡搅蛮缠了，白云飞，当年杀死你母亲的人比你大不了几岁，他还是个孩子，罪不至死。定下这些规矩的时候，你的父母、你，包括所有我们那片住地上的人，都是举双手赞成的。孩子罪不至死，这是大家都同意的。何况他们也赔了钱，那孩子当年也受了几载苦——像你现在这样，我把他关了好几年，他也失去好几个春秋的自由，也是做出了偿还的。你现在已经长大了，却还记恨着已经了结过的私仇，杀人不眨眼，我们所有人都不能容忍你这样的人继续住在身边，从你的残忍举动来看可以断定你是个天生的暴徒，也是个对别人的成就眼红而嫉恨的家伙，你隐忍这些年，眼见他们越来越好，而你因为个人原因过得不如意，心中生了恨意而杀掉他们，这是报复心理，远远不止私仇那么简单。我们这些人坐下来仔细研究过，你就是一个容易报复别人的人，你随时可能报复任何人。我们在场的指不定就是你下一个目标。最可恨的是，你杀了人还不承认，想要逃避责罚，你准备逃走对不对？如果不是我们提前做了安排，稳住你，拖住你逃走的心思，你早就像鸟一样飞得远远的了！所以大家才一致将你推到这个地方，也好让你清静清静。你既然做了害命的事，就应该为你自己的行为承担责任。你现在还有什么可说的？白云飞，男子汉大丈夫。"

"黄三爷爷，你说完了，那就让我来说几句。当年杀我母亲的真正凶手并没有受死，他们派出并且你也接受了一个年纪和我差不多的人去顶罪。对此我到现在还很奇怪，你怎么会接受一个年纪比我大不了几岁的人去顶罪呢？

"按照你的规矩（不错，我们的父母是同意过的，他们总是全盘同意毫无反驳，总是如此。作为他们的子女，我在母亲肚子里的时候就已经注定要继承他们同意过的所有规则，不能有异议。有异议也是无意义），一个孩子确实罪不至死。但你看看那个孩子，你是亲眼所见的，当年他魁梧的身材早已超出他的年纪，健壮如牛，灵活敏捷，就算是个成年气盛的男子与他打一架也未必能赢，何况我那柔弱的母亲？

"黄三爷爷，你老了，许多事情已经不是过去那种样子了，你的有些规矩是不是要换一换了。虽然我们周边的那些住地上的人也是这么制定他们的规矩，但也许他们早就换了呢。"

"你想多了，他们和我们一样，而且只会更严格。你的事情放在他们那边，你早就下地狱了，哪里还会在这儿分辩。我们现在是给你分辩的机会，不是来听你破坏我们的规矩。下了结论的事就要遵守。"黄三爷爷插嘴说。

"好吧，你一定要这样说我也没有办法。"

"你没有资格！"人群中不知道谁说出这句话来冲我。

我看了看眼前这些人，没有一个人表现出对我的同情。他们恨不得我立刻跪下来认错并急忙受死，免得浪费他们的时间和精力。

"好吧，黄三爷爷，"我看着黄三爷爷说，"你回想一下当年我死去的母亲，她头骨上的皮都被掀了起来，我们都是母亲生下来的孩子，你是不是也觉得可怜和心疼呢？黄三爷爷，你或许是因为活得太长，都忘了这些身为人子的感觉了。"

"放肆！你这个小畜生！"又是先前那个冲我的人的声音。我看见他了，是个老者。

"你闭嘴！"我也吼他。

"他疯了！"老者颤抖的手指着我。

黄三爷爷只是生气，脸气得铁青，但他没有吼我，也没有阻止我继续说。

"我是她身上掉下来的肉，他们打死她的时候，我感觉我整个身上的肉也在受死，也在疼痛，也在愤怒，也在不舍。我母亲还那么年轻。"说到这儿我简直说不下去了。

"你继续说吧，我听听你还要说些什么。"黄三爷爷说。他的脸色恢复正常。不愧是活了很久的人，气恨只在一瞬之间，眼下众人视线中又是他那张慈眉善目的脸。

"我母亲最后还是一个人带走那些痛苦了，她只将一部分记忆留给我继续活着，可我活得很苦痛，几十年的梦中，我一直都留在母亲死去的现场。你们所有人都退出那个场地了，只有我还在那儿一直站着。黄三爷爷，你说那事情已经了结了，在你看来是这样，可在我这儿永远也无法了结。就像你说的，杀人应当偿命，可有的人他们活得还比从前好。你只保护了那个杀人的孩子，说他罪不至死，但你忘了当年我也是一个孩子，谁来保护过我呢？我在无休无止的噩梦中过了半生，谁来问过我一声'好'呢？黄三爷爷，你本来与他们什么亲戚关系也没有，为何要处处替他们说话，要认下这八竿子也打不着的亲戚？难道就像你们给我泼的那些脏水一样，因为我是个天生的暴徒，我杀他们不是因为报仇，而是我纯粹是个随时可以报复任何一个比我过得好的人，是这样吗？你们觉得我是这样一个人？"

"你就是这样一个人！"人群中一位老者抢话说。

"我没有得罪你们呀！"我望着他们所有人说这句话。

他们全都抬眼瞪着我。

"你是什么样的人，我们这么多人都亲眼见证了。白云飞，你就不要耽误大家的时间了，你是有罪的。"

"我没有。"

"你杀了人。"

"也许我错乱中杀了他们，但我没罪，他们多少年前就应该受到惩罚，我只不过晚一点让他们领罪。何况我当时的情绪非常混乱，如果你们不提起，我根本没有印象发生过什么事。我处于……几乎可以说是梦境中，像患了病一样，只是在我潜意识中做了那样的事，也许是积压的委屈和悲伤促使我在不清醒的状态中失手杀了他们。我病了，只是病了。我父亲早就跟我说过，我夜里睡不安稳，大哭大笑，有时候会茫然地起来坐在门槛上一个人盯着黑洞洞的天空，任他怎么摇晃和呼喊都震醒不了我。虽然我不知道这叫什么病，但肯定与我母亲的冤死分不开。你们应该也看到过，有人患了某一类疾病后会做出与他平常行为所不同的事情。我是无辜的，我只是以为自己在噩梦之中。"

"你不是无辜的，你只是为了逃避责任而找理由。他们才是无罪的，他们有没有罪不是你一个人说了算，你没有杀死他们的权利。"

"那我也是无罪的，我只是了结了纠缠我半生的噩梦。为了我的母亲。"

"你什么都不为，只是为了报复我们这儿所有人。你觉得大家都亏欠你，很快你会杀光我们所有人，你就是这种心态。你只不过暂时先挑了他们三个。"

"黄三爷爷！"

"你喊黄四爷爷都没有用。犯了错就要承担，杀了人就要偿命。看在你父亲的分上我们让你再多活一个月。"

"我父亲？"

"对。你父亲。"

父亲已经跟我失去那么久的联系，难道他还会去找黄三爷爷？他可正是因为要躲开黄三爷爷才跑走的呢，怎么可能回来。

黄三爷爷跟我说完话，命人将绞死我的绳套都准备好，以我的罪，是要用这种死法。就在我的家门口，他们快速地搭好了台子，要在那个台子上结束我的命。搞完这些事情，他们一行人就走了。

只有一个人没有走。谨言没有走。

我倒是奇怪她为何留下来。

她向我走来。

我正奇怪她为何不走呢，她还就直冲冲地走到我跟前来了。

"你是他们特意留下来看住我的吧？"我苦笑，对她语气冷淡。同时又很伤心，我都处于这么个悬空的地方了，他们还不放心，非要我死了不可。

"负责看住你的人已经逃走了。"

"你什么意……"我边说边下意识往身边看，却看不见张叶飞了，后面的话也没说出口。

"张叶飞呢？"

"他走啦！"

"走？如何走？他怎么走的？哎呀，他是被黄三爷爷抓走了！"我大惊。

"也只有你相信他是陪着你在这儿受难的。"

"你不要挑拨。"

"我不挑拨。不挑拨你也看见事实了呀。白云飞你是不是傻？张叶飞从来只是你单方面认为的'最好的朋友'，实际上在他那儿除了嫉恨没有别的。不要以为从小一起长大就能成为知己好友，有的人只是嘴上对你称兄道弟，暗地里恨不得你死，你怎么一把年纪了还这么糊涂！"

"哪把年纪啦！"我气不过。

"好啦，是我说错话。"她脸色一红，接着说，"你要把我一直堵在门外吗？"

我让她走进院子。

我不信谨言的话，仔细找了一遍还是不见张叶飞。他恐怕真的被黄三爷爷抓去做人质了。可黄三爷爷抓他做人质有什么用？抓他不如抓我父亲，甚至，甚至不如抓……

我看向谨言。在堂屋的门边，我躲着偷偷看她。

谨言站在院子里背对着我。她一直盯着院子大门，好像害怕什么人一下闯进来。

我很久没有这么认真地看过她了，多少年来，她对我怎么样，是什么心思，我全都明白，可我一直躲避她，还眼睁睁地看着张叶飞追求她。听说她已经跟张叶飞好了，但也看不出是否好了，上一次见面，她对张叶飞的态度还十分冷淡。

我很想走进院子跟她说，那天晚上我梦见她了，可不敢开口，如今我是什么处境，早先不说的话，今天说出来更没有意义。

"你上次对我的态度可真吓人，云飞哥哥，你……"她是背对着我说的，好像知道我在身后躲着观察她。

既然被她发觉，我就直接走到院子与她说话："我到今天还想不通你为何要来说那些话。"

"如果不来说那些话你恐怕早就被打下地狱了。云飞哥，你是不是太相信张叶飞了？"

"怎么又是张叶飞？你和他……"

"我和他什么都不是，我对他什么意思都没有。一直以来只有他一厢情愿，他因为这样才嫉恨你的。你一点也看不出来吗？我就说你太相信他。"

"我从来不怀疑朋友。"

"你太天真了。天真也好，证明人善良。"

我看向她，她也看着我，有好几秒钟我们就这么互相看着，谁也没说话。我记得很多年前，那时候我十八岁，她十七岁，我们也这么互相看着，后来我们就彼此牵手了。那时候我没有那么多顾虑，那段日子因为她，好几个晚上我的梦中不是母亲死时的惨景，而是和她相拥坐在一大片开花的草地上。我在梦中看见月亮就在她头上照着，也照着我眼前那些花朵。那几日的晚上我梦里都是花香，她在梦中跟我说："云飞哥哥，你不要总是苦着脸。"好日子不长，我又跌入噩梦之中了，漫长的噩梦使我没有心思想别的。我疏远她，直到好像真的已经不再喜欢她，直到前几日张叶飞告诉我，他追到谨言了，要和谨言并且连带着我去一个新的地方隐居，我都没有难过。我由此肯定自己真的放下她了。

"你想什么这么入神？"她打破沉默。

"我在想，你怎么觉得是张叶飞害我。"

"我亲耳所听还有假？"

"亲耳所听？"

"是。"

"不会的。"

"怎么不会。我亲耳听见他告诉黄三爷爷，他在路上遇见你，看见你杀了人。"

"不。他没有这样说。那天黄三爷爷来的时候他什么都没有说。"

"当着你的面当然要装作和你站在一边。"

"不会的，他这么做能有什么好处。"

"你小看了人的嫉妒心。"

"张叶飞不会做这种事。"

"你高看了张叶飞。"

我摇摇头。天哪，我的头摇不动了。

"你的头摇不动了，不要摇头。"她提醒我，赶紧伸手来扶住我的脸。

"你看得见？"

"我当然看得见。"

"张叶飞就看不见，那些人也看不见。我是说那些陪着黄三爷爷上来审我的人，他们的脸也是我这个样子，除了黄三爷爷的脸是正常的，其他人都不正常，可他们都没有发觉。张叶飞的脸更像个超大气球贴在脑袋前，我奇怪他怎么扛得动，前几日跟他说时他还笑我是个神经病，怪我在这个地方住出毛病来了。"

"他是真的看不见。所有人都看不见。除了你，还有我。"

"为什么？"

"证明你跟我眼力都没有出问题呀。虽然我们脑袋跟他们一样，却并不糊涂，人只有清醒才能看见自己的……"她指指脸说，"才能看见自己的这副模样，也能看见别人。他们自己是不察觉的，他们只会觉得早晨起来脖颈很痛，肩膀很痛，腰很痛，脚跟也痛，抬不起头扬不起手，所以他们才会加强锻炼啊，他们早上跑步晚上跑步，趁着午间休息的时候就扭扭脖颈拍拍肩膀，这些动作能使他们暂时缓解那看不见的变形的脸所给予的负担，然后扛着这颗沉重的脑袋继续活下去。"

她说得好像有点儿道理。

"看不见还好。"我很沮丧，"看得见还继续扛着它活下去才是灾难啊。"

"你不要担心，"谨言轻轻拍拍我的肩膀说，"会消下去的。"

"会吗？"我不敢相信。

"会的，只是时间用得比较长。毕竟我们从小就这个样子，一直到最近才看出情况。要将它养好肯定不是一朝一夕的事情。"

我这才放心。从前我总是躲着谨言的原因不仅仅是长期处于噩梦之中，心理负担重而放不开，更是因为她太聪明。父亲跟我说过，太聪明的女人最好不要娶来做老婆。他也没告诉我聪明老婆有什么不好，但这个念头却在我心里种下了。

父亲大概是希望我在未来的家庭中永远是最聪明的那一个。

可是最聪明的人为什么要接受一个不聪明的伴侣呢？所以我现在一点也不想继承父亲的想法。他不知道聪明人与聪明人说话永远是最顺畅的。

谨言盯着我看。

"怎么了？"我说。

她急忙收回视线，望着大门。

大门紧闭。

"看来张叶飞真的走了。"我说。这是废话，是为了缓解眼前这种有点儿黏稠的气氛。孤男寡女。

"我住哪间？"谨言问，低着头。

"我那间吧。"我说。

"客房只有一间，张叶飞住过的。"我急忙补充。

我也不想住进客房。不知道为什么，提起张叶飞的名字突然有点儿厌烦。我住进了父亲的房间。

父亲的房间很久没有打扫了，我走进去被尘灰呛了鼻子。摆设还是原来的貌样，包括他跳走的那扇窗户也还开着。我让这一切都还保持着从前的样子。

半个月后，我跟谨言成了亲。是谨言的意思，也是我的心思，我再也不想逃避这段感情了。既然父亲不在家我们就自己拜了天地，冲着父亲的房间磕了头，也算是拜了父母。

我的期限就要到了。黄三爷爷定的期限。再有十来天，他们就要上来绞死我。谨言每天都将大门关着，生怕我看见门口架着的台子——他们七手八脚搭在我家门口的我的刑场。

我让谨言开着门，她不乐意，我就自己将大门敞开，每天面对那个刑场。

谨言一天比一天憔悴，不过，脸却一天比一天清瘦了，也更好看了，看得我心里一会儿感动一会儿愧疚。我是要受死的，是不该与她成婚的。

谨言早就猜中我的心思，她说她一辈子做得最好的事情就是跟我成婚。

我们夫妻二人坐在院子里，眼睁睁望着家门口的刑场，看着阳光照向刑台上那个架子，看着月光照向刑台上那条绳索。有时掉大雨，但没有将台子吹倒，也没有将台子淋垮，更没有将绳索吹掉，一切都清清明明地摆放在我们眼前。

"云飞，他们就是要让你感到恐惧。"谨言说。她语气很平静。智慧的人在残酷面前总是能保持镇定和冷静。她不像别的女人那样，在得知自己丈夫所要遭遇的大难时要么逃跑要么大哭。她只是冷静地陪我坐在院子里，眼睛一眨不眨地盯着门口的刑场，属于她丈夫的刑场。

"我死了你怎么办？"我反而有点悲伤了，但不怯弱，也不是心里害怕才说这句话。

她知道我没有害怕，她知道我只是要这么一问，要用这句话来表达对她的关心和不舍。

她清了清嗓子，嘴角含着微笑，她说："我会给你收尸的，会在你被绳子勒过的脖颈上系一条我的围巾，将你打扮得齐齐整整。对了，你喜欢我哪一条围巾？"

"灰色的。"

"不。灰色不好看。"

"那什么颜色好？你拿主意。"

"白色吧，白色像雪，也有点像我们院子里这棵黄玉兰的花色。你喜欢黄玉兰吗？它的花香简直不能再香了。"

"喜欢黄玉兰。"我说。我扭头看看那棵黄玉兰。平常我总是避开它不看，此时因为谨言说起，便忍不住将目光放到那儿去。黄玉兰是我母亲当年种下的树，已经很久没有开花了。

"现在是什么季节呢？"我问谨言。

谨言说她不知道现在什么季节。在这个悬空的地方也许是没有季节的。

可能吧，几日前还下过雪。

只有五天的期限了。

日子过得很快。

只有四天。

只有三天。

只有两天。

啊，还有一天，就是明天，我就要被绞死了。

就在今天午时，我院子里的黄玉兰竟然开花了。是谨言先看到的，连续几天她都在打理那棵树。今天中午吃完饭我在屋里休息，听见她激动地喊我出来看，我才看见那满树的黄玉兰都开了。仿佛是一瞬间开的，眨眼之间，花香顿时将我的房子包围，将我和谨言包围。

"不开花的树也能开花，还有什么不能？"谨言说。她像是要告诉我什么。

我只顾着高兴，能在死前看到母亲种下的黄玉兰开花，那就仿佛与母亲见了面，想想要真正去见母亲，我对死亡就更加不害怕了。只可惜谨言要一个人在此受苦。不知道我死以后这房子能不能再回到地面，谨言一个人住在这个地方太孤苦了。想起我死后房子可能仍然回不到地面，我心里猛地一震。

"我不能死。"我突然脱口而出。

谨言很高兴我这么说，她像是正在等待我这么说。

"我就知道你并不是真的糊涂，一个人要有为自己争辩的能力和勇气，不能来什么接受什么，不该我们受的罪半点也不要认。他们有他们的规矩，我们有我们的原则。你虽失手杀了那三个人，可他们没有一个是无辜的，起码有一件事你做得非常令我敬佩。"

"什么？"我记不起还有什么事情。

"你没有杀掉那个女人。"

"女人？"

"是的。就是那老男人的妻子，也就是那父子三人里面，那两个儿子的老母亲，你没有杀她。虽然她拖着你的脚，用东西砸你的脑袋，你仍然将刀子避开她，并对她说：'你是女的，我不杀你。'那天晚上我在窗户下看到这一切。我是因为看到这些才决定再也不要离开你了。在你身上我没有看到暴徒的痕迹，我只看到你身上永远不灭的侠义和真情。冤有头债有主，你没有滥杀无辜。我很伤心他们要绞死你。没有人觉得他们这么做才是暴徒的行为，没有人理解你。我一个人什么也做不成，我尽力了，云飞，如果不是我和你父亲一起求情，你恐怕早就被绞死了。"

"我父亲？"

"是呀。我忘了告诉你，你父亲一直在那儿求情，他一直……"

"一直怎么？"

"他一直跪在黄三爷爷门口。他在那儿磕头认错，愿以他的命换你的命。"

我吃惊不已。父亲是最害怕见到黄三爷爷的。

"你不要太担心了，父亲不会有事的。"

我点头。可我不能不担心呀。

天黑了，黑夜里黄玉兰更香，谨言却将屋里所有的灯都点亮了。

"点灯做什么？"我说，"月亮挺好的呀。"

谨言没有回答我，她是没有时间说话，忙前忙后忙出忙进，一会儿找来木板一会儿找来钉子，手里不知什么时候握着一把钉锤。

"你快告诉我梯子在哪儿？"她急匆匆的，脸上冒出汗水。

我指给她梯子所在。

她攀到梯子上开始沿着院墙封木板，堵住所有的通风眼。这样一圈下来,那些通风眼就一丝风也进不来了。如果不是高处还敞开着,就真的一丝风也进不来。

"现在到墙上插钉条。"她说。

她是自己跟自己说的。没有让我帮忙也不等我说话。她做这一切仿佛天生就有经验,一会儿工夫,院墙上长满了铁刺。

顶上还敞开着。"那儿能进人来。"我说。

"他们不会进来的。我这么做只是为了堵住他们的眼线。"

"他们为什么不进来?"

"因为这所房子的承载力只有三个人。"

"那可坏了,如果父亲回来,我们正好三个人,可将来我们肯定会有自己的孩子,可怎么办?"我想得太远,一时忘了明天就是我的死期。

"放心吧,到那个时候房子的承载力会加强,我敢保证。只要我们离开这儿的上空。你或许不信,他们给我们的绝路正是我们的出路。你肯定没有感觉到房子正在飘移,说起来就像做梦一样,如果你站在低一点的地方看见我们亮灯的房子,还以为是月亮呢,就算不像月亮那么大,那么明亮,也起码像一颗星子。"

"是呀!"我说。我万分激动,被谨言这番话给撞醒了。莫不是从前那些莫名其妙不在了的人,那些受了冤和委屈的人,实际上都随着他们的房子升到空中成了人们眼里的繁星。我这么想的时候,觉得母亲可能也在我的周围。她有了新的房子,也或者还一无所有,手里只有一支火把燃着,她燃着火把在那儿赶路,以便找到可以收留她的空房子。我这么想的时候，觉得父亲房间那扇窗户敞开得很对，也许哪一天他们其中一人或者两人一起从那个窗口回归我们的房子。

"你想什么呢？"

"想有一天我们一家团圆。"

谨言握住我的手。"会的。"她说。

她说完便去墙边抽出两块长长的木板。

"做什么用？"我问。

她把两块长木板从院墙两边的洞口伸出去。竟然有这么两个洞口，我全然不知。

"好啦！"她拍掉手上的灰，"过了明天我们就给这座房子加把劲儿。从这儿划出去，随便划到哪一边，反正不在黄三爷爷能掌控的地方就行。你不是想隐居吗？张叶飞骗你去的不过是个牢笼，我带你去的才是好地方。当然我不太确信，希望房子能飘到那儿，天再大也是圆的，地再广也是圆的，我们总不会一直倒霉。"

"那我们要一直飘着呢。"

"放心吧，你会喜欢那个地方的。我敢保证你会喜欢。"

也不知谨言是不是为了让我高兴才这么说。我还有明天吗？毕竟我杀了人，即使想不起细节，可那三个人确实死了，而且这几日……其实我的记忆正在恢复那些杀人细节的印象。就算我不去死，也肯定要足足关上好几十年，好几十年必须在这个地方让他们时时瞧见我在赎罪。

不知如何接谨言的话。我沉默。这一夜在谨言的慌慌忙忙中过去了。

第二天早上，黄三爷爷他们一行人又来了。

有人敲门。不。是在砸门。谁也没必要对一个将死之人客气。

我的房子在摇晃。他们感觉到房子摇晃才减轻了敲门的力。

"不要开门。"谨言拽住我的手，冲我摇头。

"我们不是说好了嘛，该承担的就去……"

"去不得。"

"谨言，我已经报仇了。"

"所以你心安了吗？"

我不知道怎么回答。

"你真要出去吗？"

我点头。

谨言沉默许久，最终还是依照我的意思将大门打开，边开门边说："我其实不想让你看见那些。"

不想我看见什么，我还来不及问，眼前已经出现黄三爷爷那伙人了。黄三爷爷穿着蓝色长衫，看上去像是要去修道。

"算你有勇气。"黄三爷爷说。

"求您饶我儿子一条命吧。"我听见人群中传出这句话。这是我父亲的声音，他怎么也来了，天哪，他为什么要来亲眼看自己的儿子被绞死！

人群退开一条缝。我看见跪在地上不停磕头的老者——我的父亲。

"父亲！"我喊他。

他抬起头，额头上全是血，仿佛是当年母亲额头上的血。我感觉胃里一阵翻腾，眼花缭乱，昏沉沉的脑袋险些让我跌倒。

谨言在身后将我扶住。

"我费了大力堵住墙上那些眼孔就是想跟他们一直耗下去。只要你不开门谁也不会主动进来的。你不听我的。"谨言说。她想生气。

"我不想躲了。"我说。

谨言叹了一气。

父亲没有跟我说话，他继续磕头，就像没有看见我一样。他反复跟黄三爷爷说的只有"求您饶我儿子一条命"这句话。他跪在地上磕头，血顺着额头流了满脸，整张脸都是红色的了，胸前那片衣服也是红色的了。那衣服是我母亲给他织的，当年完完整整的毛衣如今烂成一条一条的细线，如果不是他缝了几针，线条就各自散烂了。血水顺着散烂的毛衣线往下流，在他跪着的膝盖前积成一片。

"你起来吧。规矩就是规矩，谁都不允许践踏。"黄三爷爷用非常和缓的语气说。

"求您饶我儿子一条命。"

"求您饶我儿子一条命。"

"求您……"

"好啦！你就少费点儿力气，留点儿精力看看你儿子最后一眼不好吗？"黄三爷爷还是用非常和缓的语气说。

"求您……"

"住嘴！"人群中有人喝止我父亲。

"让他说一说吧，今天是人家儿子的死期。"人群中总算有人这么说。一个女人。

"是啊，当年也是怪可怜的。"有人接了话。是个年轻男子。

我听了心里热烘烘的，总算有人良心未泯，只可惜他们的脑袋还是那么沉重，脸变形肿胀，使得原本该是慈善的面庞看起来很忸怩，说这几句公道话的时候脖子始终伸不直。

这个时候我突然觉得即使马上死去也无所谓了，至少人间少部分人知道我是可怜的，我的罪是逼不得已的，我的噩梦是有根据的，我消除噩梦是本能的，我有被原谅和理解的因由。

"你别去。"谨言大声喊我。

我才知道我已经走出了门，不知如何走出来的，之前我怕从门前摔到深渊，这会儿却不由自主地走到给我搭建的刑场上了。

我向那两个给我说公道话的人鞠了一躬。

"求您呀……求您了呀……"我父亲在那儿更着急地说。他一着急就说不完整，后面的话只能让人去猜。反正他的意思就是求黄三爷爷饶我性命。

"你不该来的，父亲。"我说。

父亲抬头望着我，他满脸被血蒙着也看不清是个什么表情了。可能是绝望吧，他一生都在绝望中度过，他干得最有勇气的事恐怕就是逃走之后仍然回来替我求情。当年他埋掉我母亲，除了脸上总也过不去的悲愁，就没有动过一点儿复仇的杀心。总有人不停地嘲笑和取乐，连杀妻的仇人也可以随便来嘲讽他软弱无能。他全都忍受了，现在他干得最有勇气的事也只不过是在那儿下跪。

"你快回屋去。没事的，父亲。"我说。

我不会对他生气，也不责怪他软弱。他已经七十岁了，就算当年偶尔会冒出一丝短暂的凶猛恨意，如今也不会再有了。世上有很多人如他这样，他们如植物一样，匍匐在地上生长，难逃被踩踏的命运。现在我只想喊他进屋去，只要我死了就不用求谁，不用给谁下跪。

我站在刑场上扭头看看谨言。谨言很坚强，她没有哭诉，也没有下跪求情，她只是稍微有点儿怨我，如果不走出大门谁也拿我没办法。我也相信这些人是不会舍得搭上他们的性命陪我一起从房子里掉下去摔个粉身碎骨的。我的房子只有三个人的承载力，当初只有我跟张叶飞的时候，踩一下脚都能使它抖颤。想起这个我突然很高兴，黄三爷爷再有能力，我的房子的承载力却是超出了他掌控的范围，也突然很失落，老天爷是给我留了活路的，是我自己脱离了这条活路。谨言或许是老天派来救我的人，不然她怎么知道这些。

"可以开始了。"我对黄三爷爷说。

黄三爷爷命人将绳套圈进我的脖子。来给我套绳索的人居然是张叶飞。

"张叶飞。"我喊他。

"怎么，你不认识我了？"张叶飞语气冷冷的。

"我当然认识你。"

"认识就好，有个熟人来送你上路也算你的福气。你居然悄无声息地娶了我的谨言。白云飞，像你这种人还有什么做不出来。"

"我没有什么好解释的。但关于谨言，你并不了解她，你勉强这些有什么用？我只是遗憾自己从前一直将你当成好朋友。"

"如果没有你，谨言肯定就是我的妻子。什么好事都让你占全，我现在倒是很高兴你是个记仇的人，那些说你是个大孝子的人全是脑子有毛病的，你是个狂徒，也亏得你是这样的人我才有机会将绳索套进你的脖子。你是该死的，你这样的人活在我们身边跟恶魔有什么差别。你之所以夜夜处于噩梦之中，那是因为你本身就是噩梦。想来你也该弄明白了吧，这片悬空的地方就是专门用来流放像你这样的人的。很高兴你连流放的机会也用不上了，你马上要死了。至于谨言，只要她愿意离开这个地方，我随时可以替她求情，黄三爷爷会答应我的任何请求。"张叶飞这么说时，痴痴地望了一眼谨言。谨言避开他的目光。谨言的冷漠令张叶飞难堪了，他将绳索紧了紧，勒得我脖子生疼，差点儿喘不过气。

"不行啊！不能让我儿子死啊！"我父亲哭诉道。

我最后再看看父亲，又看看谨言。我闭上了眼睛，我相信谨言会划着我的房子去那个她说的好地方。她的后半生不会落在这些人手里，她是个聪明的女人。至于父亲，他还会逃走的，他从前如何逃离往后也会如何逃离。其实要说他干得最有勇气的事情，并不是回这儿下跪求情，而是他有逃离这儿的本事。这么多年来，黄三爷爷从来抓不住他，就算是我也无法找到他。

谨言和父亲我都不担心了。我受死不是领罪，我受死只是不想继续再在这烂泥中折腾，不想让谨言为我操心劳神，不想让老父磕头求情。

"再见。"我心里说。

绳子没有拉紧，也或者要拉紧的时候大风突然吹过来。有一瞬间我感觉到脖子被绳索勒痛，只是一瞬。很古怪又稀奇的大风，在这个悬空的地方我也是头一回在外面真正感受到它。之前大风常来，那时候我躲在房子里。

我原本要睁开眼睛，可是风吹得我睁不开。

我听见什么东西往下掉。

我感觉自己在往哪儿飘。

我应该是撞到门了。

我被谁抓住手。

我感觉到吊住我的那根绳索被剪断了。

我听见什么东西倒塌下去。

有人在尖叫和哭泣，有人惊恐地说"报应来了"。

大风吹了一阵歇下去，等我睁开眼睛却是坐在自家院中。父亲就在我跟前，谨言就在我跟前，一切恍如梦中。

"出什么事了？"我问。

"醒了！哈哈！"父亲说。他苍老的笑声从喉咙里流出。

"父亲，我们抓紧时机！"谨言说。

谨言和父亲各自跑向院墙的一边，抓住先前谨言插在那儿的木板摇起来，就是划船那样的手势。

我感到房子在飞速游动，就仿佛船在水上滑行。可能大风又来了，它是推着房子吹的，加快了房子滑行的速度。

"天助我们。"谨言说。

父亲扯掉堵在他眼前的一小块木板，墙壁上亮出一个眼孔，他对着那眼孔瞧了瞧说："哈哈哈哈，远了远了，总算跑开那个鬼地方了！"

如果他不是七十岁，笑声苍老，别人还以为他是这艘船——跟船有什么区别——的海盗头子。

谨言也扯开眼前的木板，亮出眼孔瞧了瞧，忍不住满脸笑容："太好啦！"

"你们告诉我，是谁救了我呀？"

"你问这干啥，反正我们逃出来就对了。"父亲丢不开脸上的笑，他回答我的话等于是句废话。

我又看看谨言，谨言也不理睬我。

谨言和父亲都在卖力地向前划着。我想打开院子大门，但实在挪不动身子。

我发觉勒在我脖颈上的那一圈绳子始终扯不下来。绳子被张叶飞打成了死结。

房子停下来了。

"到啦。"谨言笑说。

"终于到了。"父亲说。

谨言打开大门，房子仍是悬空的，看不见一座山，也看不见一棵树。不过，阳光没有那么毒辣，房子也不像先前那样摇晃。谨言跺了下脚，房子没有晃。

我听见父亲在厨房忙活什么，等他出来时，手上端了一盘我最爱吃的菜。

"吃饭了。"他喊我，还有谨言。

我们三个人就坐在院子里吃起晚饭。这时候已经是晚上了，谨言点了灯，房子瞬间灯火通明。我感觉吞咽有点儿困难，因为我脖颈上还勒着那圈绳索。我让谨言给我剪开，她说哪里有什么绳子，是我自己感觉错了。我让父亲给我解开绳子，他也说是我感觉错了。"是之前张叶飞勒绳子时给你留下了心理阴影。"谨言和父亲就是这么跟我解释的。不过也无所谓，吃完饭我就感觉不到绳子勒我了，仿佛不存在了。

第二天，我起了一大早。

我推开院子大门，突然看见门前两边各自有几棵树，远处还隐约可见山脉，比较清淡的山影，在这些山影的脚下，我清清楚楚地看见了树林。我再仔细低头一瞧，昨天门前仍是悬空的，今天却是一条石子路，路被雾气包裹着，石缝中长着一些非常显眼的青草。我以为自己看错了，将眼睛揉来揉去。

"我就说你会喜欢这个地方的。"谨言说。她也起得很早。

父亲也起床了。他一边打哈欠一边搬了椅子坐在院中，他喊我退开些，不要挡着他看风景。我就退到一边，让他也看看远处那些若隐若现的山脉和树林。

我确实很喜欢这个新地方，也懒得一遍遍旁敲侧击套问谨言和父亲，我是怎么被狂风吹进大门的——他们说我是被风吹进大门的。

门前的路越来越显眼，远处山影也逐渐清晰。后来春天来了，门口那些草都开花了，树也开花了，有鸟儿从树林中飞到我的房顶筑巢。我和谨言、父亲，我们在这个地方定居下来。我们的房子不再摇晃，但我知道虽有山有树，也有鸟儿愿意来，但我的房子其实一直还在悬空。

晚上睡觉的时候我觉得脖子有点儿不舒服，是那圈绳子的缘故，拿剪刀却怎么也剪不开。

谨言说："脖子上干干净净的，你只是睡觉爱打呼噜。"